Zum Buch:

Im Café Apfelglück ist jeder willkommen, der sich bei Kaffee und Kuchen eine Auszeit für die Seele nehmen möchte. Von ganzem Herzen liebt Anne ihre Arbeit im Apfelglück, das für ihre Stammgäste ein zweites Zuhause geworden ist. Doch tief in Anne schlummert der Wunsch nach verrückten Abenteuern, und sie will mehr für andere tun, als ihnen nur mit köstlichen Torten ein kleines Stück Glück zu schenken. Als sie Michi kennenlernt, der als Pralinen-Einbrecher die Leute im Ort mit Naschereien überrascht, um ihnen eine Freude zu machen und sie zu warnen, wird Annes Sehnsucht nach einer Veränderung übermächtig …

Zur Autorin:

Sabrina Sonntag ist Ende zwanzig und promoviert derzeit in der Feministischen Literaturwissenschaft. Sie leitet Coachings, arbeitet ehrenamtlich mit Kindern und führt den Haushalt eines katholischen Priesters. Wenn sie nicht gerade schreibt, übt sie Krav Maga oder krault ihrem Riesenschnauzer die Ohren.

Lieferbare Titel:

Schwein gehabt, sagt die Liebe
Unser Sommerblau für immer
Apfelglück am See

Sabrina Sonntag

Apfelglück am See

Roman

HarperCollins

1. Auflage 2022
Originalausgabe

Umschlaggestaltung von bürosüd, München
Umschlagabbildung von nastasia Shemetova, Julia August, Sundra, marla_singerr, lyosikshine7000, Paladin12, Tatiana Kuzmina, arxichtu4ki, Margarita Manish / Shutterstock
Gesetzt aus der Stempel Garamond und der Lady Love
von GGP Media GmbH, Pößneck
Druck und Bindung von CPI books GmbH, Leck
Printed in Germany
ISBN 978-3-7499-0362-7
www.harpercollins.de

Klimaneutral
Druckprodukt
ClimatePartner.com/15109-2009-1001

MIX
Papier
FSC® C083411

Für Oma & Janosch

Kapitel 1

»Einmal Chiemsee-Spezialfrühstück mit Milchkaffee«, sagte ich lächelnd, rückte die Pfingstrosen beiseite und setzte das Tablett ab, auf dem sich allerlei Köstlichkeiten türmten.

Melonenscheiben fächerten sich auf, ringsum Berge von Himbeeren, Heidelbeeren und Kirschen; Bananenscheiben und Weintrauben drängten sich dicht an dicht, um die verbleibenden Lücken in der Schüssel auszufüllen. Neben einem Schälchen Vanillepudding thronte ein großzügiger Klacks Sahne auf einem Stück Apfelkuchen, und auf einem Holzbrett reihten sich verschiedene Käsesorten aneinander, daneben Salami, Frischwurst und Schinken. Eine Marmeladenauswahl stand in kleinen Gläschen bereit, und neben einem weich gekochten Ei zierten ein paar Scheiben Räucherlachs kunstvoll gerollt die Frischkäseschale.

Zufrieden betrachtete ich, was mein Opa in der Küche gezaubert hatte. »Lass es dir schmecken, Hilde!«

»Mmmmh«, machte sie nur, und ich lehnte mich mit einem Lächeln an einen der kleinen Tische. Mein Blick glitt über das Wasser.

Die Wellen glitzerten in der Morgensonne, sanft schwappten sie gegen den Steg. Ich liebte die Morgenstunden am Chiemsee, den Duft von Kaffee und das warme Holz des Bootsstegs unter meinen nackten Füßen. Um diese Uhrzeit war es ruhig. Die benachbarten Cafébesitzer stellten gerade erst ihre Stühle auf und wischten den Tau von den Tischen. Urlauber waren um diese Zeit noch nicht am Ufer unterwegs, nur die üblichen Stammgäste hatten es sich in unseren Korbsesseln auf dem Steg gemütlich gemacht. Sie lauschten dem Plätschern der Wellen, lasen Zeitung und fingen die ersten Sonnenstrahlen auf.

»Sogar ein Stück Apfelkuchen ist dabei. Sieht der gut aus …« Hilde klopfte sich zufrieden auf den runden Bauch. »Anne, Kindchen … Wenn du so weitermachst, bricht auf meinem Stammplatz bald der Steg durch.«

»Keine Angst«, kam es prompt vom Nachbartisch. Dort saß Opa in seinem alten, abgewetzten Trachtenjanker und lachte. »Anne hatte den Kuchen eine Dreiviertelstunde im Ofen. Falls Kalorien drin waren, sind die jetzt alle tot.«

»Exakt!« Ich nickte grinsend. »Habe von den kleinen Biestern keine mehr gesichtet.«

Ein Nicken von Opa, als ich ihm eine Tasse Tee hinschob. Seine spärlichen Haare, die sich rund um die Glatze reihten, waren ein wenig zerknautscht von dem Kissen, an dem er lehnte.

Als Hilde sich vorbeugte, landete fast ihr Ellenbogen im Camembert. »Im Ernst. Eigentlich wollte ich diese Woche längst schon mit Trennkost anfangen. Bärbel hat mir neulich erzählt, dass da was in der … na … sag mir … diese Zeitschrift mit dem … Wie heißt die doch gleich …? Jedenfalls … Die Berühmten machen das auch alle, das funktioniert!«

»Anne!« Opa blinzelte gegen die Sonne. »Hast du gehört? Hilde will das nächste Mal den Kuchen und die Schokolade getrennt serviert bekommen.«

»Hilde.« Seufzend drückte ich ihre Hand. So energisch und selbstbewusst Hilde manchmal auftrat, die Speckröllchen an ihrem molligen Bauch – die ich so liebte und die ihr ausgezeichnet standen – kratzten immer mal wieder an ihrem Stolz, wenn sie irgendeine Hochglanzzeitschrift in die Finger bekam.

Opas Blick war eindringlich. »Kalorien zu zählen macht nicht dünn, es macht traurig.«

»Hach, ihr habt ja recht.« Hilde löffelte ein wenig Vanillepudding aus ihrem Schälchen. »Man muss sich ab und zu doch mal was Ungesundes gönnen.«

Ups. Das hätte ich an ihrer Stelle nicht gesagt. Ich schielte zu Opa – und musste nicht lange warten.

»Jetzt mach mal ’nen Punkt!« Empört drehte er sich um und kniff die mächtigen Augenbrauen zusammen. In ihrer grauen Widerborstigkeit gaben sie seinem runden, gutmütigen Gesicht etwas Markantes. »Wenn unser Frühstück nicht gesund ist, welches denn dann! Obst! Frische Beeren, Äpfel, Birnen, Kirschen, Bananen, Melonen! Biowurstwaren, Biolachs, selbst gemachtes Sauerteigbrot aus siebzig Prozent Vollkorn! Eier von Nachbars Hühnern! Marmeladen nach Omas Rezept, Honig vom Imker um die Ecke. Schonend gepresster Apfelsaft von unseren Bäumen! Spinnen kann man aber auch!«

»Schon gut, Opa«, flüsterte ich und warf ihm einen belustigten Blick zu.

»Lass Hilde fasten, wenn sie will«, meldete sich Andi mit tiefer Stimme hinter einer Zeitung, zwei Tische weiter. Von ihm konnte ich nur die braun gebrannten Ellenbogen erspähen. »Dann bleibt ja mehr für mich übrig.«

»Das ist die richtige Einstellung.« Zufrieden verschränkte Opa die Arme vor der Brust und lehnte sich zurück in seinen Korbsessel. »Hast du gehört, Hilde, was der Andi gesagt hat?«

Die Zeitung senkte sich, Andi grinste uns über den Regionalteil hinweg an. Es war gerade erst halb neun, für seine erste Fahrt mit der Chiemseebahn hatte Andi, der als Schaffner arbeitete, noch ein wenig Luft. Seit ein paar Monaten frühstückte er vor Arbeitsbeginn regelmäßig im Café, um die Leere im Haus nicht aushalten zu müssen, die der Tod seines Ehemannes mit sich gebracht hatte. »Mein Navi ändert sogar inzwischen von sich aus die Route, wenn mein Magen knurrt. Ich lande dann immer bei euch.«

»Sag das noch mal, aber laut«, brummte Opa. »Die Hilde hat ihr Hörgerät wieder nicht eingeschaltet.«

»Freilich hab ich das.« Energisch biss sie in eine Melonenscheibe.

»Hilde hat bestimmt schon wieder …«, setzte Opa an, doch weit kam er nicht.

»Schluss jetzt«, sagte ich entschieden. »Themenwechsel, ihr Lieben. Bevor einer weint. Außerdem ist der Tag viel zu schön zum Streiten.«

Für einen Moment setzte ich mich auf den Boden, ließ die nackten Füße ins Wasser baumeln und hielt mir die Hand über die Augen, um sie vor der tief stehenden Morgensonne zu schützen. Hier, von unserem Steg aus, hatten wir einen fantastischen Blick auf die Herreninsel. Zwischen den Bäumen, die in Reih und Glied Spalier standen, blitzte hell das Schloss hervor.

»Wo ist denn eigentlich Bärbel?«, fragte ich Hilde nach einer Weile und drehte mich zu ihr um. Die beiden sah man sonst nur im Doppelpack. Dicke Freundinnen, und das seit siebzig Jahren.

»Das frage ich mich ehrlich gesagt auch.« Hilde zuckte die Achseln, ihr Blick schweifte in Richtung Hafen. »Sie war noch nie zu spät. Du kennst doch Bärbel, man kann die Uhr nach ihr stellen.«

»Vielleicht ist sie krank?«, meinte Opa. »Aber dann hätte sie dich doch bestimmt angerufen?«

»Wir … hatten gestern eine kleine Meinungsverschiedenheit.« Hildes Lippen wurden schmal. »Es ging um die Reklamation meiner … Ach, ist ja auch egal. Vielleicht ist sie mir noch böse, schließlich bin ich mit dem Thema rabiater umgegangen, als sie es tun würde.«

Das würde mich nicht wundern. Hildes Blutdruck stieg um einiges schneller als der von Bärbel, allerdings glätteten sich bei ihr auch schnell wieder alle Wogen. »Hoffentlich ist nichts passiert«, sagte ich und sah sie über meine Schulter hinweg an.

»Na, hör mal, Kindchen.« Hilde lachte. »Unkraut vergeht nicht. Und Bärbel und ich sind besonders zäh. Wie Giersch und Löwenzahn, in etwa dieses Kaliber.«

»Dann bin ich ja beruhigt.« Lächelnd beobachtete ich eine Biene, die sich auf unserem Blumenschmuck niedergelassen hatte. »Ich werde trotzdem nachher mal bei Bärbel vorbeifahren. Sicherheitshalber.«

»Du hast heute so viel um die Ohren, Anne. Dafür bleibt doch gar keine Zeit.«

Gelassen lächelte ich ihr zu. »Dann nehme ich mir Zeit!«

»Ist dein Vater eigentlich schon in der Arbeit?«, fragte Hilde. »Ich möchte mit ihm sprechen. Er muss dringend meine Alarmanlage auswechseln.«

»Ja, den hast du knapp verpasst.« Das Wasser umspielte meine Füße. Mit einem wohligen Seufzen beobachtete ich ein Blesshuhn, das offenbar im seichten Wasser ein Nest gebaut und sich zum Brüten niedergelassen hatte. »Der hat momentan einfach viel Stress.«

»Kein Wunder, diese Einbruchserie … Da wird er ordentlich zu tun haben.« Hilde spießte ein paar Himbeeren auf und tunkte sie in den Joghurt.

»Heute ist wieder ein Artikel dazu drin.« Andi wedelte mit der Zeitung. »Aber zumindest kein neuer Einbruch.«

»Die armen Familien«, seufzte Hilde. »Stehen plötzlich mit nichts da. Und die Täter sind auf und davon.«

»Wir könnten doch Spenden sammeln«, schlug ich vor. »Klar, es lässt sich nicht alles ersetzen. Aber eine kleine Starthilfe wäre doch fürs Erste nicht schlecht.«

»Gute Idee!« Opa setzte sich kerzengerade auf, seine Wangen färbten sich ein wenig rosa. Bei Plänen wie diesen war er sofort dabei. »Ich stelle eine Spendendose im Café auf.«

Hilde winkte ab. »Die verstaubt in irgendeiner Ecke, das bringt nichts.«

Da kam mir eine Idee. »Dann ein Spendenverkauf?«

Opas Augen begannen zu leuchten. »Au ja! Und den Erlös bekommen die Familien. Kuchen, Steinofenbrot, Marmelade, Kompott! Wir könnten auch Überraschungstüten packen, eine kleine Zusammenstellung für ein Picknick. Pro Tüte dann eine Spende …«

»Wär's geselliger nicht schöner?«, warf Andi ein. »Bierausschank, fröhliches Beisammensein?«

»Ein Fest!« Opa war offensichtlich Feuer und Flamme. Wie immer, wenn es darum ging, Feierlichkeiten und Events zu organisieren. »Natürlich!« Begeistert klatschte er in die Hände.

Auch Hilde und ich nickten eifrig. Für Feste war jeder im Ort zu haben. Nicht zuletzt deshalb nannte ich Prien mit Stolz mein Zuhause.

»Der Weißgerber Hubert leiht uns bestimmt Bierbänke und ein paar Pavillons«, meinte ich. »Die stellen wir dann an der Landzunge auf.«

Mit einem Lächeln lehnte sich Opa zurück. »So machen wir's!«

»Gibt's dann auch eure Apfel-Grapefruit-Marmelade?«, fragte Andi.

»Selbstverständlich gibt's die!«, rief Opa. »Unser gesamtes Sortiment. Sogar den Apfelessig und die Apfelbutter.«

»Haben die Einbrecher nicht auch bei den Sallers zugeschlagen?«, nuschelte Hilde kauend. Die Finger wischte sie sich an der Serviette ab. »Die Saller-Oma hat mir erzählt, die haben ihnen die komplette Wohnung ausgeräumt, während sie im Garten den Achtzehnten von ihrem Jüngsten gefeiert haben.«

Opa nickte. »Sie haben sogar dieses Ding gestohlen – na, wie heißt es doch gleich? Das ihr blinder Sohn braucht, um Texte lesen zu können ... Schämen sollten sie sich! Die Sallers haben die Verordnung vom Arzt bei der Krankenkasse eingereicht, aber die Bewilligung dauert so lang.«

»Es geht übrigens noch ein anderer Einbrecher um!« Mit vielsagendem Blick klopfte Andi auf einen Artikel in seiner Zeitung. »Der Pralinen-Einbrecher. Schaut mal, er hat es sogar auf die Titelseite geschafft.«

»Klaut Pralinen, oder was?«, fragte Opa.

Hilde verzog keine Miene, aber ihre Augen funkelten belustigt. Sie leckte sich die Marmeladenfinger ab. »Seid vorsichtig, Anne. Nicht dass er es auch auf eure Marmeladen abgesehen hat.«

»Keine Sorge«, brummte Opa. »Wir werden uns einen Safe für die Marmelade zulegen.«

»Und Papa schickt uns dann noch ein paar seiner Securitymänner, die davor Wache halten«, kicherte ich.

»Die Marmeladenritter.« Opa lachte. »Nicht schlecht. Ich werde es deinem Vater vorschlagen. Vielleicht hilft es gegen die schlechte Laune, die er seit ein paar Tagen hat.«

»Was ist denn nun mit dem Pralinen-Einbrecher?«, fragte ich neugierig.

Andi versenkte seine Nase in der Zeitung. »Sie schreiben, er klaut nichts und rührt nichts an. Nicht einmal Fenster schlägt er ein. Stattdessen hinterlässt er auf dem Fensterbrett eine Schachtel Pralinen und einen Brief, unterzeichnet mit *Der Pralinen-Einbrecher*. Fünf Adressaten bis jetzt.«

»Einen Brief?«, wiederholte ich. Hörte sich nach einer süßen Idee an.

»Eine Rechnung für die Pralinen wahrscheinlich.« Opa grinste.

»Nein, es ist …«

»Lies doch mal vor!«, forderte Hilde energisch. »Was schreibt denn unser rasender Reporter?«

»Also … Bla, bla … Hier wird einer der Polizisten dazu zitiert. Er sagt: Sie erzählten davon, ja, manche von ihnen hielten uns eventuell sogar noch das verschlossene Kuvert unter die Nase, doch sobald einer von uns fragte, ob wir einen Blick hineinwerfen durften, schoben sie es schnell in ihre Taschen zurück. Auf Nachfragen schwiegen sie beharrlich. Doch eines erstaunte uns am meisten: Sie lächelten. Alle. Es schien beinahe so, als sei ihnen der Einbrecher durch ein paar handgeschriebene Zeilen ein Freund geworden.«

Ich hätte es vor Opa, Hilde und Andi niemals zugegeben, aber allein die kurze Beschreibung berührte mich.

»Da erlaubt sich jemand einen Scherz, jede Wette«, meinte Opa achselzuckend.

»Niemals!«, widersprach ich sofort. »Glaubt ihr nicht, da steckt mehr dahinter?«

»Ach!« Opa winkte ab.

»Vielleicht jemand, der die Welt ein Stückchen besser machen möchte.« Ich nickte, um meine eigenen Worte zu bestätigen. »Oder er sucht mithilfe dieser Briefe seine große Liebe!«

»Ganz bestimmt«, brummte Andi. »Drei Adressaten sind angeblich schon über achtzig.«

»Vielleicht ist es ein älterer Herr.« Hilde kicherte. »Wenn er im hohen Alter so topfit ist, darf er gern mal auf meinen Balkon klettern und sich vorstellen.«

»Sieh an, die Hilde!« Opa pfiff durch die Zähne und grinste.

»Spannend hört es sich auf alle Fälle an.« Tropfen flogen, als ich die Füße schwungvoll aus dem Wasser zog und aufsprang. Jeder meiner Schritte hinterließ Wasserflecken auf dem Holz. Neugierig lugte ich über Andis Schulter. »Ich wüsste zu gern, was in dem Brief steht. Es hört sich nach einem kleinen Abenteuer an.«

»Das ist typisch für dich.« Opa seufzte. »Erinnerst du dich noch? Als du ein kleines Mädchen warst, haben dich die Leute immer gefragt, was du werden willst, wenn du mal groß bist. Und du hast immer gesagt: Sherlock Holmes.«

»Das stimmt.« Ich musste lächeln. Papa hatte mir früher immer Geschichten von Sherlock Holmes erzählt. Kindgerecht natürlich – und vermutlich waren sie alle erfunden. Sherlock Holmes und der verschwundene Schokokeks zum Beispiel. Ich hatte die Geschichten geliebt, das Ratespiel und die Spannung. Mit offenem Mund hatte ich Papas Erzählungen gelauscht. Und Sherlock Holmes zog so beneidenswert schnelle Schlüsse, dass ich wusste: Er würde jeden noch so kleinen Krümel des Schokokekses wiederfinden! Tagelang hatte ich Papa angebettelt, damit er mich mit zur Arbeit nahm. Da saß ich dann schon als Vierjährige in der Serviceleitstelle meines Vaters, starrte fasziniert auf die vielen Bildschirme der Überwachungskameras und sah den Sicherheitsfachkräften nach, die auf Alarmverfolgung gingen. Alle auf der Suche nach dem Schokokeks, zumindest in meiner Fantasie.

»Hereinspaziert, setzen Sie sich!«, rief Opa sofort, als ein junger Mann den Steg betrat. Wild verstrubbelte dunkle Haare, entspanntes Lächeln und Jogginghose. »Machen Sie es sich gemütlich. Unsere Karte, bitte schön.«

Das Strahlen im Gesicht meines Großvaters ging mir zu Herzen. Einen neuen Gast zu begrüßen war Chefsache, da blühte er auf.

»Danke.« Lächelnd nickte er in die Runde. Er quetschte sich zwischen Hildes Rollator und Opas Beinen hindurch, ließ sich am hintersten Tisch nieder und klappte die Karte auf.

»Wer sind denn die Familien, die Pralinen bekommen haben?«, fragte Opa, kam an seinen Tisch zurück und rückte seinen Korbsessel ein wenig schräg, um sich gegen die tief stehende Sonne zu schützen. »Womöglich kennen wir jemanden.«

»Das wäre gut«, gab ich zu. »Zu gern würde ich den Brief mal lesen. Es klingt so, als wäre der Einbrecher ein sehr interessanter Mensch. Sensibel und kreativ.«

»Ach! Der Typ verarscht uns doch alle mit seinen Pralinen.« Andi winkte ab. »Einbrecher ist Einbrecher, irgendwo ist da ein Haken. Dein Vater wird ihn schon irgendwann auf frischer Tat ertappen. Oder die Polizei. Der Typ könnte gefährlich sein.«

»Ja, da hat der Andi recht.« Opa setzte einen ernsthaften Blick auf und nickte. »Nicht auszudenken, was alles passieren könnte! Am Ende beschenkt er noch eine sechste Familie mit Pralinen! Gemeingefährlich, der Mann.«

»Wenn ihr mich fragt: Jemand, der anderen Leuten Pralinen und einen Brief ins Haus legt, hat heftig einen an der Klatsche«, gab Andi zurück. »Egal, was drinsteht.«

»Ist doch eine süße Idee«, klinkte ich mich wieder ein und erntete einen verständnislosen Blick von Andi. »Jetzt schau nicht so. Vielleicht ist es auch ein kleiner Scherzkeks, der die Leute aufmuntern will.«

»Wir sind am Chiemsee, unter dem weiß-blauen bayerischen Himmel!« Andi breitete die Arme aus und sog die frische Luft ein. »Wer müsste uns schon aufheitern?«

»Annes Vater wäre so ein Kandidat. Der würde sich über einen Brief mit netten Worten bestimmt freuen.« Opa sah Andi nachdenklich an. »Dir hat er auch nicht gesagt, welche Laus ihm plötzlich über die Leber gelaufen ist, oder? Momentan ist seine Laune nicht zum Aushalten.«

Andi nahm einen Schluck Kaffee. »Jürgen? Ja, der ist momentan wirklich ein wenig gereizt.«

»Das stimmt allerdings«, pflichtete ihm Hilde bei. Genüsslich schob sie sich eine Gabel mit Apfelkuchen in den Mund und leckte sich den Zucker von den Lippen.

»Er hat Stress«, versuchte ich zu erklären und seufzte tief. Opa müsste das eigentlich wissen. »Seid nicht so hart mit ihm, er arbeitet momentan von morgens bis abends.« Doch insgeheim gab ich Opa recht. Papa war seltsam, schon seit einer Woche oder länger. Aber das wollte ich nicht mit den Stammgästen besprechen. In letzter Zeit wirkte mein Vater so verschlossen. Als hätte er die Rollläden hinter seinen Pupillen zugezogen und sie nicht wieder geöffnet, das würden die Schulkinder meiner besten Freundin Julie vermutlich sagen. Ich wünschte mir sehr, mein Vater würde sie auch nur einen kleinen Spalt aufziehen, vorsichtig hindurchspähen oder zumindest gelegentlich ein paar Sonnenstrahlen hineinlassen. Doch hinter diesen Augen blieb es dunkel.

»Oh, so spät schon!« Andi warf einen Blick auf seine Armbanduhr und kippte den Rest seines Kaffees hinunter, gefolgt von dem letzten Bissen Sauerteigbrot. Er kaute noch, als er uns zuwinkte und über den Steg in Richtung Hafen verschwand. »Ich muss zur Arbeit!«, schallte es – wegen des belegten Brots recht verhalten – herüber. »Bis morgen!«

»Bis morgen!«, riefen Opa und ich unisono, Hilde winkte nur mit vollem Mund. »Als deine Mutter so alt war wie du, sah sie dir sehr ähnlich, Kindchen«, sagte Hilde kauend und wischte sich den Mund mit einer Serviette ab. »Sehr sogar.«

»Ja?«, fragte ich und blinzelte, um die Tränen zu unterdrücken, die sich in meine Augen stahlen.

»Sie war auch genauso ruhig wie du, genauso herzensgut, hatte aber auch genau dasselbe Blitzen in den Augen, wenn sie neugierig war. Wenn sie nicht gerade in Afrika wäre, dann ginge sie der Spur des Pralinen-Einbrechers sofort hinterher. Davon bin ich fest überzeugt.«

»Immer den Pralinen nach.« Opa nickte lächelnd.

»Entschuldigung?«, rief der junge Mann am hintersten Tisch laut.

Zurückhaltend hob er den Arm und winkte, die Karte lag noch immer aufgeschlagen auf dem Tisch. Er selbst hatte sich lässig im Korbsessel zurückgelehnt, seine braun gebrannten Arme ruhten auf den Lehnen, seine Sonnenbrille auf dem Tisch. Also hatte sich doch endlich mal ein Tourist so früh in unser Café getraut.

»Ja?« Der laue Sommerwind strich mir durchs Haar. Ich kam ein paar Schritte näher, ans hinterste Ende des Steges. »Was darf's denn sein?«

»Ich … wollte eigentlich wegen der Preise fragen.« Seine tiefbraunen Augen sahen von der Karte hoch. »Es stehen keine dabei. Ist doch nicht etwa nur für die gehobene Gesellschaft?«

Unsere Blicke trafen sich, er grinste schief. Es war jene Art von Grinsen, das sich hinter einer coolen Fassade versteckte, dahinter aber längst bis über beide Ohren reichte. Eines, das ansteckend war. Hochansteckend.

»Das ist das Konzept des Café Apfelglück«, erklärte ich und strahlte ihn an. »Der Markt Prien unterstützt dieses Projekt finanziell. Jeder bezahlt, was er kann und möchte. Das dürfen Sie nach dem Essen völlig frei entscheiden.«

»Ach? Das heißt …« Er klappte den Mund auf und zu, wieder spielte ein halbes Lächeln in seinem Mundwinkel.

»Es soll jedem die Möglichkeit geben, hier zu frühstücken«, sagte ich. »Wir haben Gäste, die sehr wenig verdienen. Die bezahlen manchmal auch gar nichts. Besserverdiener gleichen das wieder aus.«

»Oh.« Ein anerkennendes Nicken, dann lehnte er sich noch ein Stückchen weiter zurück. Gerade so weit, dass ich die kleine Narbe entdeckte, die sich über sein Kinn zog. Der Stuhl wippte leicht unter seinem Gewicht, als er die Arme hinter dem Kopf verschränkte. »Eine tolle Sache.«

»Die Leute freuen sich.«

»Ach, übrigens …« Er warf einen Blick über die Schulter, scannte den Steg. »Jürgen Spötzl ist nicht zufällig zu sprechen?«

»Leider nein.« Mein Vater war längst aufgebrochen, im Café erkundigte sich selten jemand nach ihm. Was wollte er wohl von ihm? Nachdenklich musterte ich den jungen Mann und blieb an seinen dunklen Augen hängen. Länger, als es in diesem Moment nötig gewesen wäre. Vielleicht hatte er einen Auftrag für meinen Vater? Widerstrebend fügte ich in formellerem Ton hinzu: »Aber Sie erreichen ihn in der Securityfirma Spötzl, Dahlienweg 17.«

Er winkte ab. »Nicht so wichtig. Mal sehen, vielleicht treffe ich ihn woanders.«

»Wie Sie meinen.« Lächelnd nahm ich die Speisekarte entgegen. »Was darf ich bringen?«

»Einen Cappuccino, bitte. Und das Waldbeeren-Sommerfrühstück.«

»Gerne.« Gerade hatte ich mich umgedreht, da rappelte sich Opa von seinem Korbsessel auf und strich sich ächzend über den Rücken.

»Ich mach das!«, rief er mir am anderen Ende des Steges bereits zu. »Sonst roste ich hier noch ein.«

Das Holz knarrte unter meinen Füßen, als ich auf Opa zulief. »Ich kann wirklich schnell …«, setzte ich an, doch Opa schüttelte vehement den Kopf.

»Du«, sagte er und tippte mit dem Zeigefinger gegen meinen Bauch, »du musst noch Frühstückspakete ausliefern. Zweimal Chiemsee-Spezial, einmal das Brezen-Glück und einmal das große Pärchen-Frühstück mit Sekt.«

Himmel, ja! Um ein Haar hätte ich es vergessen. Der junge Mann verwirrte mich mehr, als ich hätte zugeben wollen. Entschuldigend lächelte ich in die Runde.

»Also!« Ich winkte auch in Hildes Richtung. Schnell bückte ich mich über Andis Tisch, stapelte sein benutztes Geschirr und hob es hoch. »Bin dann mal weg. Und Hilde – mach dir keine Sorgen, ich werde bei Bärbel vorbeischauen.«

Sie nickte mir zu. »Das ist lieb von dir.«

»Bring ihr ein Frühstück mit!«, rief Opa. »Mit extra Himbeeren, die liebt sie.«

»Mach ich«, versprach ich.

»Und lass dich nicht entführen. Vom romantischen Einbrecher.« Hilde kicherte. »Aber falls du ihn triffst, lass dir ein paar Pralinen geben. Notfalls helfe ich dir auch, sie aufzuessen!«

»Ich dachte, du machst dir Sorgen, dass der Steg unter dir durchkracht?«, zog Opa sie auf. Mit einem Grinsen ging er in Deckung, als Hilde drohend den Löffel hob.

»Lass dich nicht ärgern.« Ich knuffte sie mit der freien Hand freundschaftlich in die Seite. »Also … Der junge Mann bekommt einen Cappuccino und das Beerenfrühstück. Bis später!«

»Warte!«, rief Opa. Gemächlich zog er den Trachtenjanker aus und warf ihn über die Lehne seines Sessels. Mit steifen Beinen folgte er mir den Steg entlang. »Um wie viel Uhr kommt denn deine Freundin Julie hier an?«

»In drei, vier Stunden etwa.«

»Will sie was essen? Sie muss doch Hunger haben nach der langen Fahrt!«

Ich lächelte nur. Opas Gastfreundschaft war von nichts und niemandem zu überbieten. »Das ganze Haus ist bis unters Dach voller Essen«, rief ich und steuerte mit einem letzten Winken die Bäckerei an, wo sich Opas und meine Wege trennten. »Da werden wir doch was finden.«

Aus den Augenwinkeln sah ich Opa nach seiner Schürze greifen, als eine junge Mutter mit zwei Kindern die Glocke am Verkaufstresen läutete. Dann verschwand ich mit Andis Geschirr im Hintereingang.

Kapitel 2

Nur eine Viertelstunde später hatte ich mir Sandalen angezogen, Bärbels Frühstück vorbereitet und es mit den restlichen Paketen in den Fahrradkorb geladen. Der Fahrtwind blies mir die Haare aus dem Gesicht, und ich trat ordentlich in die Pedale, um all den Leckereien nicht mehr Zeit in der Wärme zuzumuten als nötig.

Schnaubend und pfeifend kam mir die Chiemseebahn entgegen. Über hundert Jahre war sie schon alt – nein, Moment, Opa würde schimpfen, deshalb: Tatsächlich waren es stolze hundertdreiunddreißig Jahre –, lackiert in einem satten Tannengrün. Dampf stob in die Höhe, die Räder ruckelten auf den Schienen. Die meisten Waggons waren um diese Zeit leer, doch bereits in einer Stunde würde die alte Dampfstraßenbahn etliche Touristen vom Bahnhof zum See transportieren.

»Servus, Anne!«, rief Andi, der, bereits in der Schaffneruniform, geschickt von einem Waggon zum nächsten sprang – und ich grüßte zurück.

Ein Haus nach dem nächsten peilte ich an. Übergab Pakete, stellte die Tageskarte von morgen vor und hielt den einen oder anderen Plausch. Ich liebte es, unseren Kunden Frühstückspakete auszuliefern. Ob Rentner, Berufstätige oder junge Mütter – alle Augen leuchteten, sobald sie das Paket öffneten. Ein königlicher Start in den Tag. Auch die Frühstückspakete besaßen keine festen Preise. Opa hielt seit Jahren an diesem Modell fest, obwohl wir kaum Gewinn erzielten. Doch wie er immer sagte: Er war nicht Bäcker geworden, um reich zu werden, sondern um Menschen glücklich zu machen.

Ein Blick in den Fahrradkorb verriet mir schließlich, dass ich noch ein Päckchen auszuliefern hatte. Meine Bremsen quietschten, dann kam ich vor einem kleinen, von Wind und Wetter verwitterten Holzhaus zum Stehen, das meine Lieblingskundin mit ihrer unverkennbaren Liebe zu Elefanten gestaltet hatte. Hortensien zierten den Vorgarten, eine ganze Herde aus Stein gemeißelter Elefanten lugte unter ihren Blüten hervor. Manche so groß wie ein Hühnerei, andere beinah wie eine Katze. Das Fenster neben der Eingangstür war weit geöffnet, ein Porzellanelefant zierte das Fensterbrett, und eine Grünlilie streckte ihre Blätter der Sonne entgegen.

»Bärbel?«, rief ich.

Stille. Vögel zwitscherten im Garten, in der Ferne hörte ich die Chiemseebahn pfeifen. Dass Bärbel unterwegs war und ein Fenster offen ließ, sah ihr nicht ähnlich. Vor allem, wenn die Polizei Serieneinbrüche in Prien meldete.

Ich schnappte mir das Frühstückspaket und lugte durch die Gardine ins Wohnzimmer. Hinter dem durchbrochenen Stoff erkannte ich schemenhaft eine Gestalt. Liegend. Auf dem Sofa. »Bärbel?«, probierte ich es ein zweites Mal. Hoffentlich war sie wohlauf.

»Ha?«, kam es schlaftrunken zurück. Ihre Stimme war müde und rau. »Wer ist da?«

»Ich bin's, Anne!«

»Tür ist offen!«

Meine Schritte hallten durch den Flur, als ich eintrat. Bärbels Haus sprühte vor Charme. Wer es betrat, zog erst einmal den Kopf ein, um sich nicht an der oberen Kante des

Türrahmens zu stoßen. Ein Hobbit-Haus, hatte Hilde immer gesagt und gelacht. Vermutlich wirkte es deshalb so eng, weil Bärbel es schaffte, auf einem Quadratmeter mehr Dekofiguren aufzustellen als andere Menschen in drei Stockwerken. Am liebsten Elefanten: aus Holz, aus Porzellan, aus Plüsch. Sie sammelte sie. Hundertachtundzwanzig Stück besaß sie, das hatte sie mir einmal verraten – und jeder davon trug einen Namen. So vergesslich Bärbel auch war, die Namen der hundertachtundzwanzig Elefanten vergaß sie nie. Behauptete sie zumindest. Nachprüfen konnte ich es ja schlecht, weil niemand wusste, ob da eben Elmar auf dem Kachelofen saß oder Heinz-Günther.

Und da war schon der erste – aus Plüsch. Beinahe so groß wie ein dicker Dackel, glänzende, dunkle Knopfaugen und ein stilles Lächeln auf dem Baumwollgesicht. Ein blaues Samtsäckchen baumelte an seinem Rüssel. Er saß direkt im Hausflur, nur eine Handbreit hinter dem Fußabstreifer. Ob das nun der hundertneunundzwanzigste war?

»Dir ist wohl ein Elefant zugelaufen«, rief ich durch den Flur.

»Ach ja?«, kam es nun aufgeräumter aus dem Wohnzimmer zurück. Ihr Grinsen war unüberhörbar.

»Soll ich ihn hereinbitten?«

»Hier ist jeder willkommen.« Das Sofa knarrte, vermutlich stemmte sie sich gerade hoch.

Ich setzte den Elefanten auf die Frühstücksbox, zog mir ein Paar Gästehausschuhe über – rosa Puschen! – und trat ins Wohnzimmer.

»Um Himmels willen!« Erschrocken stürzte ich auf Bärbel zu.

»Ach, Anne.« Sie lachte. Glücklicherweise. Auch wenn sie mit all diesen blauen Flecken und dem eingegipsten Fuß nicht so wirkte, als wäre alles in Ordnung. »Jetzt tu doch nicht so, als wäre ich tot.«

Ich zeigte auf den Gipsfuß. »Gebrochen?«

»Keine Ahnung. Offenbar schon.« Bärbel zuckte die Schultern.

»Der Arzt wird doch was gesagt haben?«

»Er hat das Röntgenbild hochgehalten und gesagt: Das sieht nicht gut aus. Und ich hab geantwortet: Macht nichts, wenn es Ihnen nicht gefällt. Zwingt Sie ja keiner, es in Ihrem Wohnzimmer aufzuhängen.«

»Bärbel!« Grinsend schob ich ihr ein Kissen hin.

»Ach!« Falten gruben sich in ihre Wangen, als sie lächelte.

»Hast du dich geprügelt?«, fragte ich schmunzelnd.

»Was denn sonst.« Sie lachte. »Du kennst mich doch, bei mir fliegen schnell die Fäuste.«

Wenn ich mir Bärbel, diese zierliche kleine Frau mit dem feenhaften silbernen Haar – meist zu einem langen Zopf geflochten –, vorstellte, wie sie drei Männer zu Boden streckte …

»Im Ernst«, sagte ich besorgt. »Hast du Schmerzen?«

»Ich bin dreiundachtzig, Anne.« Sie schmunzelte. »Da zwickt immer irgendwas. Und heute eben ein bisschen mehr.«

Ernst sah ich sie an. »Was ist denn passiert? Und wann? Gestern?«

»Heute Nacht. Eigentlich wollte ich nur zur Toilette. Wie immer, dreimal pro Nacht – meine Blase ist schließlich auch schon dreiundachtzig Jahre alt. Wenn sie ein Waschbecken wäre, hätte sie jeder vernünftige Handwerker schon vor fünfzig Jahren grundsaniert.«

Ich lächelte milde. »Bist du gestürzt?«

»Mir war so schwindelig. Vermutlich die Hitze. Als junges Mädchen …« Sie drückte meine Hand und sah mich vielsagend an. »In deinem Alter habe ich den Sommer geliebt. Aber jetzt macht mir die Hitze dann doch schon zu schaffen.«

»Viel trinken, Bärbel.«

Sie zwinkerte mir zu. »Sag ich auch immer. Aber mein Hausarzt meint, das macht meine alte Leber nicht mehr mit.«

»Wasser!«, rief ich und schüttelte den Kopf.

Sie grinste nur spitzbübisch. »Jaja. Dann kann ich gleich auf der Toilette übernachten.«

Mitfühlend betrachtete ich ihren Gipsfuß. »Du bist ja echt böse aufgekommen.«

»Man fühlt sich so hilflos«, gab sie zu. »Ich konnte den Fuß ja nicht einmal bewegen. Den Hausnotruf hatte ich auf dem Nachtkästchen vergessen. Dem Himmel sei Dank, dass … er … mich gefunden hat.«

Ich stockte. »Du hast den Notruf nicht mitgenommen?«

Ein Hauch von Rot, das ich nicht näher einordnen konnte, schien über ihre faltigen Wangen zu huschen, und sie wandte den Blick ab.

»Und – wer ist dieser Er?«, fragte ich irritiert. »Sag bloß, du hast einen Verehrer? Der mitten in der Nacht mit einem Strauß roter Rosen auftaucht?«

»Anne.« Ihr rügender Blick traf mich. »Jetzt werde nicht albern.«

Ha, da war es! Das Gesicht, das Bärbel für gewöhnlich aufsetzte, wenn sie beim Karteln das Ass in der Hand hielt. »Ich kenne diesen Blick«, sagte ich grinsend.

»Quatsch. In meinem Alter hat man mit der Gesundheit schon genug Probleme, da muss man sich nicht auch noch einen Mann antun.«

Schweigend sah ich sie an.

»Ist doch wahr. Diese Generation Mann glaubt noch immer, Frauen seien vom lieben Gott dazu gemacht worden, zu putzen und zu kochen.« Ihre Augenbrauen wanderten nach oben, schelmisch grinste sie mich an, dann flüsterte sie: »Und ich mag viel lieber essen als kochen!«

»Apropos!« Lächelnd hob ich die Pappschachtel auf, die ich vor Schreck auf dem Boden abgesetzt hatte, und entfernte den Deckel.

»Frühstück!« Bärbels Augen leuchteten. »Ich habe wirklich einen riesigen Hunger! Ach ... Anne ...« Umständlich wälzte sie sich zur Seite, ihr knochiger Arm zeigte in Richtung Garderobe. »Könntest du geschwind ... In meiner Jackentasche ist der Geldbeutel ...«

»Nichts da!«, widersprach ich. »Geschenk des Hauses! Für verletzte Lieblingskunden haben wir immer ein Frühstück.«

»Nein, nein, nein ...«

»Doch.« Mit sanfter Konsequenz schob ich sie aufs Sofa zurück, von dem sie sich hochstemmte, dann nickte ich in Richtung Küche. »Ich hole dir Besteck, ja?«

Sie nickte schicksalsergeben. »Links, die erste Schublade ...«

Während ich wenig später in der Besteckschublade kramte, schien Bärbel sich bereits aufgesetzt und auf die Himbeeren gestürzt zu haben.

»Mmmmh, frische Himbeeren ... Der Himmel auf Erden ...«, hörte ich sie murmeln.

»Du bist übrigens die Meisterin der Ablenkungsmanöver«, rief ich und schlurfte vorsichtig zurück ins Wohnzimmer, denn die pinken Puschen an meinen Füßen waren ein paar Nummern zu groß, und ich musste abermals einem Elefanten ausweichen.

»Ach so?« Sie ließ gerade eine weitere Himbeere in ihrem Mund verschwinden, schloss genüsslich die Augen und kaute.

Ihr verschmitztes Lächeln zeigte mir, dass sie genau verstand, wovon ich sprach.

Ich ging vor dem Sofa in die Hocke, hob die Augenbrauen und streckte ihr das Besteck entgegen. »Raus mit der Sprache, Bärbel. Wer ist dieser mysteriöse Er, der nachts in deiner Wohnung Erste Hilfe leistet?«

»Also gut.« Mit einem Seufzen schnitt sie eine Semmel auf. »Er ist mein Enkel. Ich habe ihn so lange nicht mehr gesehen. Er ist nach all den Jahren wieder einmal in Prien und wollte mich spontan besuchen.«

»Wie schön!«

»Ich wollte nur nicht …« Sie zögerte. »… wollte nicht, dass jemand etwas davon erfährt. Unsere Familienverhältnisse sind nicht ganz einfach, musst du wissen.«

»Von mir erfährt niemand etwas. Versprochen.« Lächelnd zupfte ich das Kissen unter ihrem Gipsfuß zurecht, das bereits von der Couch zu rutschen drohte. »Sitzt du bequem?«

»Alles gut, lieb von dir.«

»Du Arme.«

»Das wird schon wieder.« Sie stupste mir mit dem Finger gegen die Nase. Mit Butterfingern, vermutlich vom Wurstbrot. »Unkraut vergeht nicht.«

»Giersch und Löwenzahn, ich weiß.« Belustigt schüttelte ich den Kopf.

»Zeig mal.« Eine Gabel Rührei verschwand in ihrem Mund. Dann griff sie nach dem Plüschelefanten und sah ihn liebevoll an. »Was für ein süßer Kerl. Das ist wirklich lieb von dir, Anne.«

Irritiert sah ich sie an. »Der ist nicht von mir.«

»Nein?«

»Der lag im Flur.«

»Muss ich jetzt überall Zettel aufhängen: Elefant zugelaufen?«

»Unbedingt. Und wenn sich niemand meldet, bringe ich das Kerlchen ins Tierheim«, scherzte ich und grinste.

Bärbel musterte den Elefanten prüfend. »Er sieht nicht so aus, als würde er jemandem gehören.«

Das stimmte. Zunächst einmal war er trocken. Kein Babysabber, kein Schlamm vom Spielen im Dreck. Er hatte keine Schrammen, keine aufgeplatzten Nähte, nichts. Und dabei waren es doch die kleinen Schrammen, die das Leben erst vollständig machten. Eine von Opas Weisheiten: Wer keine Schrammen hat, hat nicht gelebt.

Dieser hier schien noch auf der Suche nach liebevollen Händen zu sein, er roch geradezu herzzerreißend einsam, nach Fabrik und Färbemitteln und neuem Stoff.

»Gut, dass Andi nicht da ist«, sagte ich. Der hätte vermutlich grinsend die Augen verdreht und Bärbel daran erinnert, dass sie für Kuscheltiere längst zu alt war.

»Laut Andi bin ich zu alt dafür?« Bärbels Lächeln wirkte irgendwie triumphierend. »Das sagen die Leute, nicht wahr? Sie sagen viel, wenn der Tag lang ist.«

»Entschuldige.« Ich wurde rot. Kuscheltiere waren ihr bestimmt immer ein Trost gewesen. Sie hatte schon so lange niemanden mehr, in dessen Armen sie nach einem erfüllenden Tag glücklich einschlief.

»Ehrlich gesagt …« Bärbel senkte ihre Stimme auf ein Flüstern. »Ehrlich gesagt amüsiert es mich ja. Das Kopfschütteln, der verständnislose Blick, das leise ts, ts, ts … Als müsste es mir peinlich sein, dass ich glücklich bin! Glück! Peinlich!«

»Beneidenswert.«

»Der Körper wird zerbrechlicher, wenn man alt wird. Der Rücken biegt sich nach vorn, die Knochen klappern.« Sie lachte laut. »Aber die Haut wird dicker. Man bekommt ja ein dickes Fell, liebe Anne. Was denkst du, was mir mittlerweile alles am Allerwertesten vorbeigeht, was mich früher zum Weinen gebracht hätte?« Mit der Gabel angelte sie nach ein paar Jostabeeren.

»Habe ich eine Chance, das zu lernen, bevor ich dreiundachtzig bin?«, fragte ich schmunzelnd.

»Hoffentlich.«

»Süß ist er ja.« Lächelnd zupfte ich dem Plüschtier einen Faden vom Rüssel.

»Hast du Kuscheltiere, Anne?«, fragte Bärbel.

»Irgendwo auf dem Dachboden …«, setzte ich an, doch ich brach ab, als ich Bärbels Blick auffing.

»Du hast deine Kindheit auf den Dachboden verbannt?« Sie grinste.

Vermutlich hatte ich das. Ich hatte in meiner Kindheit mit Plüschtieren gespielt, ihnen Geheimnisse erzählt und die Erlaubnis gegeben, in meiner Abwesenheit alle Schokoladenvorräte zu plündern. Heute gab ich widerwillig zu, dass es einen ganz anderen – und auf der Waage deutlich sichtbaren – Grund hatte, warum die Schokolade so schnell verschwand.

»Weißt du noch, wie du als kleines Mädchen bei mir zu Besuch warst und dir Sorgen gemacht hast, als ich einen kleinen Teelöffel ganz ohne Begleitung eines erwachsenen Esslöffels in die Spüle werfen wollte?«

»Bärbel!« Ich musste lachen.

»Oder wie du deinen Vater gebeten hast, das Auto umzuparken, weil es neben einem so grimmig aussehenden Lastwagen stand?«

Natürlich erinnerte ich mich.

»Denkst du nie daran?«, fragte sie weiter.

»Doch, schon.« Gedanken wie diese ploppten ab und zu wie selbstverständlich in meinem Kopf auf. Sie sagten Hallo – wie gute Bekannte – und verschwanden wieder. »Als Erwachsener ...«, setzte ich an. *Als Erwachsener tut man das nicht*, hatte ich sagen wollen. Doch Bärbels Blick war so ernst, dass ich nicht weitersprach.

»Als Erwachsener solltest du dir nichts nehmen lassen, was als Kind ganz selbstverständlich war.«

»Du meinst ...«

»Ich rede von großen Träumen, Anne.« Sie lächelte und strich dem Elefanten über den Kopf. »Wer sich Kuscheltiere ausreden lässt, der lässt sich auch die Träume der Kindheit nehmen.«

Darauf wusste ich erst einmal nichts zu erwidern.

Nachdenklich strich sie dem Elefanten über den Kopf. »Wie nennen wir ihn denn?«

»Vielleicht hat er einen Ausweis dabei?«, scherzte ich und löste die feinen Schnüre, die das Säckchen zusammenhielten. Schwer wog es in meiner Hand.

»Anne ...« Bärbel wirkte ein wenig nervös, doch da zog ich bereits das Päckchen Pralinen heraus.

»Oh«, machte ich. Und mit einem Seitenblick auf ihr peinlich berührtes Lächeln schob ich es schnell von mir. »Entschuldige bitte. Sollte das dein Geheimnis bleiben?«

»I wo.« Tapfer lächelte sie weiter, doch ich spürte, dass ich irgendeine Grenze überschritten hatte.

»Tut mir wirklich leid.«

»Nein, nein.« Bärbel drückte meine Hand.

»Ich frage nicht weiter.«

Sie seufzte. »Schon gut, Anne. Anscheinend ist es vom Pralinen-Einbrecher. Hast du von ihm gehört?«

Ich nickte nur. »Du denkst, er hat den Elefanten durch die offene Tür in den Flur gesetzt?«

»Scheint so.« Bärbel zog das Kuscheltier näher zu sich und kramte in dem kleinen Säckchen. »Müsste da nicht ... Ah, da ist er ja.« Sie strich den Brief glatt. Ein wenig zerknittert war er, und durch die Form des Pralinenpäckchens hatte er eine Biegung bekommen.

»Er weiß von deiner Vorliebe für Elefanten.«

»Berührend, nicht?« Sie lächelte und knibbelte mühsam am Klebestreifen, um das Kuvert zu öffnen. »Er scheint seine Pralinen nicht einfach wahllos zu verteilen. Offenbar interessiert er sich tatsächlich für die Menschen, die sie bekommen.«

»Hat das nicht ein bisschen was von einem … Stalker?«

»Anne, Herzchen!« Bärbel lachte und ließ für einen kurzen Moment das Kuvert sinken. »Bei mir stehen haufenweise Elefanten im Vorgarten. Da muss er nicht viel stalken, das sieht er schon von der Straße aus. Und außerdem – wer sagt denn, dass es ein Fremder ist? Vielleicht ist er hier aus dem Ort und kennt die meisten Leute.« Wieder pfriemelte sie an dem Klebestreifen herum. »Mit diesem Ding hier könnte man ein Regal an die Wand kleben.«

»Hübsch ist er ja.«

Bärbel sah auf. »Der … Elefant?«

»Ach, Bärbel.« Freundschaftlich knuffte ich sie in die Seite und lachte. »Den Einbrecher kann ich nicht beurteilen.«

»Ah … endlich …«

Das Papier raschelte, sie faltete den Brief auf. Ein Lächeln huschte über ihr faltiges Gesicht, ein Hauch von Wangenröte gesellte sich dazu. Ihr Blick flog nur so von Zeile zu Zeile. Mit jedem Wort blinzelte sie schneller, um ihre feuchten Augen vor mir zu verstecken. Unweigerlich sah ich zur Seite.

»Ähm.« Sie räusperte sich schließlich und nahm einen Bissen Räucherlachs. »Bist du … mir böse, wenn ich ihn dir nicht zeige?«

»Natürlich nicht!«

Sie schwieg einen Moment, doch in ihrer Miene lag nichts Verlegenes. Vielmehr hatten ihre Augen einen Glanz bekommen, der mir vorher nicht aufgefallen war. »Ich habe ehrlich gesagt schon darauf gewartet, dass der Pralinen-Einbrecher auch bald zu mir kommt.«

»Ja?«

»Bei meiner besten Freundin war er auch. Vor drei Tagen schon.«

»Hilde?«, fragte ich fassungslos.

»Ja.«

»Wirklich?« Unfassbar, dass Hilde sich nichts hatte anmerken lassen.

»Oje, habe ich da was ausgeplaudert? Kein Wunder, dass Hilde euch nichts erzählt hat. Diese Briefe zeigt man nicht gerne her. Sie sind persönlich.«

»Du hast Hildes Brief gelesen?«

Bärbel nickte. »Er ging mir sehr zu Herzen.« Sie holte tief Luft und sah mich an. »Auch der hier. Er führt dich an Orte deines Herzens, die du vergessen geglaubt hast. In diesen Briefen geht es um den Sinn des Lebens. Dass man an seine Träume glauben und in vollen Zügen leben soll, allen Problemen und Ängsten zum Trotz. Er schreibt, dass die wahren Schätze im Leben die Menschen sind, die uns am Herzen liegen. Und dass wir jede Sekunde mit ihnen genießen sollen. Das Leben kann so schnell vorbei sein.«

»Das … klingt ein bisschen, als hätte er einfach eine Seite aus einer Frauenzeitschrift rauskopiert?«, fragte ich und grinste.

»Im Gegenteil. Er benutzt keine Floskeln, sondern stellt Vermutungen an, wie es mir wohl in meinem Leben gehen könnte. Aber genau das macht es so persönlich. Seine Menschenkenntnis ist beeindruckend, schließlich kennt er ja nur meinen Vorgarten … Dabei bleibt er sehr zurückhaltend und höflich – trifft aber …« Sie wischte sich die Augen, um eine kleine Träne aufzufangen, die über ihre Wange kullerte. »… trifft aber genau ins Schwarze.«

»Das klingt wirklich schön«, sagte ich leise. Mein Blick lag auf ihren eisblauen Augen, die nun so viel wärmer wirkten. Bärbel war eine willensstarke, quirlige Frau. Doch in diesem Moment schien sie mir so zerbrechlich wie nie. Eigentlich sollte ich die Klappe halten. Aber …

»Warum steckt er die Nachrichten nicht einfach in den Briefkasten?«, rutschte es mir schließlich doch heraus.

»Er warnt auch davor, leichtsinnig Türen und Fenster offen zu lassen. Und mahnt, Alarmanlagen regelmäßig zu testen, ob sie auch zuverlässig funktionieren. Wenn man denn welche hat. Sonst kann sich das Leben ganz schnell ändern.«

»Das klingt fast so, als wäre es eine Aktion der Polizei im Ort.«

Bärbels zartes Lächeln kam von innen, ihr Blick suchte den meinen. »Das würde ich auch sagen, wenn ich den Brief nicht gelesen hätte. Hinter diesen Zeilen stecken keine Floskeln, dahinter versteckt sich ein Mann, der vom Leben gebeutelt ist, das sage ich dir. Einer, der sich aus tiefstem Herzen wünscht, dass es anderen Menschen gut geht.«

»Du wirst ja fast poetisch«, sagte ich und lächelte unsicher.

»Danke für das Frühstück, Anne.« Bärbel schob sich den letzten Bissen Käse in den Mund, nickte mir dankbar zu und fasste nach meiner Hand. »Jetzt halte ich dich aber nicht mehr auf. Ich weiß, du hast noch so viel zu tun.«

Das hatte ich tatsächlich. Blumengießen bei Susi, die seit einer Woche im Urlaub war, vier Torten verzieren und Julie abholen. Himmel, die würde schon in zwei Stunden am Bahnhof ankommen.

Kapitel 3

»Anneeeeeee!«, quietschte Julie quer über den Bahnsteig. So laut, dass der Herr vor ihr zusammenzuckte und sich die Ohren rieb.

Ich lachte, streckte beide Hände in die Luft und winkte.

Gut gelaunte Stimmen flirrten durch die Luft, der Priener Bahnhof leuchtete in der Sonne. Das Licht reflektierte gleißend hell auf den Schienen, die in der Ferne immer kleiner wurden und sich irgendwo vor der bläulich schimmernden Bergkette am Horizont verloren.

Julie strahlte, als sie sich einen Weg durch die Menschentraube bahnte. Ihr schulterfreies, mintgrünes Strandkleid wehte im warmen Wind. Ton in Ton dazu ihr Nagellack, wie ich bereits von Weitem erkennen konnte. Typisch Julie. Umständlich kletterte sie über ein paar Koffer, quetschte sich zwischen einem Grüppchen Raucher hindurch und wedelte sich den Qualm aus dem Gesicht.

»Acht Monate!«, rief sie und fiel mir schon um den Hals. Durch den riesigen Trekkingrucksack auf ihren Schultern mit ein bisschen mehr Schwung als geplant. »Wir haben uns Ewigkeiten nicht gesehen!«

»Länger!« Genauer gesagt so lang, dass ihr weißblonder Pferdeschwanz um mehr als eine Handbreit hatte wachsen können. Er reichte ihr schon über die Brust. Grinsend drückte ich sie an mich. Es war schön, die beste Freundin endlich wiederzusehen. Und Julie war mir in Hamburg ans Herz gewachsen wie eine Schwester. Sie roch nach Deo – vermutlich hatte sie sich im Zug erst frisch eingenebelt. Für einen Moment glaubte ich, sie tief durchatmen zu hören, doch vielleicht täuschte ich mich auch.

Ich entließ sie aus meiner Umarmung. »So schön, dass du da bist.«

»Oh, du hast mir ein wenig Tortencreme zum Probieren mitgebracht.« Mit einem verhaltenen Grinsen zeigte sie auf mein T-Shirt, wo sich ein beträchtlicher Klecks Buttercreme seinen Weg in die Fasern gebahnt und einen noch größeren Fettfleck hinterlassen hatte.

»Oje.«

»Sieht lecker aus.« Sie stupste mit dem Finger hin und probierte. »Mmmh. Sehr gut.«

»Julieeee!«, rügte ich sie lachend und hakte mich bei ihr unter.

Verstohlen musterte ich sie von der Seite. Irgendetwas in ihrem Blick gab mir zu denken. Da lag ein Schatten über ihren eisblauen Augen. Mir war, als trüge sie die gut gelaunte Julie heute nur wie eine Maske. So aufgedreht hatte ich sie bis jetzt nur einmal erlebt: als sie ihren Eltern am Telefon die glückliche Tochter vorgespielt hatte, nachdem sie durch das erste Staatsexamen gerasselt war. »Komm, wir bringen erst einmal deine Sachen zu mir, dann kannst du eine echte Prinzregententorte probieren, nicht nur die Cremespritzer.«

»Hach, ich freu mich so, hier zu sein.« Julies blonder Pferdeschwanz flog, als sie sich umsah. Menschen standen in Grüppchen herum und lachten ausgelassen, das Pfeifen der Chiemseebahn drang über die Gleise herüber. »Hier ist ja richtig Stimmung.« Sie lächelte, doch es war nur ein halbes Lächeln.

»Müde siehst du aus. Du bist früh aufgestanden heute, oder?«

»Um fünf.« Sie schluckte.

Als Langschläferin war das für Julie eine beachtliche Leistung. »Wie war die Fahrt?«

»Toll.« Sie grinste, diesmal weniger steif. »Ich liebe Bahnfahren. Man kann während der einstündigen Fahrt zwischen München und Prien tatsächlich zwei Stunden Schlaf nachholen.«

»Die Bahn vollbringt Wunder.« Ich musste lachen.

»Ich kann gar nicht glauben, dass ich dich noch nie besucht habe. Jetzt lerne ich endlich mal deine Heimat kennen.«

»Wird auch Zeit.« Ich zog sie mit mir, die Treppe hinab, durch die Unterführung in Richtung Chiemseebahn.

»Und deine Familie!« Julie stieg neben mir die Stufen hinauf. »Schade, dass deine Mutter in Afrika ist.«

»Ja, leider.« Ich seufzte. Seit einiger Zeit kannte ich Mama beinahe nur noch mit Koffer in der Hand. Meist rief sie mir dann noch über die Schulter zu, dass wir unbedingt ein bisschen Mutter-Tochter-Zeit nachholen müssten, sobald sie zurück sei. Doch wenn sie dann endlich zu Hause ankam, stritt sie sich ja doch nur mit Papa, um kurz darauf wieder den Koffer zu packen und die Flucht zu ergreifen. Ich schüttelte die Gedanken ab.

Die alte, grüne Dampfstraßenbahn wartete schon auf den Gleisen, die hinab zum Schiffsanleger führten. Stimmengewirr tönte aus den Waggons, Kinder erklommen den Schoß der Mama, um über die hölzernen Fensterlehnen zu spähen und sehnsüchtig darauf zu warten, dass sich die kleine Bahn in Bewegung setzte.

»Bahn?«, fragte Julie. Ihr Blick lag auf der Chiemseebahn, doch sie schien durch sie hindurchzustarren. Ich konnte es hinter ihrer Stirn förmlich arbeiten sehen.

»Na sowieso!« Strahlend hielt ich zwei Fahrkarten in die Höhe, in der Hoffnung, sie damit aufheitern zu können. »Tadaaaaaa! Sie fährt zwar erst in zehn Minuten los, aber dafür musst du deinen Rucksack nicht länger schleppen.«

Obwohl der Weg nicht weit war – ich hatte für die sanfte Steigung hinauf zum Bahnhof zu Fuß eine Viertelstunde gebraucht –, war die Chiemseebahn eine Attraktion, die ich Julie auch ohne Gepäck nicht hätte vorenthalten wollen.

»Sollen wir den letzten Waggon nehmen?«

Ich nickte. Mit Schwung zog ich mich hoch, die Trittbretter hinauf. Im hinteren Bereich des Zuges war es ruhiger, der letzte Waggon fast leer. Nur zwei Pärchen nickten uns freundlich zu.

»Puh«, machte Julie. Sie ließ sich auf eine Holzbank plumpsen, setzte den Rucksack ab und rieb sich über die roten Striemen, die sich in ihre blassen Schultern gedrückt hatten. Mein Blick fiel auf ihre Augenringe. Gut versteckt unter einer perfekten Schicht Schminke, aber trotzdem nicht zu übersehen. Nein, das war definitiv nicht normal für Julie.

Besorgt sah ich sie an und sprach meine Gedanken direkt aus. »Dir geht es nicht gut, stimmt's?«

Julie sah zu Boden und holte erst einmal tief Luft. Beim Ausatmen schien sie ein Stück in sich zusammenzusacken. »Nicht wirklich«, gab sie zu.

»Lukas?«, fragte ich und wusste schon beim Fragen, dass ich ins Schwarze traf. Schließlich hatte ich sie in den vergangenen Wochen immer nur am Handy erreicht und selten übers Festnetz. Bislang hatte sie aber immer behauptet, es seien normale Streitigkeiten. Ich hatte mir trotzdem Sorgen gemacht, schließlich hatten Lukas und sie vor ein, zwei Jahren bereits größere Probleme durchgestanden. Und was dabei zerbrochen war, heilte nur langsam.

Ein betrübtes Lächeln flog über ihre Lippen. »Ich bin froh, dass ich eine Weile bei euch bleiben darf. In Hamburg halte ich es gerade nicht mehr aus.«

Mein besorgter Blick ruhte auf ihr. Als Julie angerufen und ihren spontanen Besuch angekündigt hatte, war es mir falsch erschienen, sie am Telefon über die näheren Umstände zu befragen. Schließlich redete es sich doch viel leichter, wenn man sich gegenüberstand. »Ist es schlimmer geworden?«

»Frag nicht.« Sie verdrehte die Augen und pustete sich eine blonde Locke aus der Stirn. »Wir haben uns schon wieder gestritten. Gestern Abend.«

»Worüber diesmal?«

»Über eine Gurke.«

Erschrocken sah ich sie an. »Eine Gurke ...?«

Eine Familie mit älteren Kindern stieg ein, die Schwingtür knallte lautstark hinter ihnen zu. Aus dem Augenwinkel beobachtete ich, wie die resolute Mutter alle, inklusive Ehemann, auf die ersten beiden Sitzbänke schob. Ich grüßte mit erhobener Hand, ohne meinen Blick von Julie abzuwenden.

»Seiner Meinung nach habe ich sie falsch auseinandergeschnitten. Die Stücke waren zu groß.«

Empört stieß ich die Luft aus. »Nicht sein Ernst.«

»Danke, dass ich ein paar Tage hier verbringen darf.«

»Tage, Wochen ... Bleib, solang du willst!«

Julie atmete tief durch. »Noch zwei Wochen, dann ist die Wohnung im Schanzenviertel frei; außerdem sind die Ferien dann fast zu Ende, und meine Schulkinder warten.«

»Bis dahin bleibst du auf alle Fälle bei uns.«

»Das ist total lieb.« Julie drückte meine Hand. »Aber ein schlechtes Gewissen habe ich schon, euch so lang Umstände zu machen.«

»Dafür sind Freunde doch da.« Ich lächelte. »Außerdem … Weißt du noch? Zu Beginn meiner Konditorausbildung, als ich nach Hamburg gezogen bin?« Relativ überstürzt hatte ich mich um einen Ausbildungsplatz bemüht, nachdem die Beziehung zu meinem Freund zerbrochen war. Ursprünglich hatte ich geplant, mir für ein paar Tage ein Hotelzimmer zu nehmen, während ich eine Wohnung suchte. Und dann kam Julie.

Julie kicherte. »Du musstest dir aber auch ausgerechnet das Wochenende aussuchen, an dem etliche Großveranstaltungen in Hamburg stattfanden.«

»Was war das doch gleich? Boxkampf mit Klitschko? Schlagermove?«

»Und ein Derby«, ergänzte sie nickend.

Es war wirklich großes Glück gewesen, dass Julie mich aufgegabelt hatte, als ich gerade die Pinnwand des örtlichen Supermarkts nach privaten Wohnungsanzeigen durchforstet hatte. Mit Reißzwecken bewaffnet und ziemlich gehetzt war sie hereingeschneit, um einen Aushang für ein freies WG-Zimmer ab Anfang Oktober anzubringen. Ein kurzer Ratsch hatte damit geendet, dass ich vier Wochen auf Julies Couch verbrachte, um im Oktober schließlich das frei gewordene WG-Zimmer zu beziehen.

»Das war eine verrückte Zeit.« Sie nickte. »Du hattest danach noch wochenlang Rückenschmerzen.«

Ich grinste. »Aber schön war's.«

»Auf alle Fälle.« Julie zwinkerte mir zu. »Ich hoffe, eure Couch ist ein bisschen weicher.«

»Keine Sorge, wir haben ein Bett für dich.«

»Die Auszeit wird mir guttun.« Ein schmerzliches Lächeln legte sich auf ihr Gesicht. »Vielleicht kann ich dann endlich meine Gedanken ein wenig ordnen. Die Trennung verarbeiten.«

»Schade eigentlich«, meinte ich seufzend. »Du hast am Telefon immer so verliebt geklungen.«

»Die Liebe ist uns irgendwo auf dem Weg abhandengekommen.« Sie schluckte und sah zum Fenster hinaus, wo der Schaffner den letzten Fahrgästen über die Trittbretter in die Waggons half. »Und die finden wir auch nicht wieder. Für Liebe gibt es keine Fundbüros.«

»Schade eigentlich ... Ich frage mich, was er plötzlich hat.«

»Nicht nur er.« Julie starrte aus dem Fenster, wo eine Mutter ihre kleine Tochter hinter sich herschleifte, die mit Zornesröte im verweinten Gesicht lauthals nach einem Eis schrie. Traurig sah Julie mich an. »Irgendwie hat mich die Beziehung verändert. So, dass es mir manchmal peinlich ist.«

»Wie meinst du das?«

In ihren Augen glitzerten ein paar Tränen. »Neulich habe ich ihn vor allen Leuten auf einem Parkplatz angeschnauzt, weil er die neue Couchdecke dazu benutzt hat, um die Rückbank vor der Erde zu schützen. Er hat Gemüsepflanzen gekauft, weißt du?«

»Ja, aber ...«

Müde lächelnd schüttelte sie den Kopf. »Ich bin doch keine von diesen Furien.«

Ein Pfeifen unterbrach uns. Der Waggon ruckelte, dann setzte sich die Chiemseebahn in Bewegung. Wir blickten aus dem offenen Fenster, wo das Grün der Bäume gemächlich an uns vorbeizog.

»Vielleicht spürst du einfach, dass er nicht der Richtige für dich ist. Wenn man bei jemandem bleibt, den man nicht liebt, dann fliegen vermutlich schneller die Fetzen.«

»Wahrscheinlich.« Sie seufzte und sah mir ernst in die Augen. »Danke, dass ich die nächsten Wochen hierbleiben darf.

Ablenkung tut gut. Und ich hatte vor, nicht mehr an ihn zu denken.«

»Natürlich! Jetzt kannst du dich erst einmal erholen. Wir werden Boot fahren, Schiff und Bahn, die Inseln erkunden, die Berge ... Was du magst!«

»Das hört sich toll an.« Julies Schultern hoben sich, als sie tief durchatmete. »Hoffentlich schaffe ich es, ihn aus meinem Kopf zu kriegen. Die letzte Woche habe ich fast nicht geschlafen und ständig gegrübelt. Tausend Gedanken schwirren durch meinen Kopf ...«

»Die jagen wir davon! Mit Bergluft, Sonnenschein – und natürlich Apfelstrudel, der macht immer glücklich. Und am besten noch ...«

»... ein paar Weißwürste! Denn mit Weißwürsten im Bauch wird alles gut, oder?« Sie grinste müde. »Macht dein Opa manchmal welche?«

»Die gibt's morgen. Donnerstag ist Weißwursttag im Café.« Ich warf einen Blick auf die Uhr. »Heute wäre es sowieso zu spät. Weißwürste dürfen ja das Zwölf-Uhr-Läuten nicht hören.«

Julie zwinkerte und zupfte sich ein loses Haar vom Kleid. »Sonst explodieren sie?«

»So wird es sein.« Ich lachte.

»Im Ernst, wo kommt das her?«

»Eine Tradition, das hat Opa schon als Kind von seiner Mutter gehört. Vermutlich ist die Regel in einer Zeit entstanden, wo es noch keine Kühlschränke gab. Die verderben schnell. Wenn man sie früh am Morgen vom Metzger holt, halten sie ungekühlt höchstens bis zum Zwölf-Uhr-Läuten.«

Wieder drang das Pfeifen der Bahn an unsere Ohren. Wir lehnten uns an die Fensterrahmen, ließen uns den Fahrtwind um die Nase wehen und lauschten dem beruhigenden Geräusch der Radreifen auf den Schienen, gelegentlich unterbrochen durch leises Knarren und Quietschen der Waggons.

»Wie schön. Das hat Charme.« Julie lehnte sich zurück, doch sie sah für einen kurzen Moment so erschöpft aus, dass ich wütend auf Lukas wurde. Niemand durfte meiner Freundin diesen Kummer bereiten.

»Schau mal, du wirst begrüßt«, versuchte ich sie aufzuheitern.

Hinter der Schranke am Bahnübergang standen einige Kinder und bestaunten die heranrollende Dampfeisenbahn. Einige winkten ausgelassen und zauberten uns ein Lächeln ins Gesicht – auch Julie. Wir grüßten zurück und blickten ihnen nach, bis sie in der Ferne immer kleiner wurden. Auch das helle Bimmeln des Bahnübergangs ebbte mit jedem Ton ab, je weiter wir uns entfernten.

Gemütlich tuckerte die Bahn den Eschenweg entlang, passierte saftige grüne Wiesen zur Linken und die Rosenklinik zur Rechten. Und auf dem Weg entdeckte ich einen Fahrradfahrer in Jogginghosen, der mir bekannt vorkam. Der Fahrtwind zerzauste sein ohnehin schon strubbeliges dunkles Haar, doch in seinem offenen Blick lag eine Zufriedenheit, die mich seltsam berührte. Nur ein paar Sekunden, dann rauschte die Bahn an ihm vorbei. Da fiel mir ein, woher ich ihn kannte. Es war der Tourist, der am Morgen bei uns gefrühstückt hatte. Ich konnte nur hoffen, dass ihm das Beerenfrühstück geschmeckt hatte. Vielleicht kam er noch mal wieder.

»Ist das der Schaffner?«, riss mich Julie aus meinen Gedanken.

Ich löste meinen Blick vom Radfahrer und kramte nach den Tickets. »Oh ja, da kommt Andi«, sagte ich.

»Servus!«, rief Andi fröhlich, als er sich vom vorderen

Waggon zu unserem herüberhangelte und die kleine Schwingtür hinter sich einrasten ließ. »Na, Anne? Hast Besuch, hm?«

Das interessierte Funkeln in seinen Augen amüsierte mich. Ich erklärte: »Meine Freundin Julie aus Hamburg.«

»Macht ja nichts. Kann ja nicht jeder so ein Glück haben, am Chiemsee zu wohnen, oder?« Schelmisch grinsend nahm er die Karten entgegen, die ich ihm entgegenstreckte. Dann zwinkerte er Julie entschuldigend zu. »War nur Spaß. Ich war auch mal in Hamburg. Aber das ist lang her. Fahre nicht so oft ins Ausland.«

»Andi«, rügte ich ihn und verdrehte theatralisch die Augen.

»Alles nördlich von …«, setzte er an.

»Andi!«, unterbrach ich ihn sofort, weil ich wusste, was folgen würde. Andi war zwar herzensgut, aber manchmal gingen seine Scherze ein bisschen zu weit. Und Julie schien heute nicht so sehr zu Späßen aufgelegt zu sein …

»Schon gut.« Er hob beide Arme, ein schiefes Grinsen auf dem Gesicht. »Willkommen am Chiemsee, Julie.«

»Danke.« Sie erwiderte zwar das Grinsen, doch die Schatten unter ihren Augen verrieten, dass es eine Extradosis Chiemsee brauchte, bis sie den Liebeskummer vergessen und einen Neustart wagen würde. Die Extradosis würde sie kriegen.

Andi stützte sich an einem der Sitze ab. »Du bist auch eine Konditorin, Julie?«

»Nein. Aber professionelle Tortenesserin.« Sie lachte breit, und kurz wirkte sie so fröhlich, wie ich sie damals in Hamburg kennengelernt hatte.

»Im Café Apfelglück bist du dafür an der richtigen Adresse.« Andi zwinkerte uns zu, dann widmete er sich den anderen Fahrgästen, die hektisch nach ihren Tickets kramten – begleitet von Andis gemütlichem »Lassen's sich Zeit, läuft ja nix davon«.

Einige Augenblicke später näherten wir uns bereits dem Ziel. Den Restaurants und Cafés, dem Anleger und all seinen Schiffen. Blau blitzte der Chiemsee durch die Menschentraube, die sich um die Bahn gebildet hatte.

»Wir sind da.« Sofort griff ich nach Julies Rucksack. »Gib her, ich helfe dir.«

»Oh, danke.« Sie keuchte, als sie den Trekkingrucksack am Schulterriemen hochhob. »Aber Vorsicht, der ist …«

Kaum hatte ich angepackt, wusste ich, was sie meinte. »Der ist ja schwerer als du.«

»Das kann sein.« Julie schmunzelte.

»Obwohl das kein Wunder ist.« Ich musterte sie skeptisch von oben bis unten. »Du brauchst dringend ein paar Apfelkücherl auf die Rippen.«

»Gerne! Du kennst mich doch, Anne. Für süße Naschereien bin ich immer zu haben. Mich könntest du um drei Uhr nachts wecken, und ich würde drei Stück Kuchen essen.«

Ich nickte, und Julie lachte, auch wenn es ein klein wenig gezwungen wirkte. Dabei hatte sie wirklich einen gesunden Appetit. Schon immer. Das wusste ich noch zu gut aus der Zeit meiner Konditorausbildung. Drei Jahre lang hatten wir uns eine Wohnung in Hamburg geteilt, und beinahe durchgehend hatte sich Julie quer durch all meine oft missglückten Versuchstorten gefuttert. Gut, dass sie viel Obst und Gemüse aß, sonst hätte sie vermutlich irgendwann Gesundheitsprobleme bekommen.

»Ich werde dir die besten Leckereien kredenzen«, versprach ich ihr. Ich schulterte den gewaltigen Rucksack und stieg als Erste von der Bahn, um Julie über die Trittbretter herunterzuhelfen.

»Seit wir dauernd streiten, habe ich immer dieses fiese Gefühl im Magen. Mir ist so übel. Vielleicht können ein paar deiner Apfelkücherl helfen.«

»Oje, Julie.« Mitfühlend legte ich ihr den Arm um die Schultern. »Apfelkücherl haben geheime Heilkräfte. Soul Food, wenn du es so nennen willst. Damit werden wir dich schon aufheitern.«

»Lieb von dir.« Sie drückte meine Hand und lächelte.

Schweigend liefen wir hinüber zu der kleinen Brücke, am Haus Luitpold vorbei und die Uferpromenade entlang zur Landzunge. Der warme Wind spielte in unseren Haaren, über uns kreisten ein paar Möwen. Von den Biergärten her stieg köstlicher Duft auf: Schweinebraten, Zwiebelrostbraten, Würste. Gut gelaunte Menschen saßen in den Cafés und gönnten sich Eis oder Kuchen; Spatzen flatterten zwischen Stuhllehnen und Tischbeinen herum, um ein paar Krümel zu erhaschen.

Julie hatte sich bei mir untergehakt und schien ein bisschen zu entspannen. Ihr Blick glitt in die Weite, hinaus auf den Chiemsee. Elektroboote schaukelten auf dem Wasser, ein braun gebrannter Bootsjunge half drei Urlaubern ins Boot, die ohne seine Hilfe sicherlich über Bord gegangen wären.

»Und hier bist du aufgewachsen?«, fragte Julie. Ihr Blick hing auf dem kristallklaren Wasser, in dem sich die Berge spiegelten und das in der Vormittagssonne einladend funkelte.

»Ja. Mein ganzes Leben bin ich schon hier.« Ich verlagerte das Gewicht des Rucksacks auf meine linke Schulter und nickte Julie zu. »Mit Ausnahme von drei Jahren Hamburg natürlich.«

»Hier ist es noch so viel schöner als auf den Fotos, die du mir gezeigt hast!« Ein Ausdruck von Gelassenheit und Glück lag auf ihrem Gesicht. »Beinahe magisch.«

»Ja.« Ich lächelte. Der Chiemsee war meine Heimat. Hier waren meine Wurzeln, meine Familie, mein Herz. Am bayerischen Meer.

»Huhu!« Opa strahlte uns schon von Weitem an, als wir uns der Bäckerei näherten. Gerade kam er mit zwei großen Tabletts aus dem Haus, seine Halbglatze glänzte in der Sonne. »Ich bediene nur kurz die Leute am Steg, dann bin ich für euch da!«

»Lass dir Zeit!«, rief ich, obwohl er bereits weitereilte und ich sicher war, dass er mich nicht hörte. Im Gegensatz zu Hilde schaltete er sein Hörgerät zwar immer ein, aber hundert Meter Entfernung schaffte selbst das beste Hörgerät nicht.

Julie zeigte auf die Bäckerei. »Ist es das? Dein Elternhaus?«

Eine Markise bot der Verkaufstheke Schatten, die sich in das riesige Fenster einfügte. Hinter dem Glas warteten unterschiedlichste Kuchen, allerhand Kleingebäck, Torten und Brot. Mein Blick blieb auf der Prinzregententorte hängen, die ich erst kurz vor Julies Ankunft fertiggestellt hatte. Sie wartete noch unberührt zwischen dem letzten Stück Apfelstrudel und der deutlich geschrumpften Donauwelle darauf, vom nächsten Cafébesucher entdeckt zu werden.

»Mmmmh«, machte Julie. »Ich glaube, ich wäre langsam bereit, deine Apfelkücherl zu probieren.«

»Hoffentlich!«

»Wie lange muss ich bleiben, damit ich mich durch alle Köstlichkeiten durchprobieren kann?«

»Jahre.« Ich lachte. »Jahre! Komm mit, wir bringen erst einmal dein Gepäck nach oben.« Auch wenn wir uns unterwegs abgewechselt hatten, schmerzte Julies Rucksack wieder auf meinen Schultern.

Ich führte sie durch den mit Rosen bewachsenen Torbogen in unseren Innenhof. Vögel flogen quer durch den Garten, und ich sah aus dem Augenwinkel, wie ein Rotschwanzpapa mit einem dicken Wurm in einer Nisthilfe verschwand.

Zartes, hohes Piepen empfing ihn. Efeu und wilder Wein rankten sich die Hauswände hinauf, dicht an dicht. Von der weißen Außenwand war kaum noch etwas zu sehen, allein die hölzernen Fensterläden gaben dem Haus Struktur.

Gerade drehte ich den Schlüssel im Schloss um, da hörte ich Julie hinter mir verzückt quietschen.

»Oh, was für ein niedliches Kerlchen bist du denn? Anne, gehört der etwa euch?«

Irritiert drehte ich mich um, als Erstes fiel mein Blick auf die Nisthilfe, aus dessen Eingang der Rotschwanzpapa lugte. »Wer?«

»Na, er!«, rief sie begeistert. »So niedlich!«

Jetzt sah ich ihn. Die kleine Flauschkugel saß in einem Körbchen vor der mit Efeu bewachsenen Hauswand und sah uns aus unschuldigen, schwarzen Knopfaugen an. »Nanu! Wo kommt der denn her?« Umständlich befreite ich mich aus den Riemen und lehnte den Rucksack an die Haustür.

»Oooooh, sieh ihn dir an! So was Süßes habe ich noch nie gesehen.« Julie bückte sich zu dem Welpen hinunter, löste die Leine und kraulte ihm die Ohren.

»Hallo, du Süßer!« Lächelnd ging ich ebenfalls in die Knie und strich ihm durchs Fell. »Bist du weich!« Weich und unglaublich niedlich. Der Kleine war dreifarbig: weiß, schwarz und braun. Als Julie ihn am Hals kraulte, schloss er genüsslich die Augen. Seine flauschigen schwarzen Ohren bewegten sich in ihre Richtung, und die weißen Pfoten lagen auf … Papier?

»Guck mal, da ist ein Brief.« Während Julie den Hund aus dem Korb hob, zog ich den Umschlag heraus.

»Ohne Absender.« An Familie Spötzl, stand auf der Vorderseite geschrieben. Rasch riss ich das Papier auf und überflog die Zeilen.

»Und?« Julie strahlte, als der Welpe ihr über den Arm leckte.

»Liebe Familie Spötzl«, las ich vor. »Nicht umsonst seid ihr hier bekannt als die hilfsbereiteste Familie Priens. Wir wenden uns an euch in purer Verzweiflung. Seit ein paar Tagen besitzen wir nichts mehr, uns wurde alles genommen. Einen Hund können wir leider nicht mehr versorgen, es reicht nicht einmal mehr für uns. Ihn ins Tierheim zu bringen, das kommt für uns nicht infrage. Wir wünschen uns für den kleinen Kerl die liebevolle Familie, die er verdient. Wir sind uns sicher, ihr kennt genug Leute, dass mit Sicherheit ein interessierter Hundeliebhaber dabei ist. Unser Berner-Sennen-Welpe Balu hat ein schönes Heim verdient. Bitte seid uns nicht böse, aus zuverlässiger Quelle haben wir erfahren, dass man euch absolut vertrauen kann. Bitte findet ein neues Zuhause für Balu! Eine verzweifelte Familie.«

»Das ist ja schrecklich.« Julie drückte den Hund an sich, der ihr sogleich über die Nase schleckte. »Verständlich, dass sie sich lieber an euch wenden, als darauf zu hoffen, dass er zwischen so vielen anderen Hunden im Tierheim darauf warten muss, adoptiert zu werden. Aber auch berührend, wie sehr euch die Familie vertraut. Ich verstehe nur nicht, warum sie nicht direkt mit deinem Opa oder dir gesprochen haben.«

»Offenbar war es Balus Besitzern zu peinlich …« Ich zuckte hilflos die Schultern. Zärtlich streichelte ich seine Pfote. Im Vergleich zum restlichen Körper wirkte sie riesig. »Wir werden ein Zuhause für dich finden, Balu. Das verspreche ich dir.« Ich richtete mich auf. »Dann würde ich sagen, wir brauchen erst einmal Wasser für den Kleinen.«

Julie folgte mir ins Haus, an der Backstube vorbei und die enge, knarrende Holztreppe hinauf in die Wohnung. Es dauerte, bis wir oben angekommen waren. Denn während ich den schweren Rucksack hochwuchtete, trug Julie liebevoll den kleinen Hund nach oben, der nicht ganz wusste, wie ihm geschah.

»Anne!«, schallte mit einem Mal die Stimme meines Vaters scharf durch den Flur. »Du weißt hoffentlich, dass wir hier keine Hunde halten können!«

»Oh nein«, flüsterte Julie und sah mich zerknirscht an. »Und jetzt?«

»Komme gleich!«, rief ich hinunter. Bestimmt ließ sich alles klären.

Kapitel 4

»Prost«, sagte ich und stellte eine Schüssel mit Wasser auf die Bodenfliesen, direkt neben den Ofen.

Balu schien tatsächlich durstig zu sein, denn er fing prompt an zu schlabbern. Lautstark, aber er war einfach zu niedlich. Dass am Ende vermutlich mehr Wasser auf dem Boden als im Hund war, nahm ich ihm nicht übel.

»Müssen wir heute noch einen Platz für ihn finden?«, fragte Julie bedauernd, als sie aus dem Gästezimmer kam und die Tür hinter sich einschnappen ließ. »So schnell geht das doch gar nicht.«

»Notfalls kann ich ihn bei Freunden unterbringen, keine Sorge.« Bedauernd strich ich Balu übers Fell.

Ein warmer Windstoß ließ die Gardinen flattern, und ihr Schattenmuster tanzte über den hölzernen Küchentisch.

»Anne!«, rief mein Vater ungeduldig von unten.

»Ja, Papa!« Ich stand auf und verdrehte die Augen. Julie verzog bedauernd den Mund.

»Als Konditorin hast du nicht genug Zeit, um einen Hund zu versorgen!«, polterte er.

Ich nuschelte etwas Unverständliches. Mit einem Seufzen zog ich die Tür zum Treppenhaus auf.

»Anne!«

»Nicht meiner!«, schrie ich in Richtung Papa hinunter.

»Sondern?«, tönte es verwundert zurück.

»Lass Julie doch erst mal ankommen!«, unterbrach ich ihn.

Papa murmelte irgendetwas, was sich anhörte wie »Sag's doch gleich«, dann wurden seine Schritte leiser. Kurz darauf fiel die Haustür hinter ihm ins Schloss.

Zurück in der Küche erwartete mich ein niedlicher Anblick. Balu hatte sich inzwischen quer durch die Pfütze zum Mülleimer vorgewagt und hinterließ kleine, nasse Pfotenabdrücke auf den Fliesen.

»Bist du das?«, fragte Julie plötzlich und zeigte auf ein Bild. Gerahmt von einem hölzernen Bilderrahmen hing es an der Wand. Ein Mädchen von drei, vielleicht vier Jahren saß in der Serviceleitstelle der Securityfirma und reckte frech die Stupsnase in die Luft, im Hintergrund Dutzende von Bildschirmen. Ihre schwarzen Haare waren verstrubbelt, die dunklen Kulleraugen strahlten, und die roten Flecken im Mundwinkel deuteten darauf hin, dass sie nur ein paar Minuten zuvor eines von Opas köstlichen Himbeertörtchen gegessen hatte.

»Ja, ich habe meinen Vater früher oft zur Arbeit begleitet.« Bei dem Gedanken musste ich lächeln. Damals hatte mein Vater bei jeder Gelegenheit Quatsch mit mir gemacht, wir hatten viel zusammen gelacht und jeden Abend auf der Couch ausklingen lassen. Da hatte sich dann auch Mama zu uns unter die Decke gekuschelt und den Erzählungen unseres abenteuerlichen Tages gelauscht.

»Du siehst so stolz aus auf dem Foto.«

Ich trat näher und betrachtete versonnen die Aufnahme. »Papa hat mich immer vor die vielen Bildschirme gesetzt und mir eingeredet, dass ich die wichtigste Aufgabe der ganzen Firma hätte: den Mitarbeitern der Serviceleitstelle Bescheid geben, wenn ein Alarm ertönt. Ich habe mich als Kind dort so unverzichtbar gefühlt. Und gar nicht näher drüber nachgedacht, dass die ja alle nicht taub waren. Den Alarm hätten sie natürlich auch ohne mich gehört.« Ich zwinkerte Julie zu.

»Wie süß. Hatten die Angestellten nichts dagegen, dass da ein Kind herumsaß?«

»Im Gegenteil, die haben alle mitgespielt. Einer hat immer so getan, als hätte er keine Ahnung, was man bei einer Alarmverfolgung beachten muss. Jedes Mal wieder hat er es sich von mir erklären lassen.«

»Von einer Vierjährigen!« Julie lachte. »Sooo süß!«

»Ein anderer hat mir ein paar Kampfsportbasics beigebracht … Hannes hieß er. Natürlich nicht ohne theatralisch auf den Boden zu fallen, wenn ich ihm einen zünftigen Kniestoß verpasst hatte.«

»Das hätte ich zu gern gesehen!«, gab Julie zu. »Hast du nicht lange Zeit tatsächlich im Verein Kampfsport gemacht?«

»Fast zwanzig Jahre.« Ich nickte. »Mit vier hat Papa mich angemeldet. Nach langem Betteln und viel Bittebittebitte! Vermutlich hat er den Kollegen verflucht, der mich damals auf diese Idee gebracht hat.«

»Kraft …?« Julie warf mir einen hilfesuchenden Blick zu. »Wie hieß dein Sport doch gleich?«

»Krav Maga.«

»Und damit hast du wirklich schon mit vier angefangen? Ganz schön … brutal, oder?«

Ich lachte. »Bei Krav Maga hat man Vollkontakt, ja. Aber auf eine Vierjährige haben sie natürlich Rücksicht genommen.« Die Erinnerung an meine erste Kampfsportstunde tauchte klarer denn je vor meinem inneren Auge auf. Ein T-Shirt mit lustigem Aufdruck hatte ich auch geschenkt bekommen: *Krav Maga – Die Kunst, Kleider zu falten, in denen noch Leute stecken.*

»Hast du …«, setzte Julie gerade an, doch ich sprang hastig auf Balu zu, der eine verdächtige Hockstellung eingenommen hatte.

»Balu! Oje!«

»Ach du Sch…«

»Richtig.« Schnell nahm ich den Kleinen hoch, doch es war zu spät. Ein Häufchen plumpste geradewegs auf den Fußboden.

»Mist, wir hätten ihn draußen noch mal sein Geschäft machen lassen sollen«, sagte Julie. Sie rümpfte die Nase. »Sollen wir ihn raustragen?«

»Zu spät.« Seufzend setzte ich Balu ab und wischte das Malheur auf.

»Hier.« Julie reichte mir eine frische Rolle Küchenpapier und den Allzweckreiniger, den ich unter der Spüle aufbewahrte. Skeptisch betrachtete sie den nassen Fußboden, biss auf ihrer Lippe herum und wirkte nicht mehr ganz so begeistert wie zuvor. »Süß ist er ja. Aber ehrlich gesagt habe ich keine Ahnung von Hundewelpen.«

»Wir müssen uns definitiv ein bisschen informieren, wenn er ein paar Tage hierbleiben soll. Stubenrein muss er werden. Und ein bisschen Erziehung – hey! Balu! – würde auch nicht schaden.« Ich stürzte wieder hinüber zu ihm, da er gerade einen Streit mit einem meiner Straßenschuhe anzettelte. Treuherzig sah er mich an, als wollte er sagen: »Die Schuhbänder haben angefangen! Ehrenwort!«

»Okay, Süßer.« Beherzt griff ich ihm über die Schnauze und zog ihm die Schnürsenkel aus dem Maul. Er strampelte, als ich ihn auf meinen Arm hob. »Wir gehen jetzt runter.«

»Moment, ich creme mich nur schnell ein, ja?«, rief Julie und verschwand hinter ihrer Zimmertür.

»Lass dir Zeit.«

Ich hatte die Fenster weit geöffnet und wollte gerade die Tür aufziehen, da klopfte es.

»Anne?« Vorsichtig streckte mein Opa den Kopf zur Tür herein. »Ist alles in Ordnung? Ich habe deinen Vater schimpfen gehört …«

»Alles gut.« Seufzend lehnte ich mich an das Küchenfenster, das eine fantastische Sicht über den Chiemsee bot.

Opa sah mich mitfühlend an. Balus strengen Geruch schien er gar nicht zu bemerken. »Er ist wirklich recht gereizt momentan.«

»Vielleicht ist es wegen Mama«, sagte ich nachdenklich. Hinter der Tür des Gästezimmers konnte ich Julie in ihrem Rucksack kramen hören. »Die beiden haben sich nur noch gestritten, bevor sie zu diesem Hilfsprojekt geflogen ist.«

Opa nickte nur und griff nach meiner Hand, um sie still zu drücken. Ein Hauch Handcreme wehte herüber. Seit Omas Tod benutzte Opa sie immer dann, wenn er sie besonders vermisste.

»Hoffentlich trennen sich die beiden nicht.« Traurig blickte ich auf den Chiemsee hinaus. Ein paar Segelboote glitten durch sanfte Wellen. Ich liebte den See. Wie oft hatte ich als Kind bereits aufs Wasser hinausgeblickt, wenn ich traurig gewesen war. Aufs Wasser, das in der Sonne schimmerte und je nach Wetterlage mal blau, mal türkis, mal grünlich seine Wellen schlug. Berge spiegelten sich auf der Wasseroberfläche. Mächtig und gewaltig umrahmten sie den See. In ihrem kräftigen Dunkelgrau schmiegten sie sich an den weiß-blauen Himmel, der nirgendwo leuchtender strahlte als daheim.

»Die Liebe ist wie eine Schaukel«, sagte Opa leise. »Es geht auf und ab, aber wenn man sie sorgsam pflegt, dann hält sie auch nach Jahren noch dem größten Schwung stand.«

»Ja?«

»Die beiden schaffen das.« Opa nickte zuversichtlich. »Sobald Mama aus dem Kongo zurück ist, wird alles wieder gut. Da mach dir mal keine Sorgen.«

Meine Eltern hatten Probleme. Klar, meine Mutter flog immer wieder mal zu Hilfsprojekten nach Afrika. Doch so überstürzt war sie selten aufgebrochen. Und Handyempfang oder Internet hatte sie momentan nur selten. Wenn ich mit ihr reden wollte, musste ich warten, bis sie mal wieder in der nächstgrößeren Stadt zu Besuch war.

»Ist Julie schon da?«, fragte Opa schließlich.

»Bin ich!«, rief Julie. Die Tür des Gästezimmers schwang auf.

»Herzlich willkommen!« Opa strahlte über das ganze Gesicht. Natürlich tappte er mitten durch die nassen Fliesen, um Julie die Hand zu schütteln. »Wie schön, dass wir dich einmal kennenlernen.«

»Danke, dass ich bleiben darf, Herr Spötzl.«

»Ich heiße Opa.«

»Ach so.« Julie lachte. Ihr Gesicht glänzte hell von der Sonnencreme.

Ich grinste nur still in mich hinein, während ich – Balu auf dem Arm – mit einem trockenen Blatt Küchenkrepp noch die restliche Feuchtigkeit aufsaugte. Das war typisch für Opa. Egal, wer durch unsere Haustür trat – sobald jemand länger blieb als zehn Minuten, wurde er sofort in die Familie integriert. Das letzte Gebäude vor der Chiemseepromenade in Prien war das Haus, in dem sich jeder willkommen fühlte, das jeder gerne betrat. Ein Haus mit offenen Türen und gelebter Gastfreundschaft. Manche blieben für einen kurzen Ratsch, andere für eine Tasse Kaffee oder ein Abendessen. Wieder andere nächtigten nach einem geselligen Abend in unserem Gästezimmer, wo jetzt Julie die nächsten Wochen wohnen würde.

»Gefällt dir dein Zimmer?«, fragte Opa und betrachtete Julie aufmerksam. Sein Blick war auf ihren Augenringen hängen geblieben.

»Sehr. Es ist so liebevoll eingerichtet, so gemütlich und heimelig.« Sie strahlte ihn an.

Offenbar hatte Opa die Schwere in Julies bemüht breitem Lachen bemerkt, denn er sah fragend zu mir. Doch ich wollte es Julie ersparen, ihre Partnerschaft vor ihm auszubreiten, und schüttelte nur schweigend den Kopf.

»Wenn du wüsstest, wer da schon alles drin übernachtet hat! Über die Jahre waren hier viele Freunde und Bekannte zu Gast.« Er lächelte und senkte seine Stimme zu einem Flüstern. »Dieses Haus hat schon viele Tränen gesehen, Julie. Aber alle wurden irgendwann getrocknet.«

»Opa!«, zischte ich. Umständlich verlagerte ich Balus Gewicht auf meinen rechten Arm, um mit der anderen Hand meine Haare zu verteidigen, die seiner Meinung nach ein grandioses Spielzeug abgaben.

»Wollte mich nicht einmischen.« Opa hob beide Hände in die Luft. »Nur trösten. In diesem Zimmer sind bis jetzt noch alle Geschichten gut ausgegangen.«

»Das sind sie.« Ich nickte.

Opa wandte sich an mich. »Wusstest du, dass Hakim befördert wurde?«

»Ja, das hat er neulich erzählt.« Ich nickte Julie zu. »Ein syrischer Flüchtling. Er hat ein paar Monate hier gewohnt. Zu Hause hat er im IT-Bereich gearbeitet, hatte hier aber zuerst Probleme, einen Job zu finden. Viele Leute haben Vorurteile.«

»Jetzt ist er schon Abteilungsleiter.« Opas Wangen färbten sich wieder rosa. »Ich sage dir eines, liebe Julie: Jeder, der hier in unserem Haus Unterschlupf sucht, findet am Ende sein Happy End.«

»Na, dann hoffe ich auch auf meins«, meinte Julie tapfer.

»Wir werden uns gut um dich kümmern. Und um deinen süßen Hund.« Er wandte sich zu mir um und strich Balu liebevoll über den Kopf.

Ich entschied mich dafür, das Missverständnis vorerst nicht aufzuklären. Das konnte ich immer noch tun, wenn wir eine Familie für ihn gefunden hatten.

»Ich freue mich jedenfalls, dass ich hier ein wenig Ablenkung bekomme. Backen kann ich zwar nicht, aber falls Sie ein wenig Hilfe brauchen, Herr …«

»Opa!«

»Falls du Hilfe brauchst, Opa …«

Prompt wurde seine Miene ernst. »Ich brauche sogar ganz dringend deine Hilfe, Julie.«

»Na klar, was kann ich tun?«

»Ich habe frische Apfelkücherl gebacken. Sie sind noch warm. Und irgendwer muss sie dringend essen.«

Erleichtert lächelte sie. »Da hilft man doch gern!«, rief sie prompt, und Opa lachte.

»Es wird uns schwerfallen.« Ich nickte ernsthaft. »Aber wenn es einer guten Sache dient …«

»Ich weiß.« Grinsend legte Opa mir den Arm um die Schultern. »Jetzt kommt mal mit, ihr beiden Hübschen. Unten ist schon ganz schön was los.«

»Na dann.«

Unsere Schritte polterten über die alte Holztreppe, vorsichtig setzte ich Fuß vor Fuß, um im Halbdunkel nicht zu stürzen. Im Vorbeigehen schnappte ich mir eine Rolle Küchenpapier, um für das nächste Malheur gewappnet zu sein. Balu drückte sich mit jeder Stufe enger an mich.

Aus der Backstube stieg verführerischer Duft auf, es roch nach Äpfeln, Dunkelbierteig und einem Hauch von

Zimt. Ich liebte diesen Duft, und ich wusste, dass es für die meisten unserer Gäste der Duft ihres zweiten Zuhauses war.

»Ui, ist das hell.« Julie kniff die Augen zusammen, als wir hinaus in den Hof traten.

Stimmengewirr empfing uns. Urlauber strömten die Straße entlang an der Bäckerei vorbei, und die Tische auf unserem Steg gegenüber waren bis auf den letzten Platz besetzt. Ausgelassenes Gelächter drang zu uns herüber und zauberte ein Lächeln auf Julies Gesicht.

»Oh, da ist ja ordentlich was los.« Ich fasste nach Opas Arm. »Soll ich nicht doch noch mithelfen?«

Opa schüttelte den Kopf. »Du hast frei, Anne. Andi hat gerade Mittagspause und geht mir hinter der Theke ein wenig zur Hand, während ich bediene. Wir schaffen das allein, es sind ohnehin bald alle Gäste versorgt. Mach dir einen schönen Tag mit Julie, gell? Aber erst nachdem ihr die Kücherl probiert habt, versprochen?«

Lächelnd klopfte ich ihm auf die Schulter. »Ich freu mich.«

Opa blieb an der Theke stehen, um sich ein Tablett aufzuladen.

Julie und ich schlenderten zum Steg und quetschten uns an Hildes Rollator vorbei. Einen amüsierten Seitenblick konnte ich mir nicht verkneifen. Meisterhaft hatte sie vor uns geheim gehalten, dass sie bereits Besuch vom Pralinen-Einbrecher bekommen hatte.

»Bärbel hatte einen kleinen Schwächeanfall heute Nacht«, vermeldete ich im Vorbeigehen. »Sie ist gestürzt und hat sich am Fuß verletzt.«

»Gut, dass sie den Hausnotruf hat.« Hildes Blick war nicht zu deuten. Es schien fast, als wäre es mehr eine Frage denn eine Feststellung gewesen.

»Sie hat ihn auf dem Nachtkästchen vergessen, als sie zur Toilette …«

»Ach!« Hilde winkte ab. »Jetzt tut sie so, als ob sie …« Eine Spur Ärger glomm in ihren Augen auf, doch in diesem Moment schob sich ein Gast zwischen uns hindurch. »Wie auch immer. Ich werde nachher bei ihr vorbeischauen«, sagte sie, und ich nickte verwirrt.

Mit einem ratlosen Lächeln zog ich Julie mit mir ans Ende des Stegs, wo mein Vater auf dem Boden saß, die braun gebrannten Füße im Wasser, und mit versteinerter Miene auf den Chiemsee hinausblickte. Ich legte die Rolle Küchenpapier auf dem Boden bereit, Balu ließ sich artig daneben nieder.

Dicht hinter Papa blieben wir stehen. »Alles okay?«, fragte ich ihn leise.

»Jaja.«

»Das ist übrigens Julie.«

Seine Miene blieb starr, als er sich umdrehte und ihr gedankenverloren die Hand reichte. »Jürgen. Willkommen bei uns, Julie.«

Julie wechselte einen unsicheren Blick mit mir. »Danke, dass ich die nächsten Wochen hierbleiben darf.«

Er nickte nur, dann sah er wieder hinaus auf die kleinen, glitzernden Wellen, die die Boote umspielten. Ich kannte meinen Vater gut genug, um zu wissen, dass er diese kleinen Ruhemomente brauchte. In letzter Zeit grübelte er öfter. Er schien geradezu ausgewechselt, am besten ließ man ihn in dieser Stimmung in Frieden. Aber jetzt, da Julie zu Besuch war, wollte ich es nicht bei dieser kühlen Begrüßung belassen.

Ich beugte mich zu meinem Vater hinunter. »Da war übrigens heute Morgen jemand, der dich sprechen wollte …«

»Hm?«, machte mein Vater nur.

»Ein junger Mann, kaum älter als ich. Dunkle Haare, sportlich gekleidet, eine kleine Narbe am Kinn …«

»Ach. Kann ich mir schon denken, wer das war«, murmelte er, ohne den Blick abzuwenden.

Heute war er offenbar wirklich nicht aus der nachdenklichen Stimmung zu holen. »Ja?«, fragte ich trotzdem nach.

»Mh.« Wieder sah er hinaus auf den Chiemsee. Es war zwecklos, weiter nachzufragen.

»Apfelkücherl, frische Apfelkücherl!«, schallte Opas Stimme gut gelaunt über den Steg. »Meine Damen … bitte schön!«

»Er ist in seinem Element, oder?«, flüsterte Julie, als wir uns an einen freien Tisch setzten und den Blick auf den im Sonnenlicht glitzernden See genossen.

Wärme breitete sich in meinem Herzen aus. »Und ob. Sein ganzes Herz hängt an diesem Bäckereicafé.«

»Seit wann führt er es schon?«

»Ewig! Er hat es mit meiner verstorbenen Oma gemeinsam aufgebaut. Die beiden waren selbst nach fast sechzig Jahren Ehe noch verliebt wie am ersten Tag.«

Julie seufzte. »Wie süß. Und wenn sie dann noch ihre Liebe zum Backen teilen …«

Ich musste lachen. »Oma hatte kein Talent für Kuchen und Torten, das war Opas Metier. Aber Brot hat sie gebacken.«

»Stimmt, ihr verkauft auch Brot mit selbst gemachten Aufstrichen, oder? Das habe ich doch auf einem Schild gelesen …«

»Ja. Unser Natursauerteigbrot aus siebzig Prozent Vollkorn. Es ist fluffig, saftig und hat eine tolle Kruste. Und der Geruch erst! Opa würzt es seit Jahren schon aus dem Handgelenk. Die Kunden sind begeistert. Wir nennen es das Hochzeitsbrot.«

Julie stutzte. »Hochzeitsbrot?«

»Das ist eine süße Geschichte. Opa hat schon gebacken, seitdem er ein kleiner Junge war. Und Sauerteig ist ja fast wie ein Haustier. Man behält ihn über Jahre, füttert ihn regelmäßig – und die Hefe wird mit jedem Tag kräftiger und aromatischer. Opas Sauerteig war schon etliche Jahre alt, als er Oma traf – und die beiden beschlossen, gemeinsam dieses Bäckereicafé zu eröffnen. Als sie zusammenzogen, stellten sie fest, dass auch Oma bereits jahrelang einen Sauerteig hatte. Am Tag der Hochzeit vermischten sie die beiden Teige miteinander. Damit war das Hochzeitsbrot geboren.«

»Wie romantisch, eine Sauerteigliebe!«

Ich lächelte. Mein Blick glitt zu Balu, der sich unter dem Tisch inzwischen die Küchenrolle geschnappt hatte und hineinbiss. Mit erbittertem Knurren schüttelte er sie. Unterbrochen wurde der Kampf gegen die Rolle nur durch den heftigen Schluckauf, der seinen kleinen Körper beben ließ.

»Der ist wirklich so süß, dass ich ihn am liebsten behalten würde«, flüsterte ich.

Julie und ich grinsten uns an, während sich bei Balu noch immer Knurren und Hicksen abwechselten.

»Meine beiden Hübschen, eure Apfelkücherl!« Strahlend trat Opa an unseren Tisch und hielt uns die gut gefüllten Teller hin. »Seid so gut, nehmt euch zwei Kissen und setzt euch auf den Boden. Ich fürchte, den Tisch hier brauche ich wohl noch …« Er wies auf ein Pärchen in gleichfarbigen Shorts, das auf den Steg zusteuerte und schon von Weitem nach einem freien Platz Ausschau hielt.

»Oh, entschuldige, Opa! Natürlich! Wir setzen uns einfach auf den Steg.« Ich stand auf, hauchte Opa einen Kuss auf die Stirn und nahm ihm die Teller ab.

Julie und ich ließen uns auf dem warmen Holz nieder, ganz in der Nähe meines Vaters, und streiften die Schuhe ab. Wir ließen die Füße im Wasser baumeln, und Balu legte sich zwischen uns. Es dauerte nicht lange, da war er eingeschlafen.

»Apfelkücherl.« Prüfend hob Julie den Teller. »Noch nie gegessen. Ich bin gespannt. Was ist da drin?«

»Apfelringe. Die Äpfel sind aus dem Garten, Opa hat sie seit letztem Jahr in unserem Schuppen eingelagert. Die werden entkernt, in Ringe geschnitten und in einen fluffigen Bierteig getaucht.«

»Ach, und das wird dann ... in der Pfanne gebraten?«

»Genau. Meistens essen wir sie nur mit Zimtzucker, aber im Café bekommen die Leute noch eine Kugel Vanilleeis drauf.«

Eine Möwe segelte an uns vorbei und ließ sich am hintersten Ende des Stegs nieder. Ich streckte mich und seufzte. Die Sonne wärmte mir den Nacken, und Wellen umspielten meine nackten Knöchel.

»Mmmmh.« Genüsslich schleckte Julie die Gabel ab. »Der Apfel ist butterzart, es schmeckt himmlisch.«

»Freut mich.«

»Nicht wahr, Apfelkücherl sind wirklich toll. Hatten Sie auch schon welche, Jürgen?«, wandte sich Julie an meinen Vater.

»Ja.«

»Und noch dazu aus dem eigenen Garten!«, versuchte Julie geduldig, ihn in ein Gespräch zu verwickeln. »Die Äpfel sind besonders aromatisch, stimmt's?«

»Sind sie«, antwortete mein Vater nur.

Fast ärgerte mich seine Einsilbigkeit. Aber vielleicht hatte er ja einen guten Grund dafür. »Du bist im Stress, oder?«, fragte ich mitfühlend, strich dem schlafenden Balu über den Kopf und stach mir mit der Gabel ein großes Stück vom Apfelkücherl ab. Balu streckte sich seufzend im Schlaf. »Diese Einbruchserie ...«

»Eine Einbruchserie?«, hakte Julie nach. »Hier in diesem Idyll?«

Ich nickte ernst. »Ja, eine Bande hat etliche Häuser ausgeräumt. Die Familien stehen mit nichts da. Vielleicht gehört Balus Familie auch zu den Opfern.«

»Wie schrecklich.« Julie wandte sich an Papa. »Aber Sie werden die Leute doch finden, oder?«

»Mh.« Er zuckte die Schultern. »Mal sehen.«

»Ganz bestimmt«, sagte ich schnell und lächelte Julie aufmunternd an, wenngleich die Suche nach den Serieneinbrechern doch eher Aufgabe der Polizei war. »Es geht übrigens auch ein Einbrecher der besonderen Art um. Die Leute nennen ihn den Pralinen-Einbrecher.«

»Dem legen wir auch noch das Handwerk«, brummte Papa. Eine Falte bohrte sich in seine Stirn.

»Ich finde die Idee total süß«, widersprach ich. »Er macht nichts kaputt, schiebt den Leuten nur eine Packung Pralinen und einen Brief durchs Fenster. Was soll daran denn verwerflich sein?«

»Wie im Märchen.« Julie schob sich einen Löffel Vanilleeis in den Mund und seufzte genüsslich. »Mmmh. Das Eis ist übrigens auch Weltklasse!«

Ich schmunzelte nur. Opa stellte das Eis schon seit ein paar Jahren selbst her. Aus Vanilleschoten, Eigelb, Sahne, Milch und Zucker.

»Was steht drin?«, fragte Julie. »In den Briefen, meine ich?«

In der Ferne zogen Boote ihre Bahnen über den See, nachdenklich sah ich aufs Wasser hinaus und zuckte die Schultern.

»Ich weiß es noch immer nicht. Irgendwie möchte keiner darüber sprechen. Es muss nur sehr berührend sein. Eine gute Bekannte war zu Tränen gerührt.«

»Ein Verbrecher ist das, weiter nichts«, rief Papa und schüttelte den Kopf.

»Er tut doch niemandem was!« Verständnislos sah ich ihn an. Was war denn bloß in ihn gefahren? »Er macht nichts kaputt, er betritt die Häuser doch nicht einmal.«

»Von den Fingerspitzen bis zu den Ellenbogen befindet er sich in dem Haus der geschädigten Personen. Das ist illegal. Punkt!«

»Na ja …«, setzte Julie an, doch Papa blickte so finster drein, dass sie sofort verstummte.

»Er berührt Menschen«, versuchte ich zu erklären. »Seine Briefe machen sie glücklich. Und er hat mit Sicherheit nichts Böses im Sinn.«

Mein Vater schüttelte entschieden den Kopf. »Einbrecher sind immer böse.«

»Papa!« Ich griff nach seiner Hand. »Ich bin mir ganz sicher, hinter dieser Aktion steckt ein ganz herzlicher und toller Mensch. Warum kannst du denn nicht …«

»Ach!« Er winkte ab.

»Ich werde ihn suchen«, verkündete ich. »Kommst du mit, Julie? Bestimmt ist er heute Abend wieder auf seiner Mission. Wenn wir im Ort spazieren gehen, finden wir ihn vielleicht … Und dann werde ich dir beweisen, dass …«

»Nichts da!«, fuhr Papa auf. »Du bleibst zu Hause, ist das klar?«

»Aber …«, begann ich und runzelte die Stirn. So aufbrausend kannte ich meinen Vater eigentlich nicht. Und obendrein war ich als achtundzwanzigjährige Frau in der Lage, eigene Entscheidungen zu treffen.

»Schluss!« Papa setzte seine Kaffeetasse so unsanft ab, dass der Kaffee auf den Steg schwappte. »Du wirst dich nicht mit einem Verbrecher in Verbindung setzen.«

»Stopp, stopp, stopp!«, versuchte ich ihn zu beruhigen, doch er hörte mir schon längst nicht mehr zu.

»Meine Firma ist dazu da, die Leute vor Einbrechern zu schützen. Und jemand, der auch nur den kleinen Zeh durch irgendein Fenster schiebt …«

»Papa!« Sanft legte ich meine Hand auf seine Schulter, doch er schob mich weg.

Er spülte den letzten Bissen seines belegten Brots mit dem Rest Kaffee hinunter. Eine Ader an seiner Stirn trat bläulich hervor, als er aufstand. »Du wirst dich jedenfalls von ihm fernhalten! Und kümmere dich bitte darum, dass Julies Hund sich nicht in die Backstube schleicht und dort womöglich seine Haare verteilt.«

»Aber …«, machte ich verwirrt.

»Anne. Schätzchen.« Er atmete tief durch und sah mich an. »Entschuldige.«

»Papa …«

»Ich wollte nur …« Er rang nach Worten. »Ich weiß, dass du es romantisch findest, was dieser Mensch tut. Das ändert nur nichts daran, dass er sich auf die Grundstücke schleicht und Menschen zu Tode erschrecken kann.«

Kapitel 5

»Sollen wir sie irgendwie einpacken?«, fragte ich und hielt die Teekanne hoch. »Schließlich ist sie zerbrechlich.«

»Würde ich nicht«, antwortete Opa gelassen.

Ich betrachtete sie näher. Im Kerzenschein in der dunklen Küche wirkte sie noch hübscher als bei Tag. Ihr Porzellan war zart und edel geschwungen, ein unaufdringliches blaues Muster zierte den Kannenbauch. Im schummrigen Licht wirkte es beinahe schwarz. »Okay, Chef … Und sonst? Wie immer?«

»Wie immer. Klingeln und weglaufen.« Opa kicherte wie ein kleiner Junge.

»Hoffentlich schläft sie noch nicht«, meinte ich besorgt.

»Heute läuft ein Miss-Marple-Film im Fernsehen. Auf den freut sie sich schon seit Wochen.« Er sah auf seine Armbanduhr. »Der ist in einer Viertelstunde aus, dann ist der perfekte Zeitpunkt für euch gekommen.«

»Du kommst nicht mit?«

Er schmunzelte. »Du hast ja Julie.«

»Wird das was Illegales?« Julie kniete am Boden neben Balu, der alle vier Pfoten in die Luft streckte, kraulte seinen Bauch und warf uns einen skeptischen Blick zu.

»Illegal? Wir doch nicht!«, rief Opa entrüstet.

»Niemals!«, pflichtete ich ihm bei.

Durch das offene Fenster drang das sanfte Rauschen des Chiemsees. Die Sonne war längst untergegangen, aber es war immer noch angenehm warm, sodass ich mir lediglich eine dünne Strickjacke übergezogen hatte.

Julie legte den Kopf schief. »Aaaaaber?«

»Opa und ich glauben daran, dass man dem Glück auf die Sprünge helfen muss.«

»Oh, das klingt ja vielversprechend!«

Opa nahm auf dem Stuhl in Julies Nähe Platz. »Da draußen gibt es so viele Menschen, die traurig sind. Manche von ihnen haben einen lieben Menschen verloren, andere ihren Besitz. Wieder andere sind krank oder einsam …« Er seufzte und zog die struppigen Augenbrauen zusammen.

»Und uns ist eines Tages aufgefallen, dass es uns sehr gut geht«, fügte ich hinzu. »Dass es uns an nichts fehlt. Wir wollten einen Beitrag leisten.«

Er nickte mir zu. »Dann haben wir angefangen, geheime Glückspläne zu schmieden«, erklärte Opa lächelnd.

»Diese Teekanne ist ein Glücksplan?«

»Glück muss nichts Großes sein, Julie.« Opas Lächeln wurde ein wenig breiter. »Kleine Gesten können aber Großes bewirken.«

Ich mochte es, wenn Opa anderen Menschen von unseren Glücksplänen erzählte, und hörte gern zu. Aber meiner Freundin wollte ich diese Geschichte gern selbst erzählen. »Eine ältere Dame, die ein paar Straßen weiter wohnt, hat vor etlichen Jahren so eine Kanne von ihrem Mann zur Hochzeit bekommen. Fast sechzig Jahre lang hat sie jeden Morgen mit ihrem Mann eine Tasse Tee getrunken. Und immer stand diese Kanne auf dem Tisch. Seit dem Tod ihres Mannes war es ein Ritual für sie, immer noch morgens so ihren Tee zu trinken und an ihn zu denken.«

»Dann ging die Kanne während Renovierungsarbeiten kaputt.« Opa seufzte. »Aber letzte Woche hat Anne das exakt gleiche Modell im Klosterladen auf der Fraueninsel gefunden. Und damit wollen wir sie jetzt überraschen.«

»Das ist ja süß von euch.« Julie schluckte sichtlich gerührt. »Ich bin eigentlich gar nicht am Wasser gebaut ... aber irgendwie ... ist das echt schön.«

»Wir haben schon oft Glückspläne geschmiedet«, erklärte ich stolz. »Aber trotzdem bekomme ich jedes Mal Gänsehaut, wenn sich die Leute freuen.«

Opa wiegte den Kopf. »Soweit man es mitbekommt ...«

»Ach so.« Julie grinste. Sie erhob sich langsam aus der Hocke, um Balu nicht zu wecken. Denn der war inzwischen eingeschlafen. »Klingeln und weglaufen, ich verstehe.«

»Das muss sein«, meinte Opa. »Sonst haben die Menschen ständig das Gefühl, etwas zurückgeben zu müssen.«

»Und so sind wir einfach nur ein guter Geist, der im Ort herumgeht und Menschen eine Freude macht«, schloss ich zufrieden und lächelte.

»Na dann?« Julie stützte die Hände in die Hüften. »Worauf warten wir? Los!«

»Aber leise!«, flüsterte Opa. »Weckt deinen Vater nicht auf, Anne.«

»Kümmerst du dich um Balu, Opa?«

»Na klar.«

Ich klemmte mir die Teekanne und ein kleines Deckchen unter den Arm, dann öffnete ich leise die Tür. Im Treppenhaus war es kühl und dunkel, die Stufen knarrten. Sosehr wir uns auch bemühten, jeder unserer Schritte hallte dumpf von den Wänden wider.

»Wirklich eine tolle Sache, was ihr da macht«, flüsterte Julie und nickte anerkennend. »Dein Opa und du, ihr seid die Heinzelmännchen Priens.«

»Und heute du.« Grinsend hielt ich Julie die Tür auf. Wir schlüpften hindurch, dann ließ ich sie leise hinter uns einschnappen.

Der See schimmerte im Mondlicht, gluckernd spielten die Wellen an dem Steg und ließen die Elektroboote sanft schaukeln. Die Kirchturmuhr schlug Mitternacht, dann legte sich wieder Stille über Prien.

»Wohin?«

»Gerhart-Hauptmann-Straße 37.«

Julie hakte sich bei mir unter, unsere Schuhe knirschten auf dem Asphalt. Um diese Uhrzeit war es menschenleer im Ort. Die Urlauber waren in ihre Unterkünfte zurückgekehrt, Familien mit Kindern schliefen bereits. Selbst diejenigen, die den Abend mit einem Umtrunk beschlossen hatten, waren wieder in ihren Zimmern angekommen. Denn jetzt hatten die Wirtshäuser geschlossen, nur hinter manch erleuchtetem Fenster wischten Wirte noch Tische ab.

»Hier lang«, flüsterte ich und wusste selbst nicht, warum ich mich immer noch bemühte, leise zu sein.

»Eigentlich seid ihr euch gar nicht so unähnlich.« Julie sah mich von der Seite an. »Der Pralinen-Einbrecher und du.«

»Ach ja?«

»Na ja. Ihr steht beide nachts auf, um Menschen zu berühren und ihnen eine Freude zu machen.«

Ich musste lachen. Und doch. Irgendwie hatte sie recht. »Wer weiß ... Womöglich kennen wir ihn sogar. Das wäre schon lustig.« Opa war es sicher nicht. Ich traute ihm zwar vieles zu, aber dass er in jugendlicher Sportlichkeit auf Dächer und Balkone kletterte, war undenkbar. Außerdem hätte er mich garantiert eingeweiht.

»Vielleicht hat er sogar durch euch diese Idee bekommen. Das könnte doch sein.«

Ich wiegte den Kopf. »Na, das ist vielleicht zu viel der Ehre. Ich hoffe doch, dass jeder Mensch von sich aus darauf kommt, anderen eine Freude zu machen.«

Im Schein einer Straßenlaterne sah ich Julie lächeln. »Lukas hat das früher immer gern gemacht. Er hat mir oft Kleinigkeiten auf den Küchentisch gelegt. Meine Lieblingsschokolade zum Beispiel. Oder kleine Topfrosen. Manchmal habe ich von irgendetwas geschwärmt, das ich schon lang nicht mehr gegessen habe. Am nächsten Tag lag es dann auf dem Küchentisch.«

Aufmerksam sah ich sie an. »Das klingt eigentlich total romantisch.«

Sie nickte. »Er kann ein toller Kerl sein.«

Ich legte den Kopf schief. »Wenn er nicht gerade über Gurkenstücke nachdenkt?«

»Genau.« Julie lachte.

Schweigend liefen wir weiter, den schmalen Gehweg am Altenheim vorbei, immer den Schienen der Chiemseebahn nach, bis sich der Eschenweg mit der Gerhart-Hauptmann-Straße kreuzte. Laternen warfen ihren Schein auf den Asphalt, ein paar Falter flatterten um sie herum. Die roten Geranien, die sonst alle Fensterbretter zierten, verschwanden in der Dunkelheit. Hinter einigen Fenstern war es hell, im zweiten Stock eines Ferienhauses lief ein Fernseher und flutete das Zimmer mit wechselndem bläulichem Licht.

»Dieses Haus?« Julie zeigte nach oben.

»Nein, da sind nur Ferienwohnungen drin.« Ich zog meine Freundin mit mir, die Straße hinab zu einem Einfamilienhaus. »Da. Hier wohnt sie. Gertrud Huber.«

Hinter dem hell erleuchteten Fenster der kleinen Wohnküche bewegte sich Gerti gerade zum Kühlschrank, Schritt für Schritt, und stellte eine angebrochene Flasche Rotwein hinein.

»Rotwein gehört nicht in den Kühlschrank«, murmelte Julie.

»Pssst!«, zischte ich grinsend. Dabei hätte Gerti uns vermutlich nicht einmal dann gehört, wenn wir eine Trompete auspackten. Die Lautstärke, mit der Miss Marple ihre letzten Sätze durch die geschlossenen Fenster zu brüllen schien, ließ keine Fragen offen.

»Hier?«, fragte Julie. Auf mein Nicken hin zupfte sie das Stickdeckchen aus meiner Ellenbeuge und breitete es sorgsam am Eingang aus, direkt vor der dunkelbraunen Holztür. Ich wusste, dass die Haustür nach innen öffnete, die Kanne würde heil bleiben.

»Perfekt.« Die Teekanne klapperte ein wenig, als ich sie auf das Deckchen stellte.

»Klingeln?« Julies Augen blitzten.

Zugegeben: Ich war jedes Mal aufgeregt, wenn ich die Glocke drückte. Eine Mischung aus überquellender Freude, Neugier und einer Prise Spitzbüberei explodierte in mir. Ich nickte. »Lass uns warten, bis der Fernseher ausgeschaltet ist.«

Nach wenigen Momenten der Stille positionierte Julie ihren Finger auf der Klingel. »Eins …«, flüsterte sie. »… zwei, … drei!«

Dingdong.

Grinsend rannten wir los und gingen im Schatten eines dichten Buschs in Deckung.

»Wir hätten uns gar nicht so beeilen müssen«, flüsterte Julie. »Wahrscheinlich braucht sie sowieso eine Weile zur Tür.«

»Aber zumindest hat sie die Klingel gehört!«, wisperte ich zurück und zeigte auf Gertis Haus. Die Lichter im Treppenhaus flackerten auf, durch das hinterste Fenster konnten wir sie die drei Stufen hinabsteigen sehen, die aus ihrer Erdgeschosswohnung zur Haustür führten.

»Ich bin total gespannt!«, flüsterte Julie strahlend.

Die Tür schwang auf. Julie und ich hielten den Atem an. Dieser Moment war bei all unseren Glück-Aktionen immer der schönste.

»Hach!«, hörten wir Gerti leise rufen, dann schlug sie die Hände vor den Mund. Ein trauriges Lächeln zeichnete sich auf ihrem Gesicht ab. Es trieb mir Tränen der Rührung in die Augen, Gerti zu beobachten, wie sie in dieser Position eine ganze Weile verharrte. In der Ferne rief ein Käuzchen, die Kirchturmuhr schlug Viertel. Dann kramte Gerti ein Taschentuch hervor, tupfte sich das Gesicht ab und bückte sich nach der Teekanne. Sie warf einen suchenden Blick durch die Straße, wandte sich um und verschwand im Haus.

»Mission geglückt, würde ich sagen.« Zufrieden klopfte ich Julie auf die Schulter.

»Das ist so schön zu sehen.« Sie wischte sich verstohlen den Augenwinkel. »Sehr berührend.«

»Ist es«, sagte ich und atmete tief durch. »Wir können den Leuten ihren Schmerz nicht nehmen. Aber ihnen zumindest zeigen, dass es jemanden gibt, dem ihre Tränen nicht egal sind. Das sagt mein Opa immer.«

»Anne!«, zischte Julie und packte mich plötzlich an der Schulter. »Sieh mal!«

»Mh?«

»Pssssst!«, machte sie und wies in die Richtung der quer laufenden Straße.

Dann sah ich es auch. Eine Gestalt. Hoch oben auf dem Dach eines Mehrfamilienhauses. Carl-Braun-Straße. Sie balancierte die Dachziegel entlang, spähte hinab über die Regenrinne. Julie und ich wechselten einen Blick.

»Sollen wir die Polizei rufen?«, fragte sie unsicher.

»Die Frage ist …«, sagte ich langsam, »… ob das der Pralinen-Einbrecher ist oder einer von dieser professionellen Bande. Ein Serien-Einbrecher.«

»Aber wie willst du das rausfinden?«, wisperte Julie.

»Hände hoch, schieben Sie die Pralinen langsam durch die Regenrinne?« Ich grinste. »Komm!«

Geduckt liefen wir die Straße hinunter, von Busch zu Busch. Drückten uns hinter Autos vorbei und an Hausmauern entlang, immer im Schutz der Dunkelheit.

»Sportlich ist er schon mal«, flüsterte ich.

Leichtfüßig wie eine Katze sprang der Schatten auf den obersten Balkon, mühelos hangelte er sich vom Geländer herab.

Julie griff nach meiner Hand. »Was, wenn er doch was Böses vorhat?«

»Das ist Felicitas' Balkon. Sie ist gerade volljährig geworden und vor ein paar Tagen erst von den Eltern ausgezogen. Das Wertvollste, was sie besitzt, ist der Camembert im Kühlschrank.«

»Du denkst wirklich nicht, dass es die Serieneinbrecher sind? Sonst sollten wir doch lieber die Polizei rufen …«

»Wirkt nicht so.« Ich starrte hinauf zu der dunklen Gestalt, die sich inzwischen ihrer Umhängetasche widmete und … – »Bingo«, flüsterte ich – ein kleines Päckchen herauszog. Flink schob sie es durch das offene Fenster und machte sich daran, über die Regenrinne zurück aufs Dach zu klettern.

»Der Pralinen-Einbrecher!« Julie strahlte, jegliche Unsicherheit war verflogen. »Ich kann es nicht fassen. Das ist er also.«

»Hinterher!«, flüsterte ich, berauscht von der Aussicht, womöglich einen näheren Blick auf ihn erhaschen zu können. Dann rannten wir schon los.

Die Häuser schienen nur so an uns vorbeizufliegen, die

Nachtluft strich uns durchs Gesicht. Aus dem Augenwinkel sah ich Julie straucheln, ein leises »Shit« ertönte, dann humpelte sie weiter.

»Alles okay?«, formte ich mit den Lippen, und sie winkte nur lachend ab.

»Den Schuh hole ich später!«, japste sie.

Wir sprangen über den Bordstein, ein Gully tönte dumpf unter meinen Füßen. Es dauerte keine halbe Minute, bis wir vor dem Mehrfamilienhaus standen.

»Du vorne, ich hinten?«, fragte ich leise.

Julie nickte, kurz darauf umrundete ich das Haus. Das Gras schmiegte sich weich an meine Schuhe, der Tau kitzelte mich an den Knöcheln. Über mir schob sich eine kleine Wolke vor den Mond, die oberen Stockwerke des Hauses wurden von der Dunkelheit verschluckt.

Ein paar Momente lang drückte ich mich gegen die Hausmauer und starrte bewegungslos nach oben.

»Und?« Julie lugte um die Ecke.

Seufzend zuckte ich die Schultern. »Nichts.«

»Vielleicht ist er schon weg.«

»Dann ist er aber verdammt schnell.« Eine gewisse Bewunderung konnte ich nicht leugnen. Menschen wie er faszinierten mich. Über Hausdächer zu klettern und die Aussicht zu genießen hörte sich aufregend an. Es klang nach Freiheit, nach Abenteuer und Nervenkitzel. Und wenn er nur ein paar Sekunden brauchte, um wieder abzusteigen, dann war er definitiv ein Profi.

»Verrückt.« Julie schaute noch immer die Hauswand hinauf. »Schade, ich hätte ihn gern kennengelernt.«

»Ich auch«, meinte ich leise. Aufmunternd strich ich ihr über die Schulter. »Aber zumindest konnten wir ihn in Aktion beobachten.«

»Erzähle es bloß nicht deinem Vater.«

Ich lachte. »Niemals.«

»Und jetzt?«

Belustigt guckte ich auf Julies nackten Fuß hinab, ihre Zehen gruben sich in das weiche, saftige Gras. »Jetzt holen wir erst einmal deinen Schuh.«

Die Gerhart-Hauptmann-Straße lag verlassen vor uns, nur eine Katze sprang auf die Motorhaube eines Autos. Julies Ballerina lag auf dem Asphalt.

»Vielleicht kommt der Pralinen-Einbrecher ja auch zu euch? Wir könnten doch mal ein Fenster offen lassen?«, schlug Julie auf dem Rückweg vor.

»Keine schlechte Idee. Aber ich bin mir nicht sicher, nach welchem Schema er vorgeht.« Fast ein wenig wehmütig sah ich hinauf auf die Dächer, aber dort bewegte sich nichts. Meine Neugier war längst geweckt. Kein Wunder. Wenn es um romantische Einbrecher und Pralinen ging, hatte sie ohnehin einen verdammt leichten Schlaf.

Kapitel 6

»Platz!«, sagte ich freundlich, senkte meine Hand und belohnte Balu mit einem Leckerli, als er sich artig auf den Fliesen niederließ. Aus seinen kleinen schwarzen Äuglein sah er mich so stolz an, als hätte er soeben einen Handstand vollbracht und die Wurzel aus Pi errechnet. Ich streichelte ihn liebevoll. »So ein guter Junge!«

»Habe ich ihm gestern beigebracht. Toll, stimmt's?« Opa grinste und schien vor Freude und Stolz fast zu platzen.

Julie, die gerade aus dem Bad trat, nickte und strich dem Kleinen über den Kopf. »Er ist begabt.«

»Hochbegabt wahrscheinlich.« Opa grinste. »Morgen melde ich ihn zum Abitur an.«

»Du hast die besten Ideen.« Lächelnd richtete ich mich auf.

»Ich stelle die Torten in die Verkaufstheke, ja?«

»Die sind schon fertig?«, fragte Opa überrascht. »Auch schon verziert?«

»Na klar.«

»Sie ist um vier Uhr früh aufgestanden.« Julie seufzte tief und streckte sich wohlig. »Für mich wäre das kein Leben.«

»Psst!«, zischte Opa leise und gestikulierte hektisch, doch ich winkte ab.

»Schon gut, ihr beiden.«

»Bring sie nicht auf solche Gedanken, Julie! Am Ende entschließt sie sich noch, mich hier hängen zu lassen.« Er zwinkerte ihr zu.

»Lass uns nicht davon reden, Opa«, sagte ich und gab ihm einen dicken Kuss auf die Wange. Trotzdem rührten seine Worte einen wahren Kern. Denn irgendwie hatte er ja recht. Es war nie mein Traum gewesen, Konditorin zu werden, obwohl mir die Arbeit gefiel. Es hatte sich so ergeben. War wohl auch naheliegend, wenn man schon im Windelalter unter Caféstühlen krabbelte und morgens die Cremeschüsseln ausschleckte ... Es hatte sich gut angefühlt, als ich die Konditorausbildung in der fremden Stadt begann. Heimisch. Vertraut. Aber mein tiefster Traum, nein, das war das Bäckereicafé sicher nicht.

»Hast du gut geschlafen, Julie?«, fragte Opa.

»Ich habe sie einmal geweckt, als ich mit Balu raus bin«, erklärte ich schuldbewusst. Nicht nur das. Nach Balus erfolgreichem Geschäft im Garten hatte ich nicht mehr einschlafen können. Also war ich in der Küche vor dem PC hängen geblieben und hatte ein paar Nachrichten von Mama in meinem Posteingang entdeckt. Über den Flug, die Anreise und den Stress: Es gab ordentlich zu arbeiten: viele Patienten und wenig Ärzte. Ich hoffte nur, dass ich Julie damit nicht wach gehalten hatte. »Konntest du wieder einschlafen, Julie?«

»Du hast mich gar nicht geweckt.« Sie seufzte. »Ich war noch wach, als du mit Balu rausgegangen bist.«

»Das kenne ich«, meinte Opa und nickte wissend. »Es gibt Tage, da nützt nicht einmal Schäfchenzählen etwas. Stundenlang liegt man da – und beim Schaf Nummer dreihundert fragt man sich besorgt, wo der Schäfer bleibt.«

»Genau das war mein Problem heute Nacht.« Julie grinste schief und zwinkerte mir zu. Ohne dass sie es aussprechen musste, wusste ich, dass ihr Problem in Wirklichkeit einen Meter siebzig groß war, einen gepflegten Vollbart trug und gern über Gurkenstücke nachdachte.

Opa vertiefte das Thema nicht. »Ich sehe jetzt nach den Gästen«, verkündete er. »Dann könnt ihr in Ruhe frühstücken.«

»Danke dir, Opa!«, riefen Julie und ich wie aus einem Mund.

Lachend schnappten wir uns die reich beladenen Frühstücksteller und folgten ihm die Treppe nach unten in den Innenhof, quer über die Straße und hinüber auf den Steg. Balu blieb uns dicht auf den Fersen.

Es duftete nach frischen Brezen, Weißwürsten und Majoran. Gut gelauntes Stimmengewirr flirrte durch die Luft, das Horn eines Schiffes mischte sich in das Lachen der Gäste. Als ich kurz stehen blieb, um Julie den Vortritt zu lassen, glitt mein Blick über den See. Ein paar Boote segelten durch das satte Blau. Ich genoss es, die Morgensonne auf dem Gesicht zu spüren, und hörte dem Schreien der Möwen zu, die es sich auf dem Steg gemütlich gemacht hatten, um ihrerseits das frühmorgendliche Naturschauspiel zu bestaunen.

»Guten Morgen!«, riefen Julie und ich in die Runde, dann setzten wir uns an den hintersten Tisch.

Links Wasser, rechts Wasser, vor uns Wasser. Schöner konnte ein Tag am Chiemsee kaum beginnen. Zufrieden seufzend ließ ich mich in einen der Korbsessel fallen, drückte mich in die weichen Kissen und schlüpfte aus den Sandalen. Balu kuschelte sich an meine nackten Zehen und streckte alle viere von sich.

»Meine ersten Weißwürste.« Strahlend widmete sich Julie ihrem Frühstück. »Die Brezen riechen fantastisch, das … oh! Die sind ja noch warm!«

»Ganz frisch.« Ich lächelte. Bei uns in der Bäckerei gab es keine halben Sachen.

»Und … wie isst man das?«

»Einmal hier einschneiden …« Ich zog mein Messer an der Wurst entlang. »So … Siehst du? Dann lassen sich die beiden Hälften ganz einfach aus der Haut lösen.«

Vorsichtig und offensichtlich bemüht, nichts falsch zu machen, schnitt Julie ihre Weißwurst an. Sie wirkte so konzentriert, dass ich lachen musste.

Auch Hilde vom Nachbartisch guckte belustigt herüber. »Mädchen! Isst du eine Weißwurst, oder machst du eine komplizierte Hauttransplantation?«

»Hilde!«, rief ich warnend, aber Julie lachte nur.

Hilde hielt ihr eine Serviette hin. »Tupfer, Frau Doktor?«

Ich warf ihr dennoch einen warnenden Blick zu. »Wir sind bestens ausgestattet, keine Sorge. Julie hat alles im Griff.«

Hilde legte eine Hand an ihr Ohr. »Hm?«

»Hast du dein Hörgerät eingeschaltet?«, rief ich und zeigte auf meine Ohren, während Julie mit spitzen Fingern die Wursthaut beiseitelegte. Pelle, wie sie und ihre Hamburger Freunde zu sagen pflegten. Wenn nur mal Hilde das nicht hörte. Schließlich gab es für sie kein größeres Verbrechen, als die Haut einer bayerischen Weißwurst Pelle zu nennen.

Hilde zuckte mit den Achseln. »Batterie ist schwach, muss ich mal wieder wechseln. Was sagtest du?«

»Ich sagte, Julie hat alles im Griff!«, wiederholte ich laut.

Hildes Blick war skeptisch. »Wenn ich die Weißwurst wäre und jemand an mir so rumschnippeln würde, hätte ich längst Todesangst.«

»Die weiß ja nicht, was ihr bevorsteht«, antwortete ich und ignorierte ein paar in der Nähe sitzende Leute, die sich wegen der Lautstärke zu mir umdrehten.

»Das ist eine Weißwurst. Die weiß alles, diese Wurst«, widersprach Hilde.

»Ich mache das zum ersten Mal …« Nun wurde Julie prompt rot und kicherte verlegen.

Hilde seufzte nur. »Hach, die Preußen.« Mit überlegenem Blick schnitt sie ein Kreuz in einen Zipfel ihrer Weißwurst und begann zu zuzeln.

»Hat er sich noch mal gemeldet?«, fragte ich Julie und tunkte ein Stück Wurst in meinen süßen Senf.

Sie nickte. »Gestern Abend.«

»Und?« Ich versuchte, an ihrer Miene zu erkennen, wie das Gespräch gelaufen war.

»Wir haben kurz geskypt.« Sie atmete tief durch. Für einen Moment ließ sie die Gabel sinken und sah mich nur an. »Lang haben wir nicht gesprochen, weil ich so genervt war. Ich weiß wirklich nicht, was immer in mich fährt.«

»Oje«, meinte ich mitfühlend. »Vielleicht ist es ganz gut, dass du jetzt weit weg bist.«

»Ja«, stimmte sie zu. »Ich muss wirklich Abstand gewinnen und mal auf ganz andere Gedanken kommen.«

Wir sahen auf den See hinaus. Majestätisch und erhaben wachten die Berge über das glitzernde Wasser. Möwen kreisten am Himmel, und in der Ferne nahm der alte Raddampfer »Ludwig Fessler« Kurs auf Prien-Stock

Julie seufzte tief auf. »Hier ist es so schön – und ich fühle mich trotzdem total schlecht.«

»Sollen wir etwas unternehmen?«, fragte ich sanft. »Oder magst du lieber allein sein?«

»Ablenkung ist das Beste.« Entschieden wischte Julie sich mit der Serviette ein wenig süßen Senf von der Unterlippe.

Aus den Augenwinkeln sah ich Opa, der Andi gerade ein großes Wasser hingestellt hatte und nun zwei Tische weiter abräumte. Glücklicherweise war es bei Papa in der Firma gerade so ruhig, dass er ein wenig hinter der Theke aushelfen und mein Gewissen beruhigen konnte. Opa mit dem Café allein zu lassen hätte ich dann doch nicht übers Herz gebracht.

»Ich zeige dir Prien. Oder eine der Inseln. Du sagst mir einfach, was du zuerst sehen willst.«

»Das ist eine tolle Idee.« Julie griff nach meiner Hand und drückte sie kurz. »Und über den Pralinen-Einbrecher sollten wir auch reden.«

»Ein Mysterium.« Ich lächelte.

»Den finden wir schon.« Julie grinste. »Ich bin mir sicher, der geht nach System vor.«

»Der Einbrecher?«, mischte sich Opa ins Gespräch, als er an unserem Tisch vorbeikam. Interessiert blieb er stehen, setzte das Tablett mit dem benutzten Geschirr auf den leeren Nachbartisch und musterte mich fragend.

»Ja.« Ich nickte. »Wir müssen herausfinden, wer Briefe bekommen hat und was diese Leute gemeinsam haben.«

Opas Augen leuchteten. »Andi hat gerade davon erzählt! He, Andi! Wer hat bis jetzt alles Briefe bekommen?«

Andi drehte sich um und stützte einen Arm auf die Stuhllehne, ein schiefes Grinsen auf den Lippen. »Neugierig seid ihr aber auch …«

»Worum geht's?« Hilde beugte sich in unsere Richtung. »Hab's nicht verstanden.«

»Pralinen-Einbrecher!«, rief Opa dicht an Hildes Ohr.

Andi nickte. »Opa will wissen, wer schon alles Briefe bekommen hat.«

»Na, sag schon!«, bat Opa. »Ich hab's nämlich schon wieder vergessen.«

»Hilde zum Beispiel«, begann Andi und deutete auf Hilde, der prompt die Röte ins Gesicht schoss. »Und Bärbel. Die

Schickinger Rosi auch, die Leitners und die Familie Greindl. Gestern hat er sogar bei der jungen Felicitas Brief und Pralinen hinterlassen … Ihr wisst schon, … die älteste Tochter der Trautners.«

»Familien, Alleinstehende …« Opa zuckte die Schultern und lud sich leere Teller auf die Unterarme. »Wenn ihr mich fragt, ist da kein System dahinter.«

Ich wiegte meinen Kopf. »Vielleicht läuft er wirklich einfach nur durch den Ort und entscheidet sich für ein Haus, wo gerade Fenster offen stehen.« Wobei im Sommer beinahe jeder bei weit geöffnetem Fenster schlief.

»Möglich«, meinte Julie. Seufzend beugte sie sich zu Balu hinunter und strich ihm über den Kopf. »Aber das wäre zu schade. Dann findest du ihn nämlich nie. So ein Glück wie gestern haben wir bestimmt nicht noch einmal. Dafür ist Prien zu groß.«

»Hoffentlich hat sich Felicitas nicht geängstigt«, sagte Opa. Kopfschüttelnd griff er nach einem Glas. »Die Arme. Hat schon genug zu tun mit ihrem schweren Diabetes.«

Andi drehte sich noch einmal über die Stuhllehne zu Opa. »Der sucht sich aber auch immer die kränksten Leute aus, fällt euch das auf?«

Julie sah mich nachdenklich an. »Die kränksten?«

»Das stimmt allerdings.« Ich überlegte kurz. Felicitas litt an Diabetes, die Schickinger Rosi hatte es mit den Nieren, die Leitner-Oma hatschte schon recht langsam daher mit ihrem krummen Rücken, der Opa der Greindls war in letzter Zeit immer wieder mal zusammengebrochen – wegen der Hitze. Ich hob meine Stimme ein wenig. »Aber Hilde und Bärbel sind gesund.«

»Freilich sind wir gesund. Gott sei's gedankt!« Hilde zuzelte an ihrer letzten Weißwurst herum.

»Abgesehen vom Alter …«, gab Opa zu bedenken und kassierte dafür sofort einen bösen Blick von Hilde.

Sie wischte sich den Mund mit der Serviette ab und beugte sich ein Stück näher zu uns. »Klar, Bärbel ist erst kürzlich gestürzt, das wisst ihr ja. Aber glücklicherweise ist es nichts Ernstes.«

In diesem Moment dröhnte eine Schiffshupe von der Anlegestelle her durch das Stimmengewirr unseres Cafés. Ich legte eine Hand an die Stirn und kniff die Augen in der Sonne zusammen. In der Ferne schob sich eine Menschentraube über die Stege, hin zur Chiemseebahn, deren weiße Rauchwolke in den Himmel stob.

»Glück hat sie gehabt, die Bärbel«, meinte ich. »Da zahlt sie pro Monat dreißig Euro für den Hausnotruf und nimmt ihn dann nachts nicht mit zur Toilette.«

»Ach, du liebes bisschen!«, rief Opa und schnalzte missbilligend mit der Zunge. »Sie hat sich ja eigentlich immer so gefreut. Wenn ihr nachts der Kreislauf versagt, konnte sie sich immer sicher fühlen. Aber dafür müsste sie das Ding auch benutzen!«

»Hach. Als ob das der Grund wäre.« Hilde winkte ärgerlich ab. Energisch setzte sie Tasse und Besteck auf dem benutzten Teller ab und klemmte ihre Serviette dazwischen. Erst unter unseren erstaunten Blicken wurden ihre Züge weicher. »Ich vergesse das Teil nie. Man fühlt sich damit zwar noch ein bisschen älter, als man ohnehin schon ist …« Vielsagend hob sie die Brauen. »… Aber zumindest traut man sich nachts aufs Klo, wenn der Kreislauf spinnt. Man muss halt drauf achten, dass es technisch einwandfrei laufen kann. Was schon genug Nerven kostet, das sage ich euch! Aber sonst ist es ein Segen.«

»Das könnte interessant für mich sein, wenn ich mal nicht

mehr so rüstig bin …« Opa kratzte sich am Kopf. »Hört sich gar nicht schlecht an, was meinst du, Anne?«

»Klar. Momentan hast du ja noch uns. Aber wenn wir unterwegs sind …«

»Sicherheit geht immer vor. Meine Großeltern haben auch so einen Notrufknopf.« Julie nickte.

»Felicitas hat das auch«, fiel mir plötzlich ein. »Wegen ihrem Diabetes.«

Opa nickte. Er schob eine Serviette, die der Sommerwind davonzuwehen drohte, unter den Stapel benutzten Geschirrs und lud sich das Tablett auf. »Und wenn es dich interessiert: Die Schickinger Rosi hat auch einen, die Großeltern der Leitners und der Greindls auch.« Mit einem Zwinkern ging er in Richtung Café davon.

»Oh! Das könnte es doch sein!« Begeistert packte ich Julie am Arm und senkte die Stimme ein wenig, obwohl außer der schwerhörigen Hilde niemand in der Nähe saß. »Dann geht er doch nach einem Schema vor! Jeder, der einen Hausnotruf hat …«

»Du wirst ihn finden«, bestätigte mir Julie leise und lächelte. »Darauf wette ich. Wer hat denn noch alles einen Hausnotruf?«

»Mehrere. Aber zeitgleich muss ja noch ein Fenster offen stehen.«

Julie strich sich eine blonde Strähne aus dem Gesicht und sah mich an. »Du hast einen Plan, oder?«, flüsterte sie.

»Susi, eine gute Freundin, ist gerade im Urlaub. Ich gieße regelmäßig die Blumen und lüfte die Wohnung durch.«

»Und sie hat einen Hausnotruf?«

»Hat sie.« Ich strahlte. »Nachher werde ich sie anrufen und fragen, ob wir uns beim nächsten Lüften mal auf die Lauer legen können.«

»Und du denkst, Susi ist die Nächste?«

»Mh.« Berechtigte Frage. Vorhersehbar waren Einbrecher selten. Aber mein Gefühl sagte mir, dass wir mit Susi Glück haben könnten. »Na ja«, meinte ich. »Sie wohnt im Tannenweg. Der erste Tatort unseres Pralinen-Einbrechers war gleich unten am See, am vordersten Zipfel der Seestraße. Das zweite Mal hat er sich den Birkenweg ausgesucht, dann den Rübezahlweg, die Jahnstraße und die Goethestraße. Das letzte Mal war er in der Carl-Braun-Straße auf Höhe der Gerhart-Hauptmann-Straße. Er scheint tatsächlich vom See her immer weiter in Richtung Ortskern zu gehen.«

»Der Tannenweg wäre also die nächste Wahl?«, hakte Julie nach.

»Na ja. Zumindest in der näheren Auswahl, falls im Umkreis noch mehr Leute mit Hausnotruf wohnen. Aber schließlich ist Felicitas die letzte Adresse gewesen. Carl-Braun-Straße, dieser hohe Block, erinnerst du dich?«

»Wie könnte ich die Charlie-Brown-Straße vergessen.« Julie lachte. »Meine Lieblingsstraße in ganz Prien!«

»Du hast als Kind Snoopy gelesen?«

Sie errötete, was vielleicht auch an der warmen Sonne lag. »Klar! Und zwar alle! Noch heute schaue ich die gerne an.«

»Der arme Carl Braun. Niemand denkt an ihn, wenn er durch die Straße geht. Alle denken nur an Snoopy.«

»Selbst schuld, wenn man so heißt.« Grinsend lehnte sich Julie zurück, sank tiefer in die Kissen ihres Korbsessels. Eine Hand über die Augen, so blinzelte sie gegen die Sonne und sah auf den Chiemsee hinaus. Ein Schiff lief am vordersten Steg ein, seine Wellen brachen sich spritzend und sprühend an den Steinen der Landzunge.

»Ich freue mich auf heute Abend«, sagte ich leise. Und das tat ich wirklich. Wenn ich ehrlich war, konnte ich es kaum mehr erwarten, das Geheimnis um den mysteriösen Pralinen-Einbrecher zu lüften.

Nachdenklich sah mich Julie an. Ihr Mundwinkel zuckte, die Augen blitzten. Dann flüsterte sie: »Eigentlich glaube ich, dass du das lieber alleine tun solltest.«

»Weil? … Dieses Grinsen kenne ich doch!«

»Soweit ich das von der Ferne aus beurteilen konnte, sah er echt knackig aus. Das ist ein sportlicher, durchtrainierter Typ …«

»Und …?« Jetzt grinste ich auch. Mir war längst klar, worauf sie hinauswollte.

»Na ja, du bist Single und …«

»Du auch.« Herausfordernd sah ich sie an.

»Das ist zu frisch, Anne. Mir liegt Lukas zu schwer im Magen, als dass ich so ein Sahneschnittchen vernaschen könnte.«

»Erst mal Schonkost?«, fragte ich schmunzelnd.

»Strikte Diät.«

»Verstehe ich.« Ich nickte mitfühlend und griff Balu über die Schnauze, der sich im Moment anschickte, mir meine Sandalen auszuziehen. »Hey, Frechdachs!«

»Ihm ist langweilig.«

»Er hat jetzt lang genug geschlafen. Wir sollten Kommandos üben. Wenn er danach noch mal schläft, können wir abends ein bisschen mit ihm spielen.«

»Au ja!« Julie griff in den Leckerlibeutel, den sie sich um ihre Hüften geschnallt hatte. »Balu!«

Neugierig tapste die kleine Flauschkugel auf sie zu, schnupperte wissend und setzte sich artig vor Julie auf den Steg.

»Platz!«, sagte sie, und ich lächelte. Der Blick eines Welpen war so unschuldig und niedlich. Hundekinder sahen die Welt noch aus unverbrauchten Augen. Wehmütig sah ich zu, wie Julie den Süßen knuddelte, der sich brav auf den Boden gelegt hatte und sie nun mit treuem, geradezu herzerweichendem Blick anguckte. So schwer es uns allen fiel – ich musste mich dringend nach einer Familie für Balu umhören.

Kapitel 7

»Das sieht lecker aus!« Julie faltete die kleine Folie auf, die sie bei Ausflügen immer bei sich trug, breitete sie auf dem Gras aus und setzte sich im Schneidersitz zu mir. Natürlich nicht, ohne vorher ihr Kleid so sorgsam um ihre Beine zu wickeln, dass kein Zentimeter davon das Gras berühren konnte. Ein skeptischer Blick traf meine Hose, mit der ich mich direkt in die saftige grüne Wiese gesetzt hatte. Dann zupfte sie eine Serviette aus ihrer Tasche und nahm die Semmel entgegen, die ich ihr hinhielt. »Mmmmh. Und wie heißt das genau?«

»Das ist eine geräucherte Chiemseerenke.«

Wir saßen auf der Fraueninsel, direkt vor der Fischerei, spürten das warme Gras unter unseren Waden – gut, hauptsächlich ich – und sahen auf den Chiemsee hinaus, der in der tief stehenden Sonne glitzerte.

»Habe ich vorher richtig gelesen, die hätten auch Aal in der Semmel verkauft?«

»Hast du.« Ich grinste. »Viele Leute finden das eklig, aber ich liebe Aalsemmeln. Der Geschmack ist einzigartig.«

Vorsichtig spähte Julie in meine Semmel. »Aber heute hast du auch Renke?«

»Aus Gesellschaft, gemeinsam schmecken Renken noch besser.«

Ich schnupperte. Zart-würziger Duft stieg mir in die Nase, der Geruch von geräucherter Renke vermischte sich mit dem sanft-scharfen Aroma des Meerrettichs.

In den letzten Stunden hatte ich Julie die Insel gezeigt und sie über alle Wege geführt, teils mehrfach. Zwischen hübschen kleinen Gärten waren wir hindurchgewandert, hatten einen Stopp beim Töpferladen eingelegt und uns am Ufer niedergelassen, um übers Wasser zu blicken. Die Krautinsel schimmerte um diese Uhrzeit so verheißungsvoll in der tief stehenden Sonne, dass wir für einen Moment die Zeit vergessen hatten. Im Klosterladen hatten wir je einen Schutzengel für Opa – als Dankeschön, schließlich passte er heute auf Balu auf! – und für Bärbel erstanden und waren am Ende des Tages dem Knurren unserer hungrigen Mägen gefolgt, die uns einmal um die Insel herum zur besten Fischerei der Fraueninsel gelotst hatten.

»Mmmmh«, machte Julie. »So zart wie Forelle. Anders als die Fischbrötchen, die ich kenne, aber wirklich lecker mit diesem rauchigen Aroma.«

»Gell?« Ich strahlte sie an und biss selbst einen großen Happen ab.

»Und?« Julie kaute. »Bist du schon aufgeregt wegen heute Abend?«

»Total. Vor allem bin ich gespannt, was das für ein Mensch ist. Falls unser Plan denn klappt.« Wieder blickte ich hinaus auf den Chiemsee und beobachtete einen Hund, der übermütig durchs seichte Wasser tollte. »Um solche Briefe zu verteilen, muss man … jemand ganz Besonderes sein.«

Julie biss abermals seufzend in ihre Semmel. »Hat Bärbel dir erzählt, was drinsteht?«

»Er schreibt vom Sinn des Lebens. Von Glück und von Träumen, die man leben soll. Und davon, dass man die Zeit mit seinen liebsten Menschen genießen soll, bevor es zu spät ist.«

»Klingt fast so, als wüsste er, wovon er spricht«, meinte Julie. Sie schleckte sich ein wenig Meerrettich von der Oberlippe. »Obwohl es sich für jeden Menschen lohnt, darüber nachzudenken, nicht?«

Ich sah meine Freundin an. »Hast du denn noch Träume?«

»Weiß nicht.« Sie starrte aufs Wasser hinaus, wo eine Entenfamilie durch die sanften Wellen paddelte. Der Entenvater hatte uns entdeckt, kam ans Ufer und watschelte quakend auf uns zu. »Als Kind hatte ich viele. Aber die gehen wohl der Reihe nach verloren, wenn man erwachsen wird.« Sie zuckte die Schultern.

»Was war dein größter Traum, als du klein warst?«, fragte ich.

»Ein Hund!« Sie lachte laut. »Ehrlich gesagt wird mit Balu gerade mein Kindheitstraum wahr. Während du dich heute Abend mit dem romantischen Einbrecher triffst, werde ich mit Balu genau das tun, was ich schon immer … Ähm … heeeey!« Grinsend wedelte sie mit ihrer Serviette vor dem Entenvater herum, als er frech nach ihrer Renkensemmel schnappte.

»Gut festhalten!« Auch ich konnte mir mein Grinsen nicht verkneifen. Dieser Enterich war wirklich frech. Dafür aber auffallend hübsch, sein Kopf schillerte bläulich grün, Schattierungen von Braun verteilten sich über den hellen Rücken.

Dann passierte es. Ohne Vorwarnung packte er zu, erwischte das hintere Ende der Renke, die aus der Semmel herausschaute, und zog daran.

»Nein!«, kreischte Julie. Ihre Finger pressten sich auf die Semmel. Doch – flupp – war die Renke verschwunden. »Das gibt's nicht!« Ungläubig starrte sie auf die beiden

Semmelhälften in ihrer Hand, ein wenig Meerrettich tropfte heraus. Das Fischstück trug der Enterich, mit stolzgeschwellter Brust, zu seiner Familie.

»Eins zu null für die Ente, würde ich sagen.« Ich kicherte. »Wahrscheinlich ist das ein schlechter Zeitpunkt, das zu sagen. Aber ich mag Enten.«

»Ich auch«, knurrte Julie und grinste. »Am liebsten süßsauer.«

»Ich hole dir eine neue Renkensemmel«, bot ich an. Umständlich stemmte ich mich vom Gras hoch. »Aber die essen wir besser auf einer Bank.«

»Oder im Gehen – wann geht das letzte Schiff in Richtung Prien?«

»Himmel, ja!« Ich warf einen Blick auf die Uhr. »Es ist schon kurz vor acht! Das letzte Schiff geht um 20:05 Uhr. Ich bin gleich zurück!«

Es dauerte keine Minute, dann schwang auch schon die Tür zur Fischerei hinter mir zu, und ich streckte Julie eine frische Renkensemmel entgegen.

»Danke.« Ihre Wangen färbten sich rosa, sie kicherte leise und angelte die Renke heraus, um sie auf zwei Semmeln zu verteilen. »Die werde ich mit meinem Leben verteidigen.«

Schnellen Schrittes eilten wir auf den Nordsteg zu, die MS Edeltraud lief genau in diesem Moment ein. Der Matrose vertäute das Schiff routiniert an einem Pfahl – keine fünf Sekunden brauchte er dafür –, eine Übergangsbrücke wurde krachend und klappernd hinübergeschoben, um Schiff und Steg zu verbinden.

»Grüß Gott, hereinspaziert!«, rief uns gleich ein anderer entgegen.

»Servus!«, grüßte ich und drehte mich zu Julie um. »Sonnendeck?«

Julie nickte. Wir erklommen die Stufen nach oben und ließen uns mit unseren Renkensemmeln auf einer der Bänke nieder. Die Sonne wärmte unseren Nacken, hoch über uns wehte die weiß-blaue Bayernflagge im Wind. Die MS Edeltraud fräste sich durch das leicht gekräuselte Wasser, der charakteristische Kirchturm der Fraueninsel wurde immer kleiner und kleiner, bis er unseren Blicken entschwand.

Leise schimmerte der Widerschein der Sonne auf dem See, und ein paar Möwen kreisten über unseren Köpfen. Mit jedem Meter, den das Schiff zurücklegte, schickte es eine neue Welle los, die sich ihren Weg durch den Chiemsee bahnte und alle Boote schaukeln ließ, die sich ihr in den Weg stellten. Der Fahrtwind blies uns die Haare ins Gesicht, energisch band ich sie mit einem Haargummi zusammen, um mich in Ruhe meiner Renke zu widmen.

Wir passierten die Herreninsel. Nach etwa fünfundzwanzig Minuten Fahrt kamen wir in Prien an und drückten uns durch die Menschentraube auf dem Anlegesteg.

»Papa!«, rief ich, als ich ihn auf dem Steg unseres Cafés entdeckte. Ich winkte, doch mein Vater sah kaum merklich von seinem Kuchen auf.

»Ist er immer so still?«, fragte Julie leise, einen Seitenblick auf das Café gerichtet.

Ich seufzte. Nein, eigentlich war Papa von jeher das Gegenteil gewesen. Gesprächig, laut und manchmal unbelehrbar. Wie oft hatte ich mir gewünscht, er würde nicht jeden Fliegenschiss kommentieren, besonders was mich und meine Entscheidungen anbelangte. Jürgen, hatte Opa oft spaßeshalber gesagt, Jürgen, such dir eine nette Fernsehserie. Du kannst nicht rund um die Uhr das Leben deiner Tochter auseinandernehmen.

»Das wird schon wieder«, sagte ich nur und nahm mir vor,

mit meiner Mutter darüber zu sprechen, wenn ich sie das nächste Mal kontaktierte.

Julie und ich schlenderten noch eine Weile über die Priener Landzunge. Wir kauften uns ein Eis und setzten uns damit in den Pavillon. So sahen wir auf den See hinaus, genossen die Abendstille und besprachen noch einmal unser Vorgehen. Ich würde in Susis Wohnung auf den Pralinen-Einbrecher warten. Vielleicht bestand eine Chance, ihn kennenzulernen, falls er wirklich dort auftauchte. Julie war der Meinung, dass er sicherlich gut aussah. Sportlich zumindest war er, das wussten wir. Und da er mit seiner Pralinenaktion ein Herz für andere zu haben schien, war sie irgendwie von der Idee hingerissen, er könnte ein Mann für mich sein. Eigentlich hatte ich nichts dagegen, aber ernsthafte Hoffnungen wollte ich nicht in die Begegnung setzen.

Erst als es dunkel wurde, tauschte ich zu Hause meine Sandalen gegen ein Paar Pumps – man konnte ja nie wissen! – und verabschiedete mich.

»Viel Spaß mit Balu!«, wünschte ich Julie noch zum Abschied.

Sie grinste. »Und du, verdirb dir nicht den Magen an deiner Sahneschnitte.«

»Ich bin Konditorin, in meinem Leben habe ich vermutlich ein paar hundert Torten gegessen. Wenn jemand Sahneschnitten verträgt, dann ich!« Grinsend ließ ich mich in eine Umarmung ziehen.

»Viel Glück!«, rief sie.

Wenig später klackerten meine Pumps und ich in Richtung Tannenweg davon – natürlich nicht, ohne einen kurzen Stopp bei Bärbel einzulegen, um ihr den Schutzengel zu bringen, den Julie und ich im Klosterladen der Fraueninsel für sie erstanden hatten.

Ich liebte es, spätabends durch den Ort zu spazieren. Straßen und Häuser schlummerten friedlich, und doch schien jedes Haus von der Geschichte seiner Menschen zu reden. Wenn man nur hinhörte, erzählte jedes einzelne von unterschiedlichsten Leuten, groß und klein, von Glück und Unglück, von Geborgenheit und Einsamkeit. Das hatte Opa früher immer zu mir gesagt, wenn er abends mit mir eine Runde durch Prien drehte, kurz bevor meine Eltern von der Arbeit zurückkamen. In jeder Schaukel hallte das Kinderlachen wider, jede Schliere auf dem Fenster erinnerte an platt gedrückte Kindernasen, die schon beim ersten Quietschen des Gartentors Mamas Rückkehr sehnlichst erwarteten. Ich fragte mich, was unser Haus wohl über Opa, Mama, Papa und mich erzählte, wenn der Wind nachts säuselnd und wispernd um die Wände strich. Über meine Mutter jedenfalls nicht viel, sie war momentan einfach zu oft fort.

Ein paar Schritte noch, eine letzte Kurve, dann war ich schon am Ziel. Tannenweg 39. Der Mond warf sein silbriges Licht auf die Fensterscheiben, die Silhouette einer Kiefer wiegte sich im Wind. Unter meinen Schritten federte das Moos, und ich musste mich mit den hohen Schuhen konzentrieren, um nicht einzusinken.

Es klickte, als ich den Schlüssel im Schloss umdrehte.

Im Flur roch es ganz leicht nach Pfannkuchen, und das Mondlicht warf den Schatten des überquellenden Schuhregals an die Wand. Frauenschuhe, Kinderschuhe, übereinander, untereinander, nebeneinander, hintereinander, kreuz und quer. Ein paar verstreuten sich über den Boden, dazwischen Matchbox-Autos, eine Puppe mit abgerissenem Bein und viele, viele Legosteine. Unwillkürlich schlich sich Papa in meine Gedanken, zu dessen Beruf regelmäßige Kontrollgänge durch fremde Wohnungen gehörten. Wenn mein Vater sagt, dass man als Sicherheitskraft einen gefährlichen Job hat, denken die meisten Menschen an bewaffnete Einbrecher und Verfolgungsjagden. An Legosteine und gebrochene Beine denkt niemand, dabei war das die weit größere Gefahr im Alltag. Ungelenk hüpfte ich über eine halb fertige Ritterburg, lief durch den Flur und in die geräumige Wohnküche.

Das Licht meiner Taschenlampe streifte den Couchtisch. Zwei leere Weingläser mit dunkelrot getrockneten Weinresten, ein Kerzenstumpf und eine Schüssel mit Chipskrümeln. Die mit Herzen verzierte Grußkarte hatte jemand mit Erdnussbutterfingern angefasst. Die Türklinke offenbar auch, da sich meine Hände verdächtig klebrig anfühlten, wie mir erst jetzt bewusst wurde.

Ich öffnete die Balkontür. Kühl wehte die Nachtluft herein, irgendwo schrie eine Katze.

Mach's dir gemütlich, hatte Susi gesagt, als ich sie in meinen Plan eingeweiht hatte. Hm …

Ich wollte ihn sehen – und endlich das Geheimnis um den romantischsten Einbrecher Bayerns lösen, selbst wenn die Chancen dafür miserabel standen. Vermutlich ergriff er ohnehin die Flucht, sobald er nur einen Laut von mir hörte.

Seufzend ließ ich mich in den Sessel sinken und wartete in der Dunkelheit.

Kapitel 8

Stille. Ganz leise drang das Ticken der Uhr an mein Ohr. Tick, tack, tick, tack. Luft zog kühl durch die offene Balkontür, und ich rieb mir die bloßen Arme, um sie zu wärmen.

Der Vollmond tauchte die Wohnung in ein sanftes, silbriges Licht. Mein müder Blick fiel auf ein gerahmtes Foto an der Wand. Susis Kinder. Die ein Jahr alte stupsnasige Lea grinste von unten her in die Kamera, der zweijährige Lars bohrte seine Zunge in ein Schokoeis, den Mund braun verschmiert. Daneben hing ein Bild von Fiona, ihrer ältesten Tochter: ein Ultraschallbild in Schwarz-Weiß.

Ich schluckte. Eigentlich hätte Fiona dieses Jahr fünf werden sollen. Die Fehlgeburt hatte Susi damals komplett den Boden unter den Füßen weggezogen. Sie hatte nur weggewollt von ihrem alten Leben, weg von ihrer Wohnung in Rimsting, weg von all den Erinnerungen. So war sie vor fünf Jahren mit ihrem Partner nach Prien gezogen. Doch lang hatte es nicht gedauert, dann war auch ihre Beziehung an der Trauer zerbrochen. Ich hatte sie damals in unserer Bäckerei kennengelernt, wo sie jeden Morgen mit tiefen Augenringen ihre Frühstückssemmeln abgeholt hatte, und ihr Unterstützung angeboten. Wir hatten sie in Kontakt gebracht mit anderen Müttern, die Kinder verloren hatten, und hatten uns bemüht, da zu sein, wann immer sie ein offenes Ohr oder eine Schulter zum Anlehnen gebraucht hatte. Ich sah sie noch heute vor mir, in Tränen aufgelöst und verzweifelt. Bei der Erinnerung wurden meine Augen feucht, ich blinzelte hektisch und drehte mich zur Kommode. Irgendwo dort hatte ich doch ein Taschentuch gesehen …

»Bitte nicht erschrecken«, tönte plötzlich eine sanfte Stimme vom Balkon her.

Ich wirbelte herum.

»Das tut mir leid.« Eine Männersilhouette löste sich aus dem Schatten der Balkontür. »Ich wollte wirklich nicht … Oh. Sie weinen ja.«

»Nein, ich …« Fahrig wischte ich mir über die Augen und ärgerte mich über mich selbst. Ich hatte doch nur der Sahneschnitte auflauern wollen, wie Julie es ausgedrückt hatte.

»Bitte schön.« Mit einem zurückhaltenden Lächeln streckte er mir ein Taschentuch entgegen. Seine Augen glitzerten im Mondlicht, und der Schatten des Vorhangs zauberte ein Punktemuster auf seine Wangen. Er war groß, schlank und sportlich. Und er roch auf fantastische Weise unglaublich gut.

Mein Herz klopfte, als ich das Taschentuch anstarrte, das er mir entgegenhielt, und meinerseits ein Lächeln versuchte. Was mir ganz gut gelang.

Jetzt hatte er mich tatsächlich überrascht, so leise war er auf den Balkon gesprungen. Angestrengt musterte ich ihn, dann machte es plötzlich klick bei mir. »Oh. Sie sind das also, der Mann von neulich. Mit dem Beerenfrühstück.«

Sein Lächeln wurde breiter. Aufmunternd nickend hielt er mir noch immer das Taschentuch hin. »Nehmen Sie es. Ich möchte Sie nicht länger traurig sehen.«

»Sie sind ein bemerkenswerter Kletterer. Gerade bei Häusern, da ist es noch mal schwieriger. Und mit … Gepäck.«

»Ich habe nichts Böses im Sinn, falls Sie das meinen.«

Immer noch sah er mich an, ließ jetzt jedoch das Taschentuch sinken.

Mein Blick scannte ihn von oben bis unten. Die dunklen Haare, die tiefbraunen Augen, das verschmitzte Lächeln. Die sportlichen Oberarme und die breiten Schultern. Um die baumelte eine Umhängetasche. Schemenhaft erkannte ich eine Trinkflasche, die aus einer Außentasche herauslugte, daneben ein kleines, mit Goldband verziertes Tütchen. Dann kreuzten sich unsere Blicke.

»Sie sind der Pralinen-Einbrecher.«

Er nickte nur, ein schiefes Grinsen stahl sich in sein sonnengebräuntes Gesicht. »Aber Sie sind nicht Susi Winter, richtig?«

Ich lachte verlegen auf. »Nein. Ich sehe nur ab und zu in ihrer Wohnung nach dem Rechten, wenn sie im Urlaub ist.«

»Woher weiß ich, dass Sie nicht eingebrochen sind?« Sein Grinsen wurde breiter.

Ich musste lachen und hob Susis Haustürschlüssel hoch. »Reicht das als Beweis?«

»Na ja …« Sein Grinsen war echt. Und ansteckend.

»Wie läuft das eigentlich, wenn sich zwei Einbrecher begegnen?«, fragte ich. Über so etwas hatte ich bislang gar nicht nachgedacht. »Die Chance ist gering, aber … Wäre doch mal eine spannende Frage.«

»Das regelt der geheime Einbrecherkodex.« Er nickte ernsthaft, um gleich wieder mit einem ansteckenden Lachen herauszuplatzen. »Nein, keine Ahnung.«

»Vielleicht ist es wie mit einer Parklücke. Wer zuerst blinkt …« Fragend sah ich ihn an.

In den tiefbraunen Augen schimmerte der Schalk. »Wenn es der zweite Einbrecher nicht einsieht, wird es allerdings spannend.«

»Dann kann man noch immer die Polizei rufen, um zu seinem Recht zu kommen«, schlug ich lachend vor.

»Sie haben die besten Ideen.«

»Ich weiß.« Mit hocherhobenem Kopf strahlte ich ihn an.

Er hob den Arm und stützte ihn auf den Rahmen der Balkontür, seine Hand war jetzt keine fünf Zentimeter mehr von meinem Gesicht entfernt. Noch immer hielt er den Blickkontakt. Seit einer ganzen Weile schon. Gepaart mit diesem schiefen Grinsen löste er in mir vor allem eins aus: ein Kribbeln im Bauch. So offensichtlich hatte selten ein Mann mit mir geflirtet. Vermutlich deshalb, weil er plante, nach unserem Zusammentreffen ohnehin wieder von der Bildfläche zu verschwinden. Aber diese Sekunden, hier auf Susis Balkon, die gehörten allein unserem Flirt.

Ich biss auf meiner Lippe herum und grinste so dämlich wie vermutlich seit Ewigkeiten nicht mehr, während ich verzweifelt nach ein paar passenden Worten suchte.

»Also …« Er lächelte mich noch immer an. Frech, offen und irgendwie … sexy.

»Soll ich die auf die Kommode stellen?«, fragte ich schließlich und nickte in Richtung Pralinen, die mit ihrem goldenen Schleifchen aus seiner Tasche herausblitzten.

»Warum nicht. Danke.« Er streckte mir das Tütchen entgegen, den Brief – und einen Umschlag. Ein Firmenlogo prangte in schrillem Rot darauf, der Schriftzug GUTSCHEIN prangte knapp darunter.

Meine Pumps klackerten auf Susis Fliesenboden, als ich alles auf ihrem Wohnzimmertisch platzierte. Eine Frage konnte ich mir nicht verkneifen. »Was ist das für ein Gutschein?«

Sein Blick glitt an mir vorbei in die Wohnung, er holte sichtlich tief Luft. »Ursprünglich habe ich überlegt, ob ich hier ein wenig Ordnung machen soll.«

»Sie haben *was?*« Perplex starrte ich ihn an. War das sein Ernst?

»Vermutlich ist sie alleinerziehend.« Er wandte sich um und sah sich im Raum um. »Oder nicht? Sie hat wahrscheinlich auch mehrere Kinder. Irgendwie kam es mir beim ersten Auskundschaften so vor, als wäre sie ein wenig überfordert. Und wenn ich jetzt nur einen kurzen Blick in die Wohnung werfe, bestätigt sich meine Vermutung. Etwas viel Chaos …«

»Hören Sie mal … Sie, Sie …« Mir blieb die Luft weg, die Antwort steckte irgendwo auf halbem Weg in meinem Hals. Ging das nicht ein wenig weit? War der Zustand der Wohnung nicht einzig und allein Susis Privatsache?

Seufzend zeigte er hinüber zur Couch, wo die zwei benutzten Weingläser auf dem Wohnzimmertisch stehen geblieben waren. »Haben Sie denn kein Mitleid mit ihr? Wenn sie ein Date hat, sitzt sie zwischen Schnuller und Playmobil-Figuren. Und Zeit, sauber zu machen, hat sie vermutlich auch nicht.«

»Sie steigen doch nicht ernsthaft in eine fremde Wohnung ein, um nur mal kurz feucht durchzuwischen!« Ich starrte ihn an.

»Eben.« Sein schiefes Grinsen wurde wieder ein wenig breiter. »Ich habe mir immer geschworen, in fremden Wohnungen nie irgendetwas anzufassen. Weil ich die Privatsphäre der Leute respektiere. Damit es nicht so angsteinflößend wird, habe ich mich auch für den Gutschein entschieden. Zehn Besuche einer Hauswirtschaftshilfe. Der Gedanke kam mir nur, weil … Eigentlich wollte ich nur helfen.«

Prüfend musterte ich ihn. Zwecklos zu leugnen, dass er mir gefiel. Ein leichter Bartschatten lag auf seinen Wangen, die Augen blitzten im Mondlicht. Kaum erkennbar zog sich eine kleine Narbe über das Kinn. Seine kräftigen Hände waren staubverschmiert, und auch die Jogginghose hatte vom

Klettern einige Striemen abbekommen. Gepaart mit seinem kecken Lächeln strahlte er irgendetwas aus, dem ich mich schwer entziehen konnte.

Neulich im Café hätte ich ihn niemals für einen Einbrecher gehalten. Für einen Kindergärtner eventuell. Oder für einen Grundschullehrer. Aber einen verdammt attraktiven.

»Ich hoffe, ich habe keinen schlechten Eindruck bei Ihnen hinterlassen. Wegen Einbruch und so.«

Ich schwieg einen kurzen Moment und sah ihn einfach nur an. »Auf diese verrückte Idee sind Sie vermutlich noch nicht gekommen, aber wenn Sie gern Pralinen verschenken, gäbe es auch Briefkästen, wo man sie reinstecken kann.«

»Grandioser Gedanke.« Seine Augen funkelten, er schmunzelte. Dann streckte er mir die Hand entgegen. »Michi. Tut mir leid, dass ich mich noch nicht vorgestellt habe.«

»Anne.« Sein Händedruck war ... angenehm warm, fest und trotzdem vorsichtig. Ich verspürte ein Kribbeln im Bauch. Jetzt musste ich dringend der Situation Herr werden.

»Und?«, fragte ich herausfordernd.

»Und was?« Wieder dieses Grinsen, das bei mir Schmetterlinge tanzen ließ. Er lehnte lässig am Türrahmen, ich gerade einmal so weit von ihm entfernt, dass mir sein Aftershave in die Nase stieg.

»Na, habe ich keine XXL-Pralinenpackung gewonnen? Nein, warte ... ein Date! Schließlich habe ich dich erwischt.« Ich verschränkte die Arme vor der Brust. »Und sicherlich möchtest du doch verhindern, dass ich ein grandioses Phantombild von dir zeichne.«

»So charmant bin ich ja noch nie zu einem Rendezvous gezwungen worden.« Michi lachte laut. »Wenn ich jetzt mit dir ausgehe, malst du mir trotzdem ein Phantombild? Für mich?«

Ich lächelte. »Vielleicht.«

»Okay.« Seine Augenbrauen hoben sich, als er den Kopf ein wenig schief legte. »Worauf hast du denn Lust, Anne? Ich spendiere dir eine Pizza …« Nach einem kurzen Blick auf die Uhr seufzte er. »Na ja, könnte schwierig werden. Ein Drink in der neuen Bar am See? Oder ein Spaziergang am See entlang?«

»Du bist Einbrecher …«

Er zog den rechten Mundwinkel nach oben, das schiefe Grinsen war zurück. »Wenn du von mir erwartest, dass ich aus der geschlossenen Pizzeria eine Pizza klaue, muss ich dich enttäuschen. So etwas tue ich nicht.«

Da war ich tatsächlich erleichtert. »Gott sei Dank.«

»Dann war das gar nicht die Frage?«

»Ich hätte Lust, mal ein Hausdach von oben zu sehen. Wir könnten uns ein flaches aussuchen, uns hinsetzen und ein bisschen quatschen?«

Sein Blick wanderte an mir herab, und mir wurde heiß und kalt darunter. Über meine schmalen Arme, die Taille – und blieb schließlich an den Pumps hängen.

»Die kann ich ausziehen«, bot ich schnell an.

Belustigt hob er beide Hände. »Hab nichts gesagt.«

»Aber gedacht. Oder nicht?« Jetzt legte ich den Kopf schief und sah ihn von schräg unten an.

Seine Augenbrauen zuckten kaum merklich, noch immer umspielte ein Lächeln seinen Mund. »Ich finde es ganz gut, wenn ein Date länger dauert als zwei Minuten.«

»Ach?«

»Und ich würde den Abend gern mit einer lebendigen Frau verbringen.«

Wortlos rollte ich die Ärmel nach oben, um meine Muskeln zu entblößen.

Anerkennend pfiff er durch die Zähne. »Ich habe dich unterschätzt. Also doch keine Barbiepuppe. Wo sind die denn her?«

»Jedenfalls nicht vom Bleistifthalten«, meinte ich trocken. Vermutlich verdankte ich sie dem jahrelangen Kampfsport. Nachdem mein Krav-Maga-Lehrer nach Australien ausgewandert war, hatte Papa ab und zu mit mir trainiert. Aber das würde ich Michi nicht auf die Nase binden, womöglich reichte ein Hinweis auf die Securityfirma meines Vaters, um ihn zu verjagen. Das wollte ich nicht riskieren. Wobei – hatte er nicht im Café nach Papa gefragt?

»Wenn du die Schuhe ausziehst, dann könnten wir einen Versuch machen. Flachdach. Und Feuerleiter.«

»Au ja!« Ich schob meine Gedanken an Papa beiseite und strahlte. Das klang nach Abenteuer, nach Romantik und nach noch mehr Bauchkribbeln, als der Seismograf in meinem Bauch ohnehin schon zu verzeichnen hatte.

»Aber Sicherheit geht immer vor«, fügte Michi ernst hinzu. »Klettere nie auf ein Hausdach, wenn du nicht jemanden dabeihast, der die Gefahr genau einschätzen kann. Und das kann nur ein Dachdecker, ein Schornsteinfeger oder eben ein Einbrecher.« Er lachte.

»Ich weiß«, erwiderte ich leise. »Ein falscher Schritt und alles kann vorbei sein.«

Michi beugte sich wieder näher. »Keine Sorge«, flüsterte er. »Ich werde gut auf dich aufpassen.«

Mein Herz klopfte schneller, ich spürte jeden Schlag hart gegen das Brustbein hämmern. Mit einem energischen Kick beförderte ich meine Pumps auf Susis Balkon. »Lass uns gehen!«

Kapitel 9

»Hier?«, flüsterte ich.

Michi legte einen Finger an seine Lippen und winkte mich weiter durch das kühle, feuchte Gras – vorbei an zwei dichten Büschen, um ein paar Schritte weiter vor einer Feuerleiter stehen zu bleiben.

Die Wellen des Chiemsees schwappten leise an die Stege, das Wasser gluckerte in der Dunkelheit. Warmer Wind blies durch mein Haar, als ich den Kopf in den Nacken legte und die Hauswand hinaufsah, die steil in den Sternenhimmel zu ragen schien. Mein Herz schlug schneller.

»Nicht waghalsig werden, ja?« Er zwinkerte mir zu und legte eine Hand auf die Feuerleiter. »Schön langsam, einen Fuß vor den anderen. Und sag Bescheid, falls dir schwindelig wird.«

»Mir, schwindelig? Niemals.« Ich nickte trotzdem und lächelte. Ein Gentleman war er auf alle Fälle.

»Du gehst voraus«, flüsterte er. »Dann kann ich dich notfalls auffangen.«

»Alles klar.« Ich nickte. Ein strahlendes Lächeln warf ich ihm noch zu, dann fasste ich nach dem Metallgeländer.

»Ich gebe dir Hilfestellung, damit du die erste Sprosse erreichst«, meinte er, doch da hatte ich mich bereits hochgezogen, die nackten Füße an der Wand abgestoßen und war auf die Leiter gesprungen. »Nicht nötig, danke.« Grinsend drehte ich mich nach ihm um.

Sein Gesicht lag im Schatten der Hausmauer, doch seine Bewunderung war unübersehbar. »Respekt, Anne.«

Die Leiter drückte sich kalt und hart in meine nackten Fußsohlen. Mit jedem Schritt klopfte mein Herz heftiger, während die Büsche unter mir ein Stückchen zu schrumpfen schienen. Vier Meter, acht Meter, zwölf Meter. Meine Hände fassten nach dem kühlen Metall, ich spürte die Vibration von Michis Schritten auf der Sprosse unter mir.

»Wahnsinn!«, rutschte es mir heraus, als ich das Dach erreichte.

Es glänzte leicht im Mondlicht. Bei Dunkelheit war schwer zu sagen, welche Farbe es hatte. Grau vermutlich. Ein paar Steine lagen verstreut herum, hier und da hatte das Flachdach Moos angesetzt.

»Brauchst du Hilfe beim …«, setzte Michi an, doch da stieg ich bereits auf das Dach und wagte mich ein paar Meter voraus.

Der Chiemsee unter uns schien still und ruhig zu schlafen, seine sanften Wellen schimmerten silbrig.

»Ist das ein Ausblick! Herrlich!«

»Nicht wahr?« Michis Stimme war warm, als er sich ebenfalls auf das Dach schwang und näher kam.

Ich nickte. »Wunderschön.«

»Setz dich.« Er setzte kurz an, etwas zu sagen, schloss seinen Mund jedoch wieder. Ein entschuldigendes Lächeln umspielte seine Lippen. »Kissen habe ich leider keine. Aber eine Frau, die gern auf Dächern herumklettert, hat vermutlich auch kein Problem mit ein paar Kieselsteinen hier oben. Oder?«

Anstatt einer Antwort zeigte ich nur auf die Grasflecken, die unser heutiger Ausflugstag mit Julie auf meinen Hosenbeinen hinterlassen hatte – und die man sogar im Dunkeln deutlich erkannte. Ich hatte tatsächlich vergessen, mich noch einmal umzuziehen. Aber zumindest bereute ich es nicht. »Muss ich noch mehr sagen?«

»Alle Zweifel beseitigt.« Mit einem belustigten Blick auf meine Hose setzte Michi sich neben mich und legte die Umhängetasche ab. Ein Ratsch, dann zog er den Reißverschluss auf und hielt mir eine kleine goldverzierte Schachtel hin. »Praline, die Dame?«

»Oh.« Ich wechselte von der Hocke in den Schneidersitz und griff zu. Vorsichtig löste ich das Goldband. Der Deckel der Pappschachtel schwang auf und gab den Blick frei auf kleine, liebevoll verzierte Pralinen.

»Bediene dich.«

»Die sehen verdammt gut aus.« Meine Finger schwebten über einer dunklen, viereckigen – mit Goldstaub verziert. Dann entschied ich mich doch für eine weiße Praline, roter Zuckerguss war wild über die Oberfläche gesprenkelt.

»Himbeer-Zitrone«, flüsterte Michi. »Eine gute Wahl.«

Und es war eine wahre Geschmacksexplosion. Das Himbeerpüree, abgerundet mit einem Hauch von Zitronensaft, schmeckte sommerlich leicht. Ummantelt war es mit weißer Schokolade, die sich mit den Früchten zu einer feinen Komposition verband. »Mmmmmmmh«, machte ich nur.

»Greif zu.« Michi schob die Pralinenpackung näher zu mir. Lächelnd zeigte er auf die dunkle, quadratische Praline, goldener Glitzer zierte ihre Oberseite. »Ich habe deinen Blick auf die hier doch längst gesehen.«

Ich grinste, schob mir die Praline in den Mund und schloss für einen kurzen Moment die Augen. Eine Cremefüllung aus Zartbitter, ein sanfter Hauch von Kardamom. »Himmlisch, einfach himmlisch.«

»Die kleinen Schokoladenseiten des Lebens«, sagte er und nickte.

Ich spürte dem Geschmack von Schokolade und Kardamom nach und sah in die Nacht hinaus. Die Boote schaukelten auf dem See, fest vertäut an den Stegen. Und doch hatten sie gerade so viel Spielraum, dass sie dem Rhythmus des Wassers folgten.

»Sitzt du oft auf Dächern?«, fragte ich.

»Gelegentlich.« Michi sah ebenfalls auf den See hinaus. »Nichts holt mich besser auf den Boden zurück als ein Ausflug über die Dächer von Prien.«

Mein Herz gab Vollgas. Aber warum? Wegen der Höhe? Immerhin entsprach unsere Position dem vierten Stock. Wegen des abenteuerlichen Gefühls? Oder doch wegen ihm? Ich warf Michi einen verstohlenen Seitenblick zu.

»Gefällt es dir?«

Ich lächelte. »Sehr.«

Versonnen blickte er in die Ferne. »Es verändert die Sicht auf die Dinge, wenn man aus einiger Entfernung draufschaut. Findest du nicht?«

»Welche Dinge?«, fragte ich und sah ihm direkt in die Augen. Sie waren dunkel, doch bei meiner Frage glomm ein kleines Feuer darin auf.

»Besonders die Dinge, die den Leuten nahegehen.«

Schweigend schaute ich ihn an. Es brauchte kein weiteres Wort von ihm, ich spürte auch so, dass er in seinem Leben viel gesehen hatte. »Das würde einigen Menschen guttun«, meinte ich schließlich. »Von oben auf die Dinge zu sehen.«

»Jeder muss herausfinden, was für ihn das Richtige ist.« Michi stellte die Knie auf und stützte sich lässig mit den Ellenbogen darauf ab. »Für manche ist der Blick von oben heilsam, andere bekommen Höhenangst, wieder andere stürzen bildlich gesprochen ab.«

Wir schwiegen eine Weile. Ich erhaschte einen Hauch seines Aftershaves und lehnte mich zurück. Kalt und hart fühlte ich das Dach unter meinen Händen. Am Nachbarhaus flackerte gerade im dritten Stock das Licht auf, ein älterer Herr schlurfte im Pyjama zum Kühlschrank, um sich ein kühles Glas Wasser einzuschenken. Sofort sah ich weg.

Michi lachte leise. »So geht es mir auch.«

»Es ist so …« Lange suchte ich nach einem Wort. »So intim.«

»Genau.« Er lächelte.

Nachdenklich sah ich ihn an, registrierte jede Regung seiner Mimik. Er schien einen guten Grund zu haben, warum er dennoch Kontakt zu den Menschen aufnahm. »Fühlst du dich manchmal schuldig? Wenn du in die Wohnungen der Menschen schaust?«

»Würde ich. Aber genau deswegen sehe ich auch nicht hin, wenn irgendwo Licht brennt. Nie. Ich schaue auf den Chiemsee hinaus, in den Sternenhimmel oder sehe mir die Dekoration an, die an den Türen und Fenstern hängt. Aber sobald ich einen Menschen entdecke, drehe ich mich weg.«

»Und … wenn du doch einmal etwas siehst, was nicht für deine Augen bestimmt ist?«

Da war es wieder, das schiefe Grinsen. »Mittlerweile bin ich ganz gut im Weggucken.«

»Aber was, wenn doch?«, bohrte ich weiter. Er versuchte mir doch nicht ernsthaft zu erzählen, dass er nie Privates mitbekam?

»Vielleicht klingt das komisch«, sagte er und machte eine Pause. Das sanfte Plätschern der Wellen füllte die Stille. »Aber ich habe in meinem Nachtkästchen so eine Art Schweigepflichterklärung, die habe ich schon vor Jahren aufgesetzt und unterschrieben. Alles, was ich auf den Dächern von anderen Menschen erfahre, werde ich sofort vergessen.«

Erst schmunzelte ich und wusste nicht, ob ich ihm glauben sollte. Doch als ich begriff, dass er sich darüber ernsthaft Gedanken gemacht hatte und seine Idee bis in die letzte Konsequenz umsetzte, nickte ich berührt.

»Warum tust du das eigentlich?« Wieder sah ich ihn an.

Sein Blick wich in die Ferne. In den dunklen Augen spiegelte sich der Mondschein, und seine Wimpern wirkten fast dunkler als zuvor. »Weil ich den Menschen ein kleines Stückchen Glück abgeben möchte.«

Lächelnd schüttelte ich den Kopf. »Nein, ich meine, was ist dein persönlicher Grund?«

Kurz stutzte er, sein Blick kreuzte sich mit meinem. Und ich glaubte so etwas wie Hilflosigkeit darin aufblitzen zu sehen. »Praline?«, fragte er schließlich und hielt mir die Schachtel hin.

Ich öffnete den Mund, um etwas zu sagen, schloss ihn jedoch gleich wieder. Nachdenklich sah ich ihn an.

»Die Nougatpralinen sind sehr zu empfehlen.«

»Danke«, antwortete ich leise und griff zu. Mit einem kräftigen Röstaroma von Haselnuss zerging die Praline auf meiner Zunge. Zögerlich legte ich Michi die Hand auf die Schulter. »Entschuldige, wenn das zu persönlich war.«

»Kein Problem.« Seine Hand tastete nach der meinen und drückte sie. Kurz, aber herzlich.

Ich spürte aufkeimende Röte auf den Wangen und hoffte nur, dass die Dunkelheit sie verbarg. Aus Verlegenheit schob ich mir eine weitere Praline in den Mund. »Die schmecken fantastisch.«

Sein Blick ruhte auf mir. Es dauerte, bis Michi etwas sagte. »Es macht glücklich, andere Menschen zu beschenken.«

Ernst erwiderte ich seinen Blick. »Du berührst Menschen. Eine Bekannte hat geweint, als sie deinen Brief gelesen hat.«

Er lächelte. »Komisch, nicht wahr, was so eine kleine Geste auslösen kann.«

»Sie fühlen sich gesehen. Verstanden.« Ich studierte sein Gesicht. Jede kleine Regung versuchte ich zu verfolgen, doch er sah nur in die Nacht hinaus und schwieg eine Weile. »Dabei kennst du sie nicht einmal. Ein Blick in die Hofeinfahrt reicht dir offenbar, und du weißt, welche Worte ihnen guttun.«

»Im Grunde brauchen wir doch alle dasselbe, nicht?«, erwiderte er ausweichend.

Wieder schwieg ich. »Das hört sich so einfach an, wenn du das sagst.«

»Ist es doch auch. Menschen möchten gesehen werden. Mehr Zauber steckt nicht dahinter.« Seine Stimme klang warm und weich. In diesem Moment hätte er mir auch das Telefonbuch vorlesen können, und ich hätte ihm ewig zugehört.

»Und du?«, fragte ich.

»Ich?« Amüsiert sah er mich an.

»Na, gibt es in deinem Leben jemanden, der dich sieht? Von dem du dich gesehen fühlst?«

Er wurde ernst. »So jemanden gab es mal.« Einen Moment lang schwieg er, still sah er hinauf zu den Sternen. »Glück kann man nur austeilen, wenn man es vorher selbst geschenkt bekommen hat. Oder?«

Ich setzte an, um nachzufragen, biss mir aber sofort auf die Lippen. »Das klingt beinahe weise«, sagte ich stattdessen und hoffte, dass es nicht spöttisch klang.

»Und du? Was ist mit dir?«, fragte er nun.

»Ich habe Familie, Freunde, einen entspannten Job … und Hunderte von Torten um mich herum.« Ich lachte kurz auf. »Was bräuchte ich mehr.«

»Wie lang arbeitest du eigentlich schon im Café Apfelglück?« Er schob seine Umhängetasche beiseite, um die Beine auszustrecken.

»Seit ich mit der Konditorausbildung fertig bin – also … lass mich rechnen … fast sieben Jahre?«

»Das stelle ich mir toll vor.« Mit glänzenden Augen schaute er mich an. »Ich liebe das Gefühl eines weichen Hefeteigs in den Händen, den Geruch von luftig geschlagenem Schokokuchenteig …«

»Und die Frühschichten, wenn man um vier Uhr morgens in der Backstube steht und beim Sahneschlagen halb einpennt«, fügte ich lachend hinzu.

»Lass mich raten: Das ist der wahre Grund dafür, dass das Apfelglück belegte Brote anbietet. Irgendwo muss ja die ganze zu Butter geschlagene Sahne hin, die du todmüde im Mixer vergisst.«

»Erwischt.« Ich grinste. »Aber sag es niemandem.«

»Schweigepflicht.« Michi hob belustigt die Hände. »Alles, was über den Dächern von Prien geschieht, bleibt auch dort.«

Wir schwiegen einen Moment, bis sich unsere Blicke wieder fanden. Ich war ihm so nah, dass ich seine Wimpern hätte zählen können, doch gleichzeitig so berauscht von seinem Duft, dass ich nicht weiter als bis zehn gekommen wäre.

»Was machst du beruflich? Wenn du nicht gerade auf Dächern herumturnst?«, fragte ich, um meine Verlegenheit zu überspielen.

»Ich würde in deiner Fantasie gern einfach nur der Pralinen-Einbrecher bleiben.« Er lächelte. »Nimmt es unserem kleinen Abenteuerausflug nicht den Zauber, wenn du weißt, dass ich jeden Tag irgendeinen Job mache, der sterbenslangweilig ist?«

Damit hatte er recht. Für ein paar Stunden war Michi mein wahr gewordenes Märchen, ich sollte ihn vielleicht lieber so in Erinnerung behalten und nicht anders. »Michi, der Einbrecher«, sagte ich und lächelte.

»Pralinen-Einbrecher.«

»Wenn du ein echter Einbrecher wärst …«, sagte ich langsam und löste mit Mühe meinen Blick von seinen dunklen Augen. Ich sah auf die umstehenden Häuser, von Dach zu Dach. »… und alle Gebäude dieser Welt zur Auswahl hättest. Was würdest du stehlen?«

»Eine Zeitmaschine.« Die Antwort kam so schnell und mit solcher Überzeugung, dass ich stutzte.

»Ja?«, fragte ich.

»Manche Fehler bereut man ein Leben lang. Besonders Dinge, die man versäumt hat zu tun.«

»Warum bist du so offen zu mir?«

Er zuckte die Schultern. »Weil wir uns nach dem heutigen Abend sowieso nie wieder sehen werden.«

Seine Worte versetzten mir einen kleinen Stich ins Herz. Ich schluckte. Aber klar, er wollte weiter unerkannt bleiben. Woher wusste er schon, ob er mir vertrauen durfte.

»Du hast Angst, dass ich dich verrate, oder?«, fragte ich.

»Angst nicht.« Michi atmete tief durch. »Schließlich ist es nicht verboten, Geschenke zu verteilen. Aber aufhören müsste ich trotzdem, wenn ich erwischt würde. Es gibt in Prien ein paar wenige Menschen, die mich gern von der Bildfläche verschwinden sehen möchten.«

»Jürgen Spötzl zum Beispiel?«, fragte ich und biss mir gleich auf die Zunge.

»Der sowieso.« Michis Augen waren noch dunkler als zuvor. »Seine Securityfirma … Ach, … lass uns nicht davon reden. Lehne dich zurück, schau hinauf zu den Sternen.«

Ich nickte. »Wir sollten diesen Abend genießen.«

»Jeden Augenblick unseres Lebens«, sagte er ernst. »Denn keiner davon kommt zurück.«

Schweigend lehnte ich mich zurück, fühlte das harte Flachdach unter Rücken und Kopf, sah hinauf zu den Sternen und genoss den Abendwind, der mir sanft übers Gesicht strich. Irgendwo weit unter uns konnte ich das sanfte Plätschern des Chiemsees erahnen.

»Und wenn du eine Einbrecherin wärst ...?«, fragte Michi. »Was würdest du klauen?«

Nachdenklich schloss ich die Augen. Nur für einen Moment. Fühlte Michis Arm dicht neben dem meinen und sog die frische Abendluft ein. »Meine Kindheit«, meinte ich schließlich. »Ich würde mir für zwei, drei Tage meine Kindheit zurückholen.«

»Eine gute Wahl.« Ich spürte Michis Blick auf meiner Wange, ohne dass ich die Augen öffnen musste. »Was ist die erste Situation, die dir aus deiner Kindheit einfällt?«

»Die Notoperation an meinem Teddy Bepperl«, antwortete ich ehrlich.

»Oh nein!« Michis Stimme rutschte eine Tonlage höher, er unterdrückte hörbar ein Lachen. »Polyesterfüllungsentzündung? Ein eingewachsenes Garn?«

»Eine Platzwunde vom exzessiven Kuscheln.«

»Ich wusste schon immer, dass Kuscheln lebensgefährlich ist«, meinte Michi trocken. »Hat der Patient überlebt?«

»Knapp.« Ich lächelte. »Aber Opas Nähnadel, ein Faden und eine gute Portion Schokolade haben alles wieder ins Lot gebracht.« Na ja, fast alles. Mein kleines Ich hatte die nächsten Tage damit verbracht, umfangreiche Nachforschungen anzustellen, um Fremdverschulden auszuschließen. So wie ich es immer in der Firma meines Vaters mitbekommen hatte.

Wir sahen hinauf zum Sternenhimmel. »Hast du als Kind auch immer die Augen fest zugemacht und deinem Teddy gesagt, er soll ruhig von der Schokolade abbeißen, du guckst nicht hin?«

»Ja! Du etwa auch?!« Lachend schob ich die Arme unter meinen Kopf. Ich warf ihm einen Seitenblick zu. Ja, ich konnte ihn mir gut vorstellen: Michi als vier- oder fünfjähriges Kind, das seinem Teddy Schokolade vor die Schnauze legte und die Augen so fest zusammenpresste, dass sie schmerzten.

»Kindheitserinnerungen sind etwas ganz Wertvolles«, sagte er.

»Und man sollte sie nie vergessen.« Ich neigte den Kopf zu ihm, er war nur eine Handbreit von meinem Gesicht entfernt. Unsere Blicke trafen sich, und mein Herz schlug ein wenig schneller. So hätte ich ewig liegen bleiben mögen.

Kapitel 10

»Komm her, Kleiner!«, rief ich fröhlich und beugte mich zu Balu hinab, um ihn hochzuheben. Wenn Julie mir nicht die Leine über die Schultern geworfen hätte, wäre ich vermutlich gestolpert.

Der Welpe sah ein wenig skeptisch drein, als ich ihn auf die Kutsche hob und selbst hinterherkraxelte, um mich auf der schmalen Holzbank niederzulassen. Meinen kleinen Rucksack, in den ich uns etwas Verpflegung gepackt hatte, ließ ich auf den Boden plumpsen, die Leine reichte ich an Julie weiter. Eine weiß-blaue Plane ruhte auf der Dachkonstruktion, vorne fiel sie in hübschen Zacken ein paar Zentimeter über und gab den Blick frei auf die Rücken der beiden Kaltblutpferde, die darauf warteten, den Weg zum Schloss Herrenchiemsee hinaufzutraben.

»Platz!«, sagte Julie leise und nahm die Leine kürzer.

Erstaunlicherweise gehorchte Balu sofort. Neugierig schnupperte er an den Schuhen unseres Sitznachbarn.

»Der kontrolliert bestimmt, ob ich heute Morgen frische Socken angezogen habe«, brummte der ältere Herr gemütlich in seinen Bart, und wir lachten.

»Jetzt aber endlich raus mit der Sprache. Hier hört doch niemand zu!«, flüsterte Julie und warf einen Seitenblick auf Balu, der inzwischen seinen Kopf auf die Pfoten kuschelte. »Du hast ihn wirklich getroffen?«

»Hab ich.« Ich spürte, wie mir eine leichte Röte auf die Wangen stieg.

Grinsend lehnte sich Julie zu mir. »Deine Durchblutung sagt mir, dass die Nacht ein voller Erfolg war. Das ist doch toll!«

»Jein …« Während ich überlegte, wurde ich bestimmt noch eine Spur röter. »Ich meine, es war wunderschön …«

»Aber …?«

»Mh«, machte ich nachdenklich.

Die Kutsche setzte sich sanft in Bewegung, und ich lauschte dem beruhigenden Geräusch der Pferdehufe, die rhythmisch auf dem Asphalt klackerten.

»Er ist nicht dein Typ?«, fragte Julie.

»Doch, sehr sogar. Seine ganze Ausstrahlung, die dunklen Augen, der sportliche Körper, sein sexy Grinsen …«

»Aber …?«

»Tja, er ist so … Wie soll ich es sagen …« Ich runzelte die Stirn. »Er ist irgendwie … wie dein Gartenteich in Hamburg …«

Prustend lachte sie los. »Also ungepflegt, und er stinkt?«

»Julie!« Ich warf ihr einen bitterbösen Blick zu, musste allerdings selbst grinsen. »Ich meinte doch nur, er ist irgendwie rätselhaft. Man kann bei ihm nicht auf den Grund sehen. So aufregend. Mysteriös. Anders.«

»Ist das was Schlechtes?«

»Weiß nicht«, antwortete ich langsam. Bäume zogen an uns vorbei, saftige grüne Wiesen. Eine entgegenkommende Kutsche wich nach links aus, der Kutscher grüßte. Schließlich seufzte ich. »Er ist kaum einzufangen. Eigentlich würde ich ihn gern wiedersehen. Aber er will keine Wiederholung.«

»Er spielt Phantom, wie?« Julie schüttelte den Kopf und beugte sich hinunter, um Balu zu streicheln, der die Nase in die Luft reckte und aufgeregt schnupperte.

»Er hat gestern Abend so viel von sich preisgegeben wie kein anderer Mann jemals an einem ersten Date. Und gleichzeitig weiß ich so gut wie nichts über ihn.«

»Hört sich sehr geheimnisvoll an. Was habt ihr denn eigentlich gemacht? Wart ihr was trinken?«

»Romantik und Abenteuer pur, du wirst es nicht glauben.« Ich sah sie an. »Wir sind auf ein Dach gekraxelt und haben Pralinen gegessen.«

Julie lachte. »Nicht dein Ernst! Und das erzählst du erst jetzt?! Wie war's?«

»Gigantisch«, platzte ich ein wenig zu laut heraus und lächelte nur noch vielsagend, da sich ein paar Köpfe zu uns drehten.

Als die Kutsche eine Kurve passierte, hielt Jule sich an der Bank fest. »Ich an deiner Stelle wäre abgestürzt. Hundertprozentig.«

»Das ist tatsächlich nicht ganz ungefährlich.« Unauffällig tastete ich nach meinen Wangen, die sich verdächtig heiß anfühlten. »Aber aufregend war es.«

Wir lehnten uns zurück, die hölzerne Lehne drückte gegen meinen Rücken. Bei jeder Kurve quietschte die Kutsche. Ich genoss den leichten Fahrtwind, der uns abkühlte. »Es fühlt sich an wie ein Traum. Heute früh bin ich aufgewacht, und alles ist so weit weg, als hätte es in meiner Fantasie stattgefunden.«

»Hat es nicht.« Julie blies sich eine blonde Strähne aus der Stirn und klopfte mir belustigt auf die Schulter. »So müde, wie du dich heute aus dem Bett gequält hast, habe ich nicht den geringsten Zweifel daran, dass du heute Nacht unterwegs warst.«

Ich musste lachen. Ja, meine Augenringe und ich waren heute Morgen tatsächlich ein wenig desorientiert vor dem

Spiegel auf und ab gegangen. Dann hatte ich mich doch für den Concealer entschieden, der seit Beginn des Sommers für mein gebräuntes Gesicht eigentlich eine Schattierung zu hell war.

»Das Spiel macht ihn noch attraktiver, oder?« Julie sah mich an.

»Schon«, gab ich schmunzelnd zu. Ein Date mit einem Einbrecher war ein willkommenes kleines Abenteuer, noch dazu, wenn man dabei auf ein Hausdach kletterte.

»So gesehen war das Date wohl einfach eine tolle Inszenierung. Vielleicht macht es ihm Spaß, als starker Einbrecher ein paar Mädels zu verführen.« Sie runzelte die Stirn.

»Nein, das würde er nicht tun.« Mein Widerspruch kam so schnell und so scharf, dass Julie sich verwundert zu mir drehte.

Sie lächelte. »Anne! Du bist doch nicht wirklich verliebt, oder?«

»Verliebt …« Seufzend lehnte ich mich gegen die Holzbank. »Nach dieser kurzen Zeit wäre das arg voreilig zu sagen. Aber … Ich spüre, dass er etwas Besonderes ist. Jemanden wie ihn habe ich nie zuvor getroffen.«

»Wie ist er denn so?«, fragte Julie neugierig.

»Tiefgründig. Gutmütig.« Für einen Moment lehnte ich den Kopf gegen die Holzkonstruktion und sah hinauf zur weiß-blau gestreiften Plane über uns. Sie bewegte sich leicht im Fahrtwind. »Er weiß, was im Leben wichtig ist und was nicht.«

»Hört sich ehrlich gesagt ein wenig an, als würde … na ja, also …« Julie rang nach Worten, zerknirscht sah sie mich an. »Es klingt so … als wäre er vielleicht ein bisschen schwierig? Hört sich nicht wirklich nach einem tollen romantischen Abend an, wenn ich das so sagen darf?«

Ich zuckte die Schultern. »Das klingt jetzt im Nachhinein so komisch. Aber wir hatten eine tolle Zeit zusammen, haben viel gelacht und ... Irgendwie hat er mich berührt.«

»Wie heißt er denn überhaupt?«

»Weiß nicht ... Vorgestellt hat er sich mit Michi, aber ziemlich sicher ist das nicht sein richtiger Name. Oder würdest du als Einbrecher jemandem deinen echten Namen verraten, wenn du sowieso vorhast, ihn nie wiederzusehen?«

Julie griff nach der Leine, die ihr aus den Fingern rutschte. »Vermutlich nicht.«

Balu grummelte zustimmend, und ich strich ihm über den Kopf. Genüsslich schloss er die Äuglein, streckte sich meiner Hand entgegen und ließ sich hinter den Ohren kraulen.

»Und? Wie seid ihr jetzt verblieben, der Nicht-Michi und du?«

Ich seufzte. »Zuerst ein märchenhaftes Date, dann Lebwohl für immer.«

»Du spukst ihm sicher noch im Kopf herum. Gib ihm ein, zwei Tage, dann überlegt er sich es sowieso wieder anders, wetten?«, meinte Julie aufmunternd und drückte meine Hand. »Außerdem: Den findest du notfalls wieder.«

»An meiner Stelle würdest du dich also auf die Lauer legen?«, fragte ich und grinste.

Julie sah mich an. »Ich glaube, dass du gar nicht aktiv suchen musst. Wenn es so sein soll, dann lotst das Glück ihn wieder zu dir zurück.«

»Hui, Julie!« Ich warf ihr einen erstaunten Blick zu. Solche Worte kannte ich aus ihrem Mund gar nicht. »Was ist denn mit dir passiert?«

Verlegen blies sie sich eine blonde Haarsträhne aus der Stirn und fischte die Sonnencreme aus ihrer Umhängetasche. »Seit der Trennung mit Lukas lese ich Liebesratgeber.«

»Und, bewirken die irgendwas?«

»Ja. Manche davon machen mich depressiv.« Julie lachte.

»Oh nein, sofort aufhören damit!« Mitfühlend sah ich sie an, wie sie etwas Creme aus der Tube drückte und auf ihrem Arm verteilte. Julie hatte sich früher nie auf Ratgeberliteratur gestürzt. Die endlosen Streitereien mit Lukas schienen Spuren hinterlassen zu haben. »Das Zeug liest du jetzt und grübelst am Ende noch mehr und fängst womöglich noch an, an dir zu zweifeln.«

Amüsiert reichte sie mir die Leine und cremte sich den anderen Arm ein. »Ich habe ohnehin aufgehört zu lesen, als ich die Kurzbiografie der Autorin entdeckt habe. Stell dir vor, die ist geschieden!«

»Ungünstige Ausgangslage.« Grinsend sah ich zu Balu hinunter, der nun mit seinem Köpfchen auf meinem Schuh ruhte und seelenruhig schlief.

Eine Weile lauschten wir dem inzwischen schnellen Trab der Pferde, fühlten die Vibration der Räder auf dem Asphalt und sahen den moosbewachsenen Bäumen nach, die an uns vorbeiflogen.

»Herrlich, oder?«, fragte Julie irgendwann und streckte sich genüsslich auf ihrem Platz aus. »Das Huftrappeln ist so schön entspannend.«

»Wie war eigentlich dein Abend mit Balu?«, fragte ich. »War er brav?«

Prompt traf mich ein entsetzter Blick aus fellumrahmten Äuglein von schräg unten. Wie konnte ich es auch wagen, sein Benehmen überhaupt infrage zu stellen! Ich lachte.

»Mehr als brav! Geradezu ein Engel«, verkündete Julie strahlend. »Und Balu ist übrigens hochbegabt!«

»Ja?«

Julie lachte. »Er kann schon Sitz, Platz und Komm!«

»Das bringe ich notfalls einem Regenwurm in drei Tagen bei«, erwiderte ich und klopfte ihr auf die Schulter. »Nein, Scherz. Ich freu mich für dich. Du machst das gigantisch. Und mit so viel Herzblut.«

Die Kutsche bog um die letzte Kurve, passierte eine Weißbuchenhecke und gab den Blick frei auf den königlichen Ziergarten. Zahlreiche Springbrunnen spuckten ihr von der Sonne schimmerndes Wasser gen Himmel, Linden säumten die Allee zum Schloss Herrenchiemsee.

»Ich gebe es zu. Ich habe mich in den kleinen Stinker verliebt.« Julie sah Balu verträumt an. »Er ist so drollig, so niedlich, so kuschelsüchtig.«

Prüfend betrachtete ich sie von der Seite. Ihre Wangen waren rosig, die Augenringe verschwunden. Gewicht hatte sie auf die kurze Zeit nicht zugelegt, aber – und das war viel wichtiger – das Strahlen in ihrem Blick war zurückgekehrt. »Der Hund tut dir gut«, sagte ich geradeheraus.

»Definitiv.« Sie nickte. »Irgendwie habe ich in den letzten Jahren vergessen, dass es noch etwas anderes im Leben gibt als Arbeit und Stress.«

»Oh, es gibt doch viel mehr als das!« Entsetzt sah ich sie an. Dass Julie sich nur in Arbeit stürzte, war mir neu. Als wir in Hamburg zusammengewohnt hatten, war sie immer unter Menschen gewesen. Sogar am Tag vor ihrem Examen hatte sie vier, fünf Freunde zu einem Spieleabend zusammengetrommelt.

»Wow!«, rief Julie. Immer der Hecke entlang, so rollte die Kutsche auf das Schloss zu. »Sieh dir diesen Garten an! Wirklich königlich.« Sie zeigte auf das Blütenmeer, das in unterschiedlichsten Farben leuchtete und perfekt arrangiert einen Springbrunnen umrahmte.

»Nicht wahr?« Mit einem glücklichen Lächeln betrachtete

ich die Buchsbäumchen, die in kegelförmigem akkuratem Formschnitt für uns Spalier standen. »Ich war schon so oft hier, und trotzdem überwältigt es mich immer wieder.«

Wir fuhren an Springbrunnen vorbei, an lebendig wirkenden Statuen und Eis schleckenden, noch viel lebendigeren Kindern.

Gedankenverloren sah Julie zu, wie das Wasser aus dem Springbrunnen gen Himmel stob. »Es ist herrlich hier.«

»Aber mal ehrlich«, führte ich zum Thema zurück und griff nach Julies Hand. »Bitte pass auf dich auf. Du brauchst doch auch Pausen und Erholung.«

»Ich weiß.«

Julie seufzte. »Gerade als Anfänger will man doch einen guten Job machen. Dann sitzt man bis spät in die Nacht am Schreibtisch, bereitet Unterrichtsstunden vor …«

»… und dann wird es schleichend immer mehr«, vollendete ich ihren Satz.

Sie nickte. »Stück für Stück nimmt dir die Arbeit dann jeden Tag ein bisschen Freizeit weg. So lange, bis du gar nicht mehr merkst, wie viel Zeit du gedanklich damit verbringst.«

»Und die Schulleiterin?«

»Ach!« Julie winkte ab. »Wenn sie Aufgaben verteilt, hätte sie die fertige Ausführung am liebsten gestern zurück.«

»Ich hätte dir längst einen Stressball schicken sollen, was?«

»Lieb von dir, Anne, aber dieses Kneten macht mich nur noch nervöser …«

Mit einem schiefen Grinsen zwinkerte ich ihr zu. »Eigentlich meinte ich die härtere Art von Stressbällen. Die, die man der Person gegen den Kopf donnert, die den Stress fabriziert.«

»Da würde mir jemand einfallen.« Julie lachte.

Ich griff nach ihrer Hand und drückte sie fest. »Im Ernst, es ist wohl höchste Zeit, dass Balu dein Leben aufmischt.«

»Absolut«, stimmte Julie mir zu und beugte sich zu Balu hinunter, der sie mit einem Blick ansah, als hätte er jedes Wort verstanden.

In diesem Moment hielt die Kutsche mit einem Quietschen vor dem Schloss.

»Endstation«, rief ich fröhlich und stand auf.

»Wie schön!« Julie nahm Balu auf den Arm und sprang von der Kutsche. »Das sieht toll aus! Hat das nicht diesem bekannten bayerischen König gehört?«

»Ludwig II.« Ich nickte. »Er hat sich bei der Planung an Schloss Versailles orientiert.«

»Meine Drittklässler würden jetzt brüllen: Nachmacher!« Julie kicherte. Sie hielt sich die Hand an die Stirn, um sich gegen die pralle Mittagssonne zu schützen.

Erwartungsvoll sah ich sie an und setzte meine Sonnenbrille auf. »Was hältst du von einer Führung durch das Schloss?«

»Sehr gern! Oder kannst du die schon auswendig mitsprechen?«

Ich grinste. »Kann ich. Auf Deutsch, Englisch und Arabisch.«

»Oh, wirklich? Warum denn Arabisch?«

»Hakim hat zwar sehr schnell Deutsch gelernt, aber am Anfang wollten wir es ihm leicht machen.«

»Ach ja, Hakim war aus Syrien und hat bei euch gewohnt, oder?«

»Julie!« Ich blieb wie angewurzelt stehen. »Da ist er!« Hektisch zog ich sie am Ärmel.

»Hakim?« Sie blickte sich um.

»Der Nicht-Michi!« Mein Finger zeigte in die Ferne, wo ich ihn inmitten einer Horde Kinder erspäht hatte. »Der dunkelhaarige Mann da, sportliche Jogginghose und dieses unverkennbare Grinsen …« Das Sonnenlicht stand ihm gut. Bei Licht sah er noch freundlicher aus als bei Nacht. Nur mit Mühe hielt ich mein Lächeln unter Kontrolle, das sich auf meinem ganzen Gesicht ausbreiten wollte, und wandte mich an Julie. »Na, wie ist dein Urteil? Er ist sieht unglaublich gut aus, stimmt's?«

Julie lachte. »Momentan sehe ich nicht viel.«

Ich konnte es verstehen, denn gerade fuchtelten mindestens zwanzig kleine Zeigefinger vor Michis Gesicht herum. Die etwa sieben- bis zehnjährigen Kinder hüpften aufgeregt auf und ab, einige untermalten die hektischen Handbewegungen mit einem verzweifelt flehenden »Mmmmmmmmh!«, das mit jeder verstreichenden Sekunde einen Ton höher rutschte. Manchen schien es besonders schwerzufallen zu warten, die Antwort drohte fast schmerzhaft aus ihnen herauszuplatzen, wenn sie nicht sofort das Wort zugeteilt bekämen.

»Michi scheint ein Kollege von dir zu sein, Julie. Sieht aus wie eine Schulklasse.« Unauffällig musterte ich die Kinder, während wir uns langsam in die Richtung bewegten.

Julie wiegte den Kopf. »Eher ein Feriengruppenleiter. Die Knirpse haben alle dasselbe Logo auf dem T-Shirt.«

Ich zwang mich, den Blick abzuwenden, um Michi nicht zu auffällig anzustarren. »Kannst du's lesen?«

Sie schüttelte den Kopf. »Zu weit weg.«

Unschlüssig sah ich wieder zu Michi hinüber. »Soll ich hingehen? Eigentlich hat er ja gesagt, dass er keinen zweiten Kontakt möchte.«

»Hingehen würde ich nicht, aber …« Julies Grinsen kannte ich nur zu gut. Irgendetwas heckte sie aus.

»Aber?«, fragte ich, ebenfalls grinsend.

»Er wird zu dir kommen.«

»Die Chance, dass er mich bemerkt …«

»… ist sehr hoch!«, fiel sie mir ins Wort. Inzwischen grinste sie so breit, dass ich mir für einen Moment Sorgen machte. Als ich dieses breite Grinsen zum letzten Mal gesehen hatte, waren wir von der Security eines Hamburger Nachtklubs vor die Tür gesetzt worden.

»Julie …«, begann ich vorsichtig, doch da hatte sie schon Balu gepackt, ihn auf ihren Arm gehoben und demonstrativ in Richtung Kinder gedreht.

Bingo.

»Ein Welpe!«, kreischte ein kleiner Junge, und schon stürmten alle los.

Julie warf mir einen vielsagenden Blick zu, und ich lachte nur.

Und da war es. Das schiefe Lächeln, ein hochgezogener Mundwinkel und ein verdächtiges Strahlen hinter seinen dunklen Augen.

»Nur gucken, nicht anfassen!«, drang Julies Stimme wie von fern an mein Ohr. Ich sah nur Michi, der mit diesem verdammt ansteckenden, zurückhaltenden Grinsen auf mich zulief.

»Hey«, sagte er nur zur Begrüßung, doch das Strahlen in seinen Augen sagte mehr.

»Hey.« Ich biss mir auf die Lippe, schob die Sonnenbrille auf meine Stirn und lächelte ihn an.

Michi nickte hinüber zu Julie, die Mühe hatte, die Kinder im Zaum zu halten. Schließlich wollte sie Balu nicht überfordern, der für meinen Flirt ein Dutzend quirlige Kinder um sich herum erdulden musste.

»Gegen einen Welpen bin ich machtlos«, meinte Michi und zuckte belustigt die Schultern.

»Du bist Lehrer?«

»Ich vertrete einen guten Freund. Normalerweise ist er für das Ferienprogramm zuständig.«

Ich kniff meine Augen zusammen, um die Schrift auf den T-Shirts der Kinder lesen zu können. Geschwungen war sie, weiß auf schwarzem Grund. Es sah aus wie … »Kampfzwerge?«, las ich fragend.

»Die Kindergruppe der Kampfsportschule.«

»Ach!« Süß waren sie. Und Kinder, die Kampfsport lernten, gingen später mit mehr Selbstbewusstsein ins Leben. »Und … der Freund ist verhindert?«

»Momentan liegt er mit einem gebrochenen Bein im Krankenhaus.«

»Oje!«

Michi seufzte. »Ist gestern beim Sport passiert. Heute Nacht habe ich ihm noch frische Klamotten ins Krankenhaus gebracht.«

Nachts, klar. Wann auch sonst! Amüsiert schüttelte ich den Kopf. »Übers Dach vermutlich? Was hat der Zimmernachbar gesagt? Hoffentlich hat er keinen Herzinfarkt bekommen.«

Seine Augen blitzten. »Dann wäre er im Krankenhaus zumindest gleich in den besten Händen gewesen.«

»Der arme Kerl!«

»Nein, Spaß.« Er zwinkerte mir zu. »Bin gar nicht reingegangen. Die Außenfassade der Klinik ist viel zu gefährlich zu beklettern. Bin über die Feuerleiter rauf und habe einen Korb zu seinem Fenster abgeseilt.«

Ich musste einfach fragen: »Und wie viele Unterhosen sind abgestürzt?«

»Stelle ich mir lustig vor, wenn es vor den Fenstern der unteren Etagen Unterhosen regnet.« Michis Lächeln war ansteckend, das Sonnenlicht ließ sein dunkles Haar glänzen. »Aber es war nur ein Schlafanzug.«

»So viel Aufwand für einen Schlafanzug? Da hätte er sich doch sicher in der Klinik was leihen können.«

»Die Krankenhaushemden sind alle hinten offen!«

Ich lachte schallend. »Okay, das ist allerdings ein Argument.«

»Und deshalb … Oh, shit!« Michi sah hektisch auf die Uhr und drehte sich in Richtung Königsschloss. »Unsere Führung – ich habe für die Kinder eine Erlebnisführung gebucht, wir sind zu spät! Tut mir leid, Anne! Ich muss los.«

Die Kinder umringten noch immer Julie, die sie inzwischen nur mühsam davon abhielt, sich bäuchlings auf Balu zu werfen.

»Alle Kinder zu mir!«, dröhnte Michis Stimme zu ihnen hinüber. »Alle Kinder zu mir!«

Unschlüssig stand ich da und zögerte. Hatte er nicht gesagt, er wolle kein zweites Date? Andererseits war er doch in Flirtlaune? Jetzt oder nie, Anne!

»Morgen kurz nach Sonnenaufgang vor dem Café Apfelglück?«, rief ich und hielt den Atem an.

Michi wandte sich überrascht um, ein Lächeln umspielte seine Mundwinkel. Er öffnete den Mund, um etwas zu sagen, und schloss ihn gleich wieder. Mein Herz klopfte schmerzhaft gegen das Brustbein. Die Kinder umringten ihn, zwei zupften an seinem Ärmel, doch seine Aufmerksamkeit gehörte in diesem Augenblick ganz mir.

»Okay«, sagte er schließlich, mir kam es wie eine halbe Ewigkeit vor, und sein Lächeln wurde noch breiter.

Kapitel 11

»Oh, seid ihr schon zurück?«, rief Opa, als wir durch das kleine, mit roten Rosen berankte Gartentor traten, Balu trippelte auf kurzen Beinen hinter uns her. »Deine Mutter meldet sich gleich über Skype. Ich habe ihr vorgeschlagen, mit uns zu essen.«

Die Sonne stand am Himmel und tauchte den Garten in ein warmes, goldenes Licht. Durch das offene Küchenfenster wehte der Duft von Schweinebraten hinaus auf die Terrasse, und die Vögel zwitscherten. Die Rotschwanzmama schimpfte mit lautem Schnalzen, um kurz darauf trotzdem ins Nest zu fliegen. Zarte, helle Vogelkinderstimmen drangen heraus, und Balu spitzte prompt die Ohren.

Julie hielt die Nase in die Luft, als wir auf die Terrasse gingen. »Mmh, das riecht aber gut.«

»Macht es euch gemütlich!« Opa setzte einen Stapel Geschirr auf dem Terrassentisch ab, direkt neben seinem Laptop, der aufgeklappt am Gartentisch bereitstand.

»Lass mich das machen.« Ich schmunzelte und griff nach dem ersten Teller. »Schließlich war ich schon den ganzen Tag faul, während du Essen gemacht hast.«

»Du hast Besuch, Anne«, rief Opa mir über die Schulter hinweg zu, bevor er wieder ins Haus verschwand. Seine Stimme hallte im Treppenhaus. »Und das Apfelglück hat heute Ruhetag, ich hatte Zeit. Außerdem koche ich doch eh so gern!«

»Opa kocht tatsächlich fantastisch«, flüsterte ich Julie zu. »Sein Schweinebraten ist legendär. Halsgrat kommt ihm nicht ins Haus. Nur Brüsterl mit knuspriger Kruste, aufgegossen mit einem Schuss Bier.«

»Mit Knödeln?«

Ich nickte. Die Teller klapperten, als ich sie auf dem Tisch verteilte. »Kartoffelknödel, sogar mit Semmelbröckchen in der Mitte.« Als Kind hatte ich es geliebt, die gerösteten Semmelbröckchen in Opas Knödeln zu verstecken und danach beim Essen stolz den Erwachsenen zu präsentieren, die mir bestätigten, dass ich bei jedem Knödel die Mitte getroffen hatte. Die Jagd auf den Semmelbrocken hatte jedes Schweinebratenessen in eine kleine Schatzsuche verwandelt.

Warm strich der Sommerwind durch mein Haar, hoch oben am weiß-blauen Himmel kreiste ein Falke. Das Summen der Bienen und Hummeln erfüllte die Luft, und ich sah eine Rosenblüte absacken, als eine besonders stattliche Hummel auf ihr landete. Balu hatte es sich im Schatten unter dem Tisch bequem gemacht, ließ die Schnauze ins Gras sinken und schloss die Augen. Gerade legte ich die letzte Gabel auf den Tisch und schob Opas Platz eine Serviette hin, da fasste Julie nach meiner Schulter. »Treibt sich dein Opa auf Datingseiten herum?«, flüsterte sie.

Mein Blick folgte dem ihren. Und tatsächlich. Opas Laptop war eingeschaltet, ein glückliches Paar lachte aus der mit Herzchen verzierten Website heraus. Neugierig beugten wir uns darüber, und ich klappte den Bildschirm ein Stückchen weiter auf.

»Nicht gucken!«, rief Opa scharf, als er – beladen mit einer Schüssel dampfender Knödel – zurück in den Garten kam.

Den Ausdruck in seinen Augen kannte ich nur zu gut. Er plante ein Geheimprojekt. »Ist das wieder einer deiner berühmten Glückspläne?«

Opa nickte nur, aber unter seinen errötenden Wangen zeichnete sich ein verhaltenes Grinsen ab. »Onlinedating.«

Ich zwinkerte ihm zu. »Wie geht's dem Single, der sich alle elf Minuten auf Parship verliebt?«

Der Gartenstuhl knarzte, als ich mich setzte.

»Wer wird überhaupt verkuppelt?«, fragte Julie und nahm neben mir Platz.

Opa zeigte auf mich. »Anne.«

»Was?«, rief ich amüsiert. Ich versuchte, eine entrüstete Miene aufzusetzen, doch Opa konnte man einfach nicht böse sein.

»Na.« Er fasste nach meiner Hand und drückte sie. »Du bist schon so lang allein. Es wird Zeit für einen Mann an deiner Seite.«

Ich entzog mich seiner Berührung und verschränkte die Arme von der Brust. »Sagt wer?«

»Ich.« Opa lächelte.

»Gibt's schon Abendessen?« Mein Vater trat durch den Torbogen und schlug ungeduldig nach einer Bremse.

Just in diesem Moment ertönte der Skype-Klingelton. Mamas Foto erschien auf Opas Bildschirm. Es knackte und krachte in der Leitung, als Opa auf den grünen Hörer drückte. Pixel sortierten sich, das Bild wurde schärfer.

»Huhu!«, rief Opa und beugte sich tief hinab zum Laptop. Wie ich ihn kannte, wäre er am liebsten kurz zu Mama hindurchgekrochen, um sie mal eben zu drücken. Es sah auch fast so aus. »Petra! Wie geht's dir?«

»Schön, euch zu sehen!« Mama hatte ihre dunklen Haare zu einem Pferdeschwanz gebunden, ihr Lächeln gefror für eine Sekunde. *Instabile Verbindung.*

Mein Vater hob nur kurz die Hand in Richtung Kamera, mehr Regung war von ihm nicht zu erwarten, da er sich bereits außerhalb des Bildschirmbereichs auf einen Stuhl setzte. Oder das, was er für außerhalb hielt. Während Mama sich mit Julie über das Hamburger Regenwetter austauschte, starrte Papa ein paar hübsche Löcher in die Luft. Ich fragte mich, ob sie sich gestritten hatten.

»Können wir jetzt endlich essen?«, rief er schließlich, als das Thema auf Balu gekommen war und länger zu dauern drohte.

Das Seufzen meiner Mutter drang leise durch den Lautsprecher. »Nun sei doch nicht so, Jürgen.«

»Ich bin nicht so.«

»Doch«, beharrte meine Mutter. »Du hast schon wieder diesen Blick.«

So eine Laptopkamera besaß wohl doch eine größere Reichweite als angenommen.

»Ich will Anne verkuppeln!«, verkündete Opa da strahlend.

Meine Mutter grinste bloß, sodass ich mich genötigt sah, etwas zu dem Thema zu sagen.

»Eigentlich gefällt es mir allein ganz gut. Ich kann mein Leben verbringen, wie es mir gefällt. Muss mich vor niemandem rechtfertigen, bin eigenständig.«

Opas Blick wurde ernst. »Und was ist mit Geborgenheit? Mit Liebe?«

»Du solltest dir wirklich langsam einen Partner suchen, Anne«, meldete sich mein Vater nun erneut aus dem Off zu Wort. »Eine Beziehung macht glücklich.«

»Mehr oder weniger«, warf Mama trocken ein.

Papa brummte etwas, was niemand verstand, und Mama lehnte sich mit hochgezogenen Augenbrauen und vielsagendem Blick in ihrem Stuhl zurück. Julie biss auf ihrer Unterlippe herum.

Ich seufzte und beschloss, das Thema zu wechseln. »Wer mag ein Bier?« Es war zugegebenermaßen kein glorreicher Versuch, das Essen zu retten, aber zumindest waren sie alle kurzzeitig abgelenkt.

Opa nickte. »Ein Weizen für mich.«

»Julie, ein Radler?«, fragte ich und zwinkerte ihr aufmunternd zu.

Sie wirkte ein wenig geknickt und fühlte sich offensichtlich nicht mehr besonders wohl am Tisch. Doch sie nickte. »Gern, danke dir.«

»Papa?« Fragend sah ich ihn an.

»Der Jürgen mag kein Bier«, antwortete Mama prompt aus dem Laptop heraus.

Mein Vater verdrehte die Augen. »Vielleicht ist ein Singleleben doch nicht schlecht.«

»Hört auf«, bat ich leise.

Papa lehnte sich in seinem Gartenstuhl zurück. Seine Miene schien verbittert. »Ich nehme ein Weizen.«

Julie und ich tauschten einen Blick, dann wandte ich mich ab und ging hinein, um die Bierflaschen aus dem Kühlschrank zu holen. Es gluckerte, als ich jedem von uns ein Glas einschenkte. Flüssiges Gold mit Schaumkrone.

Als ich mit dem Tablett nach draußen auf die Holzterrasse trat, angelte Opa nach Julies Teller. »Julie? Schweinebraten?« Bevor sie antworten konnte, hatte er ihr schon ein riesiges Stück aufgeladen, Soße und Knödel folgten genauso schnell. Ich musste grinsen.

»Mmmh, das sieht gut aus, Herr …«

»Opa!«

»Genau, Opa.« Julie lächelte.

Papa reichte uns die Knödel, während Julie Salat austeilte. Ich stellte die Gläser ab und atmete tief durch. Schweinebraten war das Gericht, das aus Menschen eine Familie machte. Der Duft erinnerte mich an meine Kindheit, an gemütliche Stunden im Biergarten und an ausgelassenes Lachen. Wer einen Schweinebraten miteinander teilte, konnte sich nicht länger böse sein. Das hatte mein Opa früher oft gesagt, und es stimmte heute noch genauso wie damals.

»Guten Appetit.«

»Mmh, diese Kruste ist gigantisch, Opa.« Ich schloss die Augen, um mich ganz auf den Geschmack zu konzentrieren. Schweinebrust, saftig und zart, umrahmt von einer Kruste und dem dunklen Röstaroma von Schweinefleisch. Dazu eine feine Soße mit einem Hauch von Bier und wolkenweiche Kartoffelknödel – in der Mitte natürlich geröstete Semmelbrocken.

Julie nickte. »Ein Gedicht.«

»Jetzt reden wir über was Schönes.« Opa schob mir den Laptop hin und verfrachtete Mama kurzzeitig in die rechte obere Bildschirmecke. »Wie findest du denn diesen feschen jungen Mann?«

»Öhm«, machte ich nur.

»Schau mal, wie nett der lächelt. Er ist eins dreiundachtzig groß, dunkelhaarig und … hat keine Tattoos.«

»Großartig.«

»Sein Nickname ist Florian83. Er mag gerne Wandern, *Big Bang Theory* und Reisen.« Während er unkoordiniert mit der Maus herumklickte, strahlte er über das ganze Gesicht. »Und jetzt habe ich ihm in deinem Namen ein Küsschen geschickt.«

»Opa …« Ich ließ die Gabel sinken.

»Eigentlich schade, dass du es schon gesehen hast. Es sollte eine Überraschung werden. Andererseits weihe ich dich sonst ja auch in alle Glücksprojekte ein.« Er zwinkerte mir zu.

Seufzend drückte ich seine Hand. »Opa, es ist total lieb von dir, wenn du dir Gedanken machst. Aber ich möchte nicht verkuppelt werden.«

»Aber …«, protestierte Opa sofort.

»Anne braucht gar keine Hilfe«, sprang Julie mir zur Seite. »Sie datet ja momentan schon den Pralinen-Einbrecher.«

»Pscht!«, zischte ich hektisch, doch da war es längst zu spät. Das Gesicht meines Vaters sprach Bände.

»Du machst *was?*« Mein Vater fuhr auf.

Zerknirscht sah Julie mich an. Sie wurde prompt ein paar Zentimeter kleiner. »Entschuldige, Anne.«

Meine Mutter versuchte, etwas einzuwerfen, doch ihr Bild war wieder eingefroren. Abgehackte Töne dröhnten durch den Laptop, die niemand verstand.

»Ach.« Ich verdrehte die Augen und winkte ab. Genau genommen war es schon egal. Schließlich war ich ein erwachsener Mensch – selbst wenn mein Vater sich selten daran zu erinnern schien.

»Melden solltest du ihn!«, rief Papa energisch. »Aber doch nicht mit ihm flirten! Anne!«

Das war typisch für meinen Vater. Pauschal alles zu verurteilen, was abenteuerlich und aufregend klang, änderte in meinen Augen auch nichts. Ich zuckte die Schultern. »Er macht den Leuten Freude, er …«

»Es gibt noch andere Wege, Menschen Freude zu bereiten«, fiel mir mein Vater ins Wort. »Dazu muss ich nicht illegal auf Hausdächer klettern und irgendwelche Pralinen durchs Fenster schieben. Wahrscheinlich hat er die auch noch irgendwo geklaut!«

Energisch widersprach ich. »Das würde er nie machen.«

»Schluss, du wirst dich nicht mehr mit ihm treffen.« Mein Vater verschränkte die Arme vor der Brust und wirkte so unbeweglich wie die Kampenwand.

»Papa, ich bin fast dreißig. Diese Entscheidung musst du mir schon selbst überlassen.«

Julie biss nur still auf ihrer Lippe herum und streichelte Balu, der sich dösend an ihr Bein schmiegte.

»Anne ist wirklich kein Kind mehr, Jürgen.« Opa nickte, konnte es aber trotzdem nicht lassen, mir noch einmal den Laptop hinzuschieben. »Wobei du es dir ja noch mal überlegen kannst mit Florian83?«

»Jemand, der den ganzen Tag nur *Big Bang Theory* schaut? Dein Ernst?« Papa schnitt ein Stück Braten ab und schlang es so schnell hinunter, dass er husten musste. Erst mit einem Schluck Bier beruhigte er sich.

»Weil du immer so schlingst«, tönte Mamas Stimme aus dem Laptop – und Opa wirkte mit jeder Sekunde entschlossener.

»Florian schaut nicht nur *Big Bang Theory*! Er geht auch wandern!«

Erneut hustete Papa in seine Serviette. »Verteidigst du ihn jetzt, obwohl du ihn nicht einmal kennst?«

»Ich kenne ihn.«

»Ach ja? Woher denn?«

»Er hat mir zweimal ein Küsschen geschickt.« Jetzt verschränkte Opa trotzig die Arme vor der Brust.

Mein Vater hatte sich inzwischen wieder beruhigt. Sein Husten ebbte ab, doch die Falte auf seiner Stirn war tiefer als sonst. »Ist ja auch egal«, meinte er dann. »Ich würde mich sogar mit einem Kerl abfinden, der den ganzen Tag nur vor der Glotze hängt. Solange du die Finger von diesem Einbrecher lässt, Anne.«

»Jürgen!«, rief Mama. Doch sie hatte schlechte Karten, denn Papa griff kurzerhand zur Maus und regelte die Lautstärke nach unten.

»Ich bin erwachsen und werde selbst entscheiden, mit wem ich mich treffe.« Ups, das klang ein wenig säuerlicher als geplant. Verlegen biss ich mir auf die Lippe und lehnte mich auf meinem Stuhl zurück.

»Auf keinen Fall.« Papa schob sich so energisch einen Bissen Knödel in den Mund, dass er sich beinahe wieder verschluckt hätte.

Ich schluckte auch. Aber ohne Knödel. Auf den war mir die Lust vergangen.

»Jetzt mach mal halblang, Jürgen«, schaltete sich Opa ein.

»Ach!« Mein Vater stach mit Wucht in seinen letzten Kartoffelknödel, die Soße schwappte gefährlich in Richtung Tellerrand. »Und überhaupt kannst du dem Einbrecher ausrichten: Wenn ich ihn auf irgendeinem Hausdach finde, ist das Spiel für ihn vorbei.«

Ich zuckte mit den Schultern. »Um ihm etwas auszurichten, muss ich mich mit ihm treffen.«

»Jetzt werd nicht komisch, Anne.«

»Können wir das Thema wechseln?«, bat Opa lauter. »Was soll denn Julie von uns denken!«

»Och«, meinte Julie nur und stopfte sich eine große Gabel Schweinebraten in den Mund. Vermutlich, um nicht weiter antworten zu müssen.

»Hat sich denn die Werkstatt jetzt endlich gemeldet? Wegen unserem Boot?«, fragte Mama in die nun entstandene Stille hinein. Sie beugte sich näher zu ihrem Laptop, ihr Bild wurde merklich größer. Durch die Kamera warf sie Papa einen strengen Blick zu. »Ist das nicht seit Monaten schon in Reparatur?«

»Nein, das funktioniert … finanziell nicht so ganz«, druckste er herum.

»Wie?«, fragte Mama. »Sag nicht, dass du das Boot gar nicht in die Werkstatt gebracht hast.«

»Ähm …«

»Das Thema meinte ich eigentlich auch nicht«, sagte Opa hilflos.

»Von morgens bis abends arbeitest du.« Mama schüttelte den Kopf. »Und dann können wir nicht einmal unser Boot reparieren?«

»Wenn du nicht immer so Druck machen würdest …«

»Ihr beiden …«, schaltete sich Opa ein. »Liebe ist …«

»… schon längst nicht mehr unser Thema!«, vollendete Mama den angefangenen Satz.

»Seht ihr …« Opa suchte nach Worten. »Wenn der Himmel rosa ist, kann jeder lieben. Das ist keine Kunst. Aber ein gutes Wort unter Gewitterwolken ist so viel romantischer als eine Liebeserklärung im Kerzenschein.«

»Opa …«, sagte ich leise. Meine Eltern hatten es noch nie gern gesehen, wenn Opa sich in ihre Beziehung einmischte. Die Liebe geht nur uns etwas an, das hatte Mama oft gesagt. Verständlich, fand ich, schließlich hatte sie Papa geheiratet und nicht seine Familie.

»Nein«, verteidigte sich Opa sofort. »Ich wollte doch nur … Ihr wisst schon. Liebe muss man lernen. So wie Fahrradfahren. Und selbst wenn man zwanzig Jahre lang Fahrrad gefahren ist, heißt das noch lange nicht, dass man einen Hindernisparcours beim ersten Versuch schafft. Man braucht Geduld.«

»Ich … wir … also …« Papa seufzte und winkte ab. »Ist ja auch egal.«

Mama zuckte nur die Achseln. »Gibt's was Neues von den Serieneinbrechern?«

»Ja.« Ich nickte, dankbar für den Themenwechsel. »Kein neuer Einbruch, aber wir planen ein Spendenfest. Der Weißgerber Hubert bringt später mit seinen Männern die Buden vorbei. Die Pavillons wollten wir heute auf alle Fälle noch aufstellen – und die Kisten mit den Marmeladen nach drüben tragen.«

Kapitel 12

»Guten Morgen.« Lässig lehnte Michi an der Hausmauer des Café Apfelglück. In seinen grünen Bermudas und dem weißen Shirt sah er fast wieder ein bisschen aus wie ein Tourist. Braun gebrannt, unter den Ärmeln blitzten seine muskulösen Oberarme hervor.

Ich schloss die Augen, als er mich in eine Umarmung zog. Sein Geruch hüllte mich ein.

»Hast du gut geschlafen?«

»Hab ich. Aber …« Ich biss mir auf die Lippe und griff nach Michis Arm, um ihn mit mir in Richtung Straße zu ziehen. »Hoffentlich findest du das nicht unhöflich, aber können wir bitte so schnell wie möglich weg von dem Fenstern des Cafés?«

Er zuckte die Schultern. »Ich habe ein Boot. Sollen wir ein wenig auf den See rausfahren?«

»Perfekt!« Innerlich atmete ich auf. Wenn mein Vater uns zusammen sah, konnte nichts Gutes dabei herauskommen. Das musste ich Michi – und mir – unbedingt ersparen.

Belustigt warf er mir einen Blick zu. »Du hast was ausgefressen, oder?«

Ich grinste. »So ähnlich.«

Seine Hand legte sich in meine, und so zog er mich mit sich, die Straße hinab zum nächsten Steg. Nur ein paar Schritte von Opas Cafébereich entfernt.

Um diese Uhrzeit war es ruhig am See, nur wenige Segelboote fuhren auf dem Wasser. Frisch und kühl war die Luft, auf den Booten hing der Morgentau. Mit einem wohligen Seufzen atmete ich ein. Ich liebte diese verträumte Morgenstimmung.

Das Holz knarrte unter unseren Füßen, ein paar Enten schwammen in der Nähe. Ganz hinten, am Ende des Stegs, wippte ein Elektroboot auf den Wellen. »Susi« stand darauf geschrieben, das Traunsteiner Kennzeichen prangte in Schwarz direkt unter dem Namen. Zugedeckt mit einer blauen Plane und die Schrift verwaschen vom Wetter, so schaukelte das Boot friedlich in der Morgensonne.

»Lass mich raten«, meinte Michi, ging in die Hocke und befreite sein Boot von der Plane. »In Wahrheit bist du die Serieneinbrecherin von Prien, klaust haufenweise Süßigkeiten und mimst im Café die freundliche, zuverlässige Bedienung, damit Jürgen Spötzls Securitymänner keinen Verdacht schöpfen.«

Ich warf ihm einen kecken Blick zu. »Du hast mich durchschaut.«

Er lachte und bot mir seinen Arm an. »Darf ich der Dame ins Fluchtfahrzeug helfen?«

»Immer.«

Das Boot schwankte, als ich hinübersprang, meinen Korb auf den hinteren Sitzen ablegte und mich auf der roten Kunstlederbank niederließ. Michi folgte nur einen Augenblick später. Geschickt hatte er das Boot innerhalb weniger Sekunden losgebunden und startete nun den Motor.

Gelassen sah er mich an. »Wünsche?«

»Ich vertraue dir. Fahr, wohin du willst.«

Mit einem Seitenblick begutachtete Michi den Picknickkorb. »Wenn du das Diebesgut verstecken willst, würde ich als Ziel die Krautinsel vorschlagen. Eine Hacke zum Vergraben habe ich allerdings nicht dabei.«

Grinsend zwinkerte ich ihm zu. »Wir müssen gar nicht anlegen. Mein Diebesgut werde ich auch heute Nachmittag noch irgendwo los. Ich liebe das Risiko.«

Seine Augen blitzten. »Wie du willst. Aber sag nicht, ich hätte dich nicht gewarnt.«

»Ich bin mir sicher, dein Fluchtfahrzeug ist von der Wasserpolizei nicht einzuholen.«

Theatralisch seufzend zuckte er mit den Schultern. »Bei meiner altersschwachen Susi würden sie uns sogar einholen, wenn sie nur hinterherschwimmen ... Da lässt uns die Polizei aus Mitleid entkommen.«

Ich musste lachen. Gemütlich tuckerte das kleine Boot durch das Wasser. Die Morgensonne glänzte auf den Wellen und hinterließ ein Glitzermeer. Michis Arm lag entspannt auf dem Lenkrad.

»Wie wirst du eigentlich so braun, wenn du doch nur nachts arbeitest?«, fragte ich.

Er zwinkerte mir zu. »Bei meinem letzten Einbruch wollte mich die Bewohnerin mit Pfefferspray ausschalten, hat aber versehentlich den Selbstbräuner erwischt.«

»Scherzkeks.«

Michi lachte und strich sich das dunkle Haar aus der Stirn. »Ich bin gern in der Natur. Eigentlich verbringe ich sogar jede freie Minute am See.«

Das Boot tuckerte gemütlich weiter. Die Priener Landzunge mit ihrem Pavillon und dem saftigen Grün der Bäume wurde immer kleiner, das Erlebnisbad glänzte in der Sonne. Sanft gluckerte das Wasser um uns herum, und mein Blick glitt über die Bergkette, die in der Morgensonne beinahe pastellfarbene Töne angenommen hatte. »Der Chiemsee ist auch wirklich ein besonders schönes Fleckchen Erde.«

Wir waren nun etwa auf halber Strecke zwischen Prien und der Herreninsel, als Michi den Motor abstellte und mich anlächelte. »Besonders wenn man einfach mal nichts macht. Und nur dasitzt und den Wellen zusieht.«

Kurz schwieg ich – und sah ihn einfach nur an. Sein Blick verriet mir deutlich, dass er sich unser Date genauso herbeigesehnt hatte wie ich. Wie tausend kleine Sternwerfer glitzerten die Sonnenstrahlen auf dem Wasser. Stellenweise schimmerte der See smaragdgrün, dann wieder azurblau. Das Boot schaukelte sanft, wiegte uns im Rhythmus der Wellen. Leises Rauschen füllte die Luft, ab und zu drang Kindergeschrei zu uns herüber, aber ich war ganz von Michis warmen Blicken gefangen.

»Du …«, setzte ich an, doch sein tiefer Blick verwirrte mich so sehr, dass ich prompt wieder vergaß, was ich hatte sagen wollen.

»Ja?«

»Ähm«, machte ich. Meine Wangen fühlten sich schon wieder verdächtig heiß an.

Er lächelte nur. Sanft wehte der Wind ihm eine Haarsträhne aus der Stirn.

Es dauerte, bis die Worte den Weg über meine Lippen fanden. »Schön, dass du dich doch noch entschlossen hast, mich ein zweites Mal zu treffen.«

»Finde ich auch.«

Wir tauschten einen langen Blick, und ich musterte ihn nachdenklich. Gern hätte ich gewusst, warum Michi mich so auf Abstand hielt. Und wie viel es brauchte, dass er auftaute.

»Ich habe Frühstück für uns eingepackt«, sagte ich schließlich, bereute es ein paar Sekunden später jedoch schon wieder, weil das den innigen Moment zerstörte. Trotzdem öffnete ich die Tasche und packte zwei Teller Apfelstrudel aus. »Die sahen so gut aus, dass ich sie nicht liegen lassen konnte.«

»Mmmh, ich liebe Strudel.« Vorfreude glänzte in seinen Augen.

»Ich auch.« Besonders den meines Opas. Hauchdünn zog er den Teig auf seinen Handrücken aus, so dünn, bis er durchsichtig war, und belegte ihn mit reichlich Äpfeln, meist nahm er Boskoop. Je nach Apfelsorte schwenkte er sie in karamellisiertem Zucker. Ein Schuss Sahne, ein Hauch von Zimt, bestrichen mit zerlassener Butter. Nach der Hälfte der Backzeit goss er dann heiße Milch dazu, die mit der Zeit verdampfte und zu einer herrlichen Creme eindickte, die sich an den Boden des Strudels schmiegte und ihm einen Geschmack verlieh, wie ich ihn bis an mein Lebensende nie vergessen würde. Ich hatte mehrmals versucht, das Rezept nachzubacken, aber mein Opa beherrschte es einfach am besten.

Michi wirkte seltsam berührt, als er den Teller entgegennahm, den ich ihm hinstreckte. »Wer Apfelstrudel bäckt, lernt viel über das Leben«, sagte er leise.

»Ja?« Das hätten die Worte meines Großvaters sein können. Überrascht sah ich Michi an.

»Es gibt kein Gebäck, was mehr Geduld und Liebe braucht als ein Strudel«, fügte er hinzu.

Ich nickte. »In meiner Anfangszeit sind sie mir oft gerissen. Vor allem, wenn ich ihn vorher nicht genug geknetet hatte. Wenn es dem Teig zu warm oder zu kalt war. Oder wenn ich zu ungeduldig war beim Auseinanderziehen.«

Michi rutschte näher zu mir und drückte meine Hand. »Menschen können manchmal auch wie Strudel sein, oder?«

Sonnenstrahlen blitzten golden hinter den Bergen hervor.

Wieder sah ich ihn an. Er war nun so nah, dass ich die

Pigmente in seinen Augen erkennen konnte. Und die kleine Narbe an seinem Kinn. Nachdenklich betrachtete ich seine Hand auf meiner. »Du musst dich nicht dafür rechtfertigen, dass du kein zweites Date haben wolltest. Falls es das ist, was du meinst.«

»Na ja …« Er stockte.

»Keine Angst.« Lächelnd hielt ich ihm eine Kuchengabel hin. »Ich habe gelernt, Geduld zu haben.«

Es knackte, als Michi durch die knusprige Oberschicht des Strudels stach und sich den ersten Bissen in den Mund schob. »Mmmmh«, machte er genüsslich. »Ein Gedicht. Respekt an Herrn Spötzl senior.«

Seufzend nickte ich. »Er ist ungeschlagen. Niemand macht einen besseren Strudel.«

»Kann ich unterschreiben«, stimmte Michi mir zu und kaute mit geschlossenen Augen. »Sehr lecker.«

Ich probierte selbst ein Stückchen und spürte dem Geschmack nach. Die sanfte Säure der weich gekochten Äpfel verband sich mit dem knusprigen Teig, der zurückhaltenden Karamellnote, der cremigen Sahne und einem Hauch von Zimt zu einer unschlagbaren Komposition, die eine Vertrautheit in sich barg wie jedes Gebäck, das mich bereits seit Kindertagen begleitete. »Sag mal …«, meinte ich schließlich. »Wie lang lebst du eigentlich schon in Prien?«

»Wir sind vor fünf Jahren … also …« Er stockte. Fast so, als überlegte er, die Worte zurückzunehmen.

Wir. Das Wort hallte in meinem Kopf wider, doch ich schwieg.

»Ich habe schon länger in Prien gearbeitet«, sagte er schließlich. »Nach einer Weile bin ich dann auch hergezogen. Lustigerweise erst, als ich im Job … na ja. Als ich … die Stelle gewechselt habe.«

»Hast du …?«, begann ich, brach jedoch ab. Ich hätte gern so viel mehr gefragt, doch mein Gefühl sagte mir, dass er bei jeder Frage weiter ausweichen würde.

Verstohlen musterte ich Michi von der Seite. Ob er längst vergeben war? Oder welchen Grund mochte er sonst haben, so gut wie nichts von sich preiszugeben? Und das, obwohl ich deutlich spürte, dass er das Knistern zwischen uns genauso wahrnahm wie ich?

»Ich weiß, was du denkst«, sagte er und lächelte.

»Ach ja?« Grinsend schob ich mir noch ein Stück Apfelstrudel in den Mund. »Wer sagt denn, dass ich überhaupt denke?«

»Du bist ein Mensch, der vierundzwanzig Stunden am Tag denkt. Seit Kindesbeinen an.«

Okay, Punkt für ihn. Damit hatte er ins Schwarze getroffen. Dennoch hakte ich nach: »Woher willst du das wissen?«

»Ich spüre das.« Sein Lächeln war so zurückhaltend wie sanft. »Bin schließlich aus demselben Holz geschnitzt.«

Schweigend sah ich ihn an, und er erwiderte meinen Blick – gerade so lange, dass die Schmetterlinge in meinem Bauch verrücktspielten.

»Zu viel denken ist nicht gut«, erklärte ich leise.

»Zu wenig auch nicht.«

Ich musste lachen und verschluckte mich prompt am nächsten Bissen Apfelstrudel.

»Geht's?« Sanft klopfte er mir auf den Rücken, doch in meinem Hals kitzelte es so fies, dass ich die Berührung gar nicht genießen konnte.

»Danke. Ist schon wieder gut.«

»Magst du was trinken?«, fragte er und angelte hinter der Lehne nach Gläsern und Getränken. »Ich habe Limonade im Angebot, Mineralwasser und … Was ist das eigentlich? … Moment … Tè freddo …?«

Prüfend warf ich einen Blick auf die Flasche, die Michi begutachtete. »Eistee.«

»Muss wohl aus irgendeinem Italienurlaub übrig geblieben sein.« Er schenkte mir erneut sein schiefes Grinsen, das mich jedes Mal verzauberte. »Limonade und Wasser kann ich sehr empfehlen, beim Eistee weiß ich leider nicht einmal mehr, wie alt der schon ist.«

Ich räusperte mich. Das fiese Kitzeln in meinem Hals ließ langsam nach. »Ein edler Tropfen, mehrere Jahre gereift?«

»So ähnlich.« Schmunzelnd hielt er mir die Flasche hin, wie ein Kellner im Sternerestaurant es tun würde, und spitzte die Lippen. »Werte Dame, ich habe die Freude, Ihnen einen ganz besonderen Eistee empfehlen zu dürfen«, säuselte er – und hatte Mühe, ernst zu bleiben. »Es handelt sich um einen vorzüglichen Tè freddo aus dem Hause … äh … Dings … aus Italien. Jahrgang ungefähr … na ja, Sie sind älter. Fantastische Aromen von Pfirsich, Schwarztee und unvergleichlich frischem E150d.«

Ich prustete. »Klingt sehr verlockend, den nehme ich.«

»Ernsthaft?«

»Jupp.« Ich streckte die Hände danach aus, woraufhin Michi mir ein Glas reichte und einschenkte. Natürlich nicht, ohne einzugießen wie ein Profikellner. Er fing am Rand des Glases an und führte die Flasche nach oben, sodass der Eistee wie ein Wasserfall aus zwanzig Zentimetern Höhe hineinplätscherte. Faszinierend anzusehen war es schon. Auch wenn ich ehrlich gesagt kurz fürchtete, meine Hose würde mehr Eistee abbekommen als das Glas.

»Soooo«, machte er und schenkte auch sich ein Glas ein.

In diesem Moment bemerkte ich den großen Raddampfer Ludwig Fessler hinter uns. Wir befanden uns zwar nicht direkt auf seiner Route, doch Schiffe wie dieses spürte man selbst mit ausreichendem Abstand. »Achtung, gleich schaukelt's!«, rief ich. Und tatsächlich. Der Raddampfer produzierte Wellen, die uns das kleine Boot förmlich unter dem Hintern wegrissen.

Doch meine Sorge war unbegründet, denn Michi balancierte die Flasche geschickt und verschüttete keinen Tropfen. Ich nickte anerkennend, doch er lächelte nur.

»Der See ist mein zweites Zuhause. Ich kenne quasi jede Welle beim Namen.«

»Respekt.« Michi war also jemand, der bei Windstärke zwölf problemlos einen Eierlauf über den Bug absolvieren konnte. Klar, ich selbst war auch mit schwankendem Boden unter den Füßen vertraut. Aber auf den Wellen der Ludwig Fessler aus dieser Höhe ein Glas einzuschenken war dann noch eine andere Nummer, für mich jedenfalls. »Wie lange wohnst du schon am Chiemsee?«

»Mein ganzes Leben.« Er reichte mir meinen Eistee und griff nach seinem eigenen Glas. Mit dem Kopf wies er in die Richtung des gigantischen Raddampfers, der in der Nähe an uns vorbeizog. Möwen begleiteten das Schiff über das Wasser, mit lauten Schreien kreisten sie über den Köpfen der Passagiere, die es sich an Deck gemütlich gemacht hatten. »Als Kind wollte ich immer Kapitän werden und selbst über den Chiemsee schippern.«

»Das tust du jetzt ja.« Ich nutzte die Gelegenheit, endlich mehr über ihn zu erfahren, und hakte nach: »Hatten deine Eltern ein Boot?« Dann hielt ich ihm mein Glas zum Anstoßen hin. »Cheers.«

Die Gläser klirrten, und ich nahm einen kräftigen Schluck.

Mit einem Lächeln sah er auf den See hinaus, wo ein paar Segelboote ihre Bahnen zogen. Sanft glitten sie durch das Wasser. »Sie waren Fischer. Mein Vater hat geräucherte

Renken verkauft. Da war ich natürlich immer dabei.« Michi legte seine Hand an die Stirn, um sich gegen die tief stehende Morgensonne zu schützen. »Den Traum vom Kapitänsleben hatte ich sehr lange.«

»Und du hast ihn nie wahr gemacht?«, fragte ich und nippte erneut an meinem Eistee, der tatsächlich noch zu genießen war.

»Nein«, antwortete er, sah jedoch nicht traurig dabei aus. »Aber ein eigenes Boot hatte ich relativ schnell.«

Ich beobachtete ihn von der Seite. Sein Blick schweifte über den See, fast liebevoll. »Und du bist nicht enttäuscht darüber, dass dein Traum nicht in Erfüllung gegangen ist?«

»Manche Träume ändern sich.« Das Lächeln, mit dem er mich jetzt ansah, brachte mein Herz zum Klopfen. »Und andere werden geändert.«

Die Sonne hatte an Kraft gewonnen und wärmte meinen Nacken. Genüsslich streckte ich mich aus, schlug die Beine unter meinem langen geblümten Rock übereinander, lauschte dem Rauschen der Wellen und sog Michis Duft ein, der mir so nah war, dass ich glaubte, seinen Atem auf meiner Wange zu spüren.

»Und du? Sind für dich alle Träume wahr geworden?«, fragte er.

Kurz verspürte ich einen Stich im Herzen. Auch wenn ich es vergessen geglaubt hatte, in mir schlummerte immer noch der große Wunsch, bei der Security zu arbeiten. Davon träumte ich schon seit Ewigkeiten: Ich wollte – genau wie mein Vater – dazu beitragen, die Welt ein Stückchen sicherer zu machen. Es bewegte mich zutiefst, wenn er einer Frau, die sich vor dem gewalttätigen Ex-Freund fürchtete, mit einem Alarmsystem und ständiger Rufbereitschaft ein wenig Lebensqualität zurückgeben konnte. Oder wenn er dazu beitrug, eine Firma vor Einbruch zu schützen, in deren Aufbau jemand viel Herzblut gesteckt hatte. Schutzengel sein, das war auch meine Berufung. In diesem Augenblick wurde mir schmerzlich bewusst, dass sich dieser Traum nicht geändert hatte. Sondern geändert worden war.

»Du siehst traurig aus«, meinte Michi leise. Erst jetzt bemerkte ich, dass sein aufmerksamer Blick auf mir ruhte.

»Nein, ich meine …« Unschlüssig nahm ich noch einen Schluck Eistee und drehte das Glas in der Hand. »Vermutlich ist es normal, dass manche Träume nie in Erfüllung gehen. Als Erwachsener sollte man damit abschließen können.«

Er wandte den Blick nicht ab, beinahe zärtlich betrachtete er mich. »Aber du siehst nicht so aus, als könntest du damit abschließen.«

Ich biss mir auf die Lippe. Ja, Michi hatte recht. Vermutlich war er als Gentleman-Einbrecher aber so ziemlich der Letzte, der meinen Wunsch verstehen würde, bei der Security zu arbeiten. »Bei Entscheidungen spielen manchmal so viele Dinge von außen rein«, antwortete ich ausweichend. »Ich wollte damals nichts sehnlicher, als in der Firma meines Vaters zu arbeiten. Aber … er hat sich immer und überall in mein Leben eingemischt. Keinen Schritt konnte ich tun, ohne … Na ja.« Ich seufzte. »Klar hätte ich mir woanders eine ähnliche Firma suchen können. Aber ich hänge sehr an Prien …«

»Du sehnst dich nach ein bisschen Freiheit, oder?«

Ich nickte. »Ehrlich gesagt, ja.«

Michi sah mich nachdenklich an. Vielleicht wollte er mir Zeit geben, ihm mehr zu erzählen, doch ich schwieg.

»Manchmal … braucht es auch nur den richtigen Zeitpunkt, um seine Träume zu verwirklichen«, meinte er. »Es ist nie zu spät.«

Ich lachte. Mit der Gabel kratzte ich die letzten Reste des Apfelstrudels von meinem Teller und spülte sie mit einem Schluck Eistee hinunter. »Denkst du wirklich? Umschulen mit fast dreißig?«

»Wieso denn nicht?«, entgegnete er.

Ich lehnte mich zurück. Seine Worte hallten wie ein Echo in meinem Kopf wider. *Wieso denn nicht.*

»Es gibt Träume, die sind es wert, gelebt zu werden.« Michi lächelte mich an, sein Blick war so aufrichtig und warm, dass ich Herzklopfen bekam und alles andere vergaß. Er war mir ganz nah. Auf seiner Wange sah ich die kleinen schwarzen Pünktchen seines Bartschattens. Der dezente Duft seines Aftershaves hüllte mich ein, und für einen Moment hätte ich mich so gerne an ihn gekuschelt. Doch ich bezweifelte, dass er bereit dafür war.

Außerdem stimmte es, was Opa immer sagte: Man soll gehen, wenn es am schönsten ist.

»Es war wunderschön«, meinte ich deshalb nur. »Sollen wir wieder in Richtung Ufer fahren?«

Mein Herz klopfte so laut, dass ich fürchtete, er könnte es hören. Am liebsten hätte ich ihm gesagt, dass ich ihn wiedersehen wollte – noch lieber hätte ich mich einfach an ihn geschmiegt und den ganzen Tag im Sonnenschein auf dem See verbracht. Doch ich fühlte, dass ich ihn leicht verschrecken könnte. Und das wollte ich nicht, dafür war die Zeit mit ihm zu kostbar. Außerdem wartete Julie auf mich. Und das Spendenfest sollte an diesem Nachmittag stattfinden! Um ein Haar hätte ich es vergessen.

»Klar.« Michi nickte. »Total schön war's.« Routiniert wendete er das Boot und hielt auf das Ufer zu. Das sanfte Surren des Elektromotors wurde beinahe übertönt von dem Gluckern der Wellen um uns herum. Die Vormittagssonne warf ihr glitzerndes Ebenbild ins Wasser, der warme Wind strich über unsere Haut, und ich schloss die Augen. Lichter tanzten auf meinen geschlossenen Lidern, und das Gefühl von Sommer breitete sich in mir aus.

»Ich würde dich gern wiedersehen«, sagte Michi in die Stille hinein.

Und ich lächelte.

Kapitel 13

Entlang der Priener Landzunge drängten sich zahlreiche Menschen in Lederhosen und Dirndln auf den Bierbänken. Vor den drei großen Buden, die wir gestern von dem Familienbetrieb eines Stammkunden geliefert bekommen und mithilfe unserer Nachbarn aufgebaut hatten, bildeten sich Schlangen. Besteck klapperte, und ausgelassenes Lachen mischte sich in das Stimmengewirr, das von Stunde zu Stunde immer mehr anschwoll.

»Und? Wie läuft's?« Freundschaftlich knuffte ich Julie in die Seite, die sich bereit erklärt hatte, am Verkaufstresen auszuhelfen. Gerade stand sie am Getränkeausschank.

Sie streckte sich nach einem Bierglas und wirkte ganz entspannt.

»Kommst du mit dem Bayerisch der Leute klar?«, fragte ich.

»Gerade hat jemand ein alkoholfreies Fahrrad bestellt.« Lachend wischte sie sich die Hände an der Schürze ab. »Aber ansonsten läuft es ganz gut.«

»Die alkoholfreien Fahrräder sind im Kühlschrank«, erwiderte ich grinsend.

Das Spendenfest lief gut. Das Wetter war grandios, die Besucher gut gelaunt, und die Kasse klingelte. Opa wuselte hin und her, aber zwischendurch warf er mir einen glücklichen

Blick zu. Einen Ansturm wie diesen hätten wir uns in unseren wildesten Träumen nicht schöner ausmalen können.

»Bei Andi wurde eingebrochen!«, rief Opa atemlos, als er eine Viertelstunde später an uns vorbeihastete. Auf den Händen balancierte er zwei volle Tabletts mit Kaffee, Kuchen und Limonade. »Wir werden ihn einberechnen, wenn wir den Spendenerlös aufteilen.«

»Was?« Geschockt hielt ich inne, doch Opa war bereits an uns vorbeigerauscht.

»Erzähle ich dir später! Die Serieneinbrecher haben wieder zugeschlagen!«, rief er über die Schulter.

»Scheiße.« Ich schüttelte den Kopf. Langsam wurde es Zeit, dass diese Bande gefasst wurde. So sollte es für Prien nicht weitergehen. Und sicherlich konnte mein Vater dann auch wieder besser schlafen. Auch wenn er nichts dergleichen sagte, vermutete ich, dass seine miese Stimmung natürlich mit der Einbruchsserie zu tun hatte.

»Anne! Hast noch frische Apfelkücherl?«, rief Hilde.

»Freilich!« Ich beugte mich vor und hob die Stimme. »Zimtzucker und Vanilleeis?«

»Jaja.« Hilde grinste verschmitzt. »Aber schrei doch nicht so, Kindchen.«

Entschuldigend hob ich die Arme, ich musste lächeln. Bei Hilde wusste man nie.

»Habe gerade wieder neue Batterien in meinem Hörgerät.« Umständlich fummelte sie an ihrem Ohr herum.

Während Julie einschenkte und das Glas einem Herrn mit Trekkingrucksack über den Tresen reichte, schichtete ich ein paar Kücherl auf einen Teller, bestreute sie mit Zimtzucker und setzte eine Kugel Vanilleeis dazu. Schon die sechsundfünfzigste Portion Apfelkücherl, die heute über den Tresen ging und ordentlich die Spendenkasse füllte.

»Such dir ruhig schon einen Platz, Hilde. Ich bringe dir deine Kücherl gleich.«

»Ach was!«, rief sie und streckte die Hände danach aus. »So alt bin ich auch wieder nicht.«

Ich schmunzelte. »Lass es dir schmecken, gell?«, sagte ich und reichte ihr den Teller, den sie kurzerhand im Korb ihres Rollators absetzte. Mit einem Winken verschwand sie gemütlich in Richtung Bierbänke.

Als Papa zu mir hinter den Tresen trat, sah ich auf die Uhr. Es war schon halb vier, der erste Ansturm legte sich allmählich. Ich spürte meine Beine, und Julie ging es sicher nicht anders. Dankbar reichte ich Papa meine Schürze, klopfte Julie auf die Schulter und trat mit ihr zusammen hinaus ins Getümmel. »Oje, du siehst ganz schön kaputt aus. Es ist wirklich Zeit für eine Pause.«

»Gut, dass wir abgelöst werden«, antwortete Julie und blies sich die Haare aus der verschwitzten Stirn. Sie warf einen Blick hinüber zu meinem Vater, der bereits die erste Bestellung aufnahm. »Es macht wirklich Spaß, aber verdammt heiß ist es auch.«

»Danke für deine Hilfe.« Ich schob ihr Teller und Kuchengabel hin. »Nimm dir ein Stück Gebäck. Du brauchst jetzt doch sicherlich erst einmal was zu essen.«

»Au ja, die Prinzregententorte grinst mich schon die ganze Zeit so an.« Mit Schwung verfrachtete sie ein Stück auf ihren Teller.

»Das macht die immer. Am breitesten grinst sie, wenn sie ganz genau weiß, dass ich in zwei Minuten aus dem Haus muss.« Aufmunternd zwinkerte ich ihr zu.

Sie schob sich bereits im Stehen eine Gabel Torte in den Mund. »Mmmh, eine Wolke! Und so cremig!«

»Freut mich.« Lächelnd sah ich ihr zu, wie sie genüsslich

die Gabel ableckte. Wenn jemand lobende Worte für Torten fand, die ich gebacken hatte, wurde mir auch nach all den Jahren als Konditorin noch immer warm ums Herz.

Doch dann wurde Julies Blick ernst. »Ich frage mich die ganze Zeit, ob es eine gute Idee war, Balu ausgerechnet bei Bärbel abzuladen. Ich weiß, sie ist vernarrt in Hunde, und bestimmt tut er ihr gut. Aber mit ihrem verletzten Fuß fällt ihr ja selbst der Alltag nicht ganz leicht.«

»Ihr Enkel schaut ab und zu vorbei«, beruhigte ich Julie. »Der scheint alles im Griff zu haben. Opa sagte, er freut sich genauso auf den Hund wie Bärbel.«

Inzwischen meldete sich auch mein Magen unüberhörbar, und ich schnappte mir in der Nachbarbude eine Breze und ein Schüsselchen Obatzten von Opa. Der intensive Geruch von reifem Käse und Zwiebeln stieg mir in die Nase.

Julie hatte eine Bank mit Seeblick erspäht und zog mich durch die gut gelaunten Menschenmassen hinüber zum Kiesweg. Die Nachmittagssonne warf ihre Strahlen auf den Chiemsee, der seine funkelnden Wellen ans Ufer plätschern ließ. Majestätisch umrahmten ihn die Berge. Bläulich grau schienen sie gen Himmel zu wachsen, gekrönt von strahlend weißen Schäfchenwolken.

Ich saß noch nicht ganz, da musterte Julie mich schon mit einem Blick, den ich nur allzu gut kannte.

»Und?« Ihr breites Grinsen verriet mir sofort, wovon sie sprach. »Mit dem ganzen Trubel hier bin ich gar nicht dazu gekommen, dich nach deinem Frühstücksdate heute Morgen zu fragen.«

»Es war … wunderschön.«

Lachend klatschte sie mir mit der flachen Hand auf den Oberschenkel. »Jetzt lass dir nicht alles aus der Nase ziehen, Anne!«

Ich wurde rot. »Na ja, er hat so eine berührende Art, ist tiefsinnig. Man kann sich fantastisch mit ihm unterhalten …«

Julie beugte sich ein wenig näher zu mir. »Vom Badfenster aus habe ich euch in Richtung Steg laufen sehen«, flüsterte sie und schob sich eine Gabel Prinzregententorte in den Mund. »Verdammt sexy ist er schon.«

»Julie!«, rügte ich sie, doch sie lachte nur.

»Na ja, diese muskulösen Oberarme sind schon hübsch anzusehen, das kann dir nicht entgangen sein, gib's zu!«

Grinsend wischte ich einen Klecks Obatzten mit meiner Breze auf. »Habe nie etwas anderes gesagt.«

»Und wenn er dann auch noch tiefsinnig ist, hört er sich an wie der große Hauptgewinn.«

Seufzend ließ ich die Breze sinken. »Aber der große Hauptgewinn läuft nicht ständig weg, wenn man ihn mal aus der Lostrommel gezogen hat, oder?«

»Deshalb entscheide ich mich immer für die unsportlichen Typen, die kann man im Fall der Fälle leichter wieder einfangen.« Julie leckte ein wenig Konditorcreme von ihrer Gabel.

Ich dachte an Lukas und wollte gerade nach seiner Sportlichkeit fragen, ließ es dann jedoch lieber.

»Denkst du, dass ihm das Date weniger bedeutet hat als dir?«, fragte Julie geradeheraus.

Nachdenklich sah ich auf den See hinaus und beobachtete eine Wolke, die sich vor die Sonne schob und das funkelnde Glitzermeer in ein zartes Pastellblau verwandelte. »Weiß nicht …«

»Doch.« Energisch griff Julie nach meiner Hand. »Das spürst du, ganz sicher.«

»Auf dem Dach hat er mir ganz klar gesagt, dass das für ihn eine einmalige Sache ist …«, wandte ich zögernd ein.

»… was schon mal nicht stimmen kann«, vollendete Julie meinen angefangenen Satz. »Schließlich seid ihr bereits bei Date Nummer zwei.« Mit triumphierendem Lächeln widmete sie sich wieder ihrer Prinzregententorte.

»Ja, aber …«

»Das bedeutet, dass noch alles offen ist. Und wenn du ehrlich bist, dann spürst du doch, ob er es ernst meint – oder ob er nur kurzen Spaß will.«

Unschlüssig kaute ich auf meiner Lippe herum. »Er hat mit mir geflirtet, hat sich für mich interessiert … Eigentlich kam es mir schon so vor, als würde er in diesem Moment nirgendwo lieber sein als in diesem Boot – bei mir.«

»Habt ihr Telefonnummern getauscht?«

Ich schüttelte den Kopf.

»Eure Mailadressen aufgeschrieben? Wellenbewegungen für Flaschenpost analysiert?« Sie zog die Augenbrauen hoch.

»Er hat gesagt, er möchte mich wiedersehen.«

»Yesss!«

»Nein, nein …« Nachdenklich drehte ich an meinem Pferdeschwanz. »Das war wohl nur eine leere Floskel.«

»Er hat gesagt, er will dich wiedersehen!« Ungläubig starrte sie mich an. »Was soll denn daran eine Floskel gewesen sein?«

»Ich weiß auch nicht. Zumindest hat er keine Anstalten gemacht, mich nach meiner Nummer zu fragen – oder Zeit und Ort zu nennen …«

»Ach, Anne!« Julie legte mir einen Arm um die Schultern, sodass ich ihre mit Konditorcreme verschmierten Finger fest auf meiner nackten Schulter spürte. »Warte doch erst einmal ab. Zweifeln kannst du auch später noch.«

Tapfer nickte ich. »Vermutlich.«

Das Horn eines Schiffes zerriss für einen Moment das Stimmengewirr hinter uns. Als ich den Kopf wandte, sah ich die MS Edeltraud, die gerade den Hafen Prien-Stock ansteuerte, ein kleines Elektroboot versperrte ihr den Weg. Kurz erwischte ich mich dabei, wie ich hoffnungsvoll nach dem Namen des Boots Ausschau hielt. Doch es hieß nicht Susi, und am Steuer saß kein Pralinen-Einbrecher.

»Worüber habt ihr euch denn eigentlich unterhalten?«

»Hm?«, machte ich und blinzelte. Noch immer starrte ich über das Wasser.

»Das ist nicht Michis Boot.« Mitfühlend klopfte Julie mir auf die Schulter.

»Es hat mich wirklich ziemlich erwischt«, gab ich zu. Obwohl ich das von mir gar nicht kannte. Dass ich mich Hals über Kopf in einen Fremden verliebte, sah mir nicht ähnlich. Mit meinem Ex-Freund hatte ich jahrelang gemeinsam die Schulbank gedrückt, Pausenbrote geteilt und unter dem Tisch heimliche Botschaften ausgetauscht. Von Anfang an alle Macken des anderen zu kennen, das hatte ich schon damals für einen großen Pluspunkt gehalten und tat es noch immer. Leider war die Beziehung zerbrochen, als er für ein Jahr nach Amerika gegangen war, um dort als Au-pair zu arbeiten. Die Fernbeziehung hatte keinem von uns gutgetan. Wenn ich ehrlich war, hatte ich mich hauptsächlich deshalb für die Konditorausbildung in Hamburg entschieden, weil mich zum Zeitpunkt der Trennung jede Ecke in Prien an ihn erinnert hatte.

»Irgendwas hat Michi mit dir gemacht.« Julie sah mich prüfend von der Seite an. »Schon beim Mittagessen warst du so nachdenklich. Ich wollte nichts sagen. Wegen deinem Vater, du weißt schon.«

»Ja, du hast recht«, gab ich zu. »Es ist mir nicht mehr aus dem Kopf gegangen … Michi und ich haben über Träume geredet. Kindheitsträume.«

Julie nickte nur wissend und lächelte. »Über deinen Traum von der Security?«

»Ja. Seit ich heute mit Michi darüber gesprochen habe, lässt es mir keine Ruhe mehr. Klar, ich bin jetzt Konditorin. Aber ganz tief drinnen … bleibt es einfach mein großer Traum.«

»Du überlegst, es tatsächlich zu probieren?«

Ich sah geradewegs in ihre blauen Augen. »Opa würde mich hassen. Er hofft, dass ich irgendwann das Café übernehme. Und Papa … muss ich irgendwie in Schranken halten.«

»Das wäre doch toll! Wenn dein Traum noch in Erfüllung geht!«

»Na ja«, meinte ich ausweichend. Nervös biss ich mir auf die Lippe. »Ehrlich gesagt weiß ich nicht, ob ich dafür genug Mumm habe. Schließlich hat Papa ja …«

»Schsch!«, machte Julie plötzlich und stieß mir den Ellenbogen in die Rippen.

Als ich aufsah, entdeckte ich auch schon meinen Vater, wie er sich durch die Menschenmenge einen Weg zu uns bahnte.

»Anne, kannst du kurz kommen?«, schallte seine Stimme auch schon zu mir herüber. »Es geht so zu!«

»Klar!« Ich stand auf und bedeutete Julie, sich ruhig Zeit zu lassen. Sie sollte zumindest ihr Tortenstück zu Ende genießen können, ich war ohnehin schon fertig mit dem Essen.

Ich duckte mich zwischen zwei Lederhosenträgern hindurch, die gerade mit einem Bier anstießen, hüpfte über die Absperrung und verschwand wenige Augenblicke später hinter der Kasse, wo mir jemand eine Handvoll Kleingeld entgegenstreckte und sich ein Marmeladenglas aus einem Verkaufskorb schnappte.

»Hast du noch irgendwo ein paar Gläser Apfelmus?«, rief Papa. »Die Dame möchte fünf Gläser.« Einen Geldschein in der Hand, lief er schwitzend vor den Kartons auf und ab.

»Da sind nur Marmeladen drin!«, rief ich quer über ein paar Köpfe hinweg, während ich die Münzen in unsere Kasse sortierte. »Und den Karton da habe ich für Bärbel zurückgelegt! Apfelmus ist bei Opa unter dem letzten Pavillon!«

Als ich Papas genervten Blick auffing, fielen mir prompt einige Münzen aus der Hand. »Mist«, entfuhr es mir. Schnell bückte ich mich danach.

Aus dem Augenwinkel nahm ich eine Silhouette wahr, die sich schräg über mir auf den Verkaufstresen stützte. »Grüß Gott, was bekommen Sie?«, rief ich, ohne näher hinzusehen.

»Zwei Stück Kuchen und fünf Gläser Marmelade zum Mitnehmen, bitte.« Die Männerstimme war warm, freundlich und … kam mir verdächtig bekannt vor.

Überrascht sah ich auf. »Michi!« Ich zog mich am Tresen hoch und schaute hektisch zu meinem Vater, doch der kämpfte sich inzwischen zu Opas Pavillon durch. Und obendrein konnte er ja eigentlich nicht wissen, wie der Pralinen-Einbrecher aussah. Oder?

»Schön, dich zu sehen«, sagte Michi – und sein Blick bewies mir, dass er es tatsächlich so meinte.

»Freut mich, dass du gekommen bist.« Ich konnte gar nicht anders, als ihn strahlend anzulächeln.

»Na klar, ich dachte mir schon, dass ich dich hier treffe.« Er zwinkerte. »Übrigens eine tolle Idee, das Spendenfest!«

»Finde ich auch. Es ist eine schöne Möglichkeit, den Menschen zu helfen, die durch die Serieneinbrüche alles verloren haben.« Ich zeigte auf das große Plakat, das Opa heute an den Pavillon gepinnt hatte. Fotos der geschädigten Familien – mit Ausnahme von Andi – waren darauf zu sehen, in den ausgeräumten Wohnungen.

»Welchen Kuchen möchtest du denn?« Ein Griff zum Tortenheber, dann trat ich näher an Michi heran, der nun unsere

Auslage bewunderte. »Darf ich dir was empfehlen, oder hast du dein Lieblingsstück schon gefunden?«

»Schon lange, aber eigentlich wollte ich mein Lieblingsstück nicht von der Arbeit abhalten.« Er zwinkerte mir zu.

Mein Lächeln wurde noch ein wenig breiter. »Charmeur.«

»Dann nehme ich zwei Stück Apfelstrudel.«

Ich nickte. Vorsichtig stocherte ich in der Auslage, um das Gebäck unfallfrei zum Pappteller zu heben. »Ja, der ist gigantisch.«

»Und ich verbinde gigantische Erinnerungen damit.«

Überrascht sah ich auf, mein Herz schlug schneller. Dass der Apfelstrudel in diesem Moment die Pappe nicht verfehlte, war pures Glück. Eine Antwort hatte ich erst recht nicht parat.

Michi wirkte in diesem Moment fast ein wenig unsicher. »Ich habe völlig vergessen zu fragen, wann und wo wir uns wiedersehen.«

Ein Grinsen huschte über mein Gesicht, dann fühlte ich Röte in meine Wangen steigen. Dennoch. Nichts überstürzen, das war die beste Devise. »Am Wochenende passt es ganz gut.«

»So lang komme ich ohne dich nicht aus.« Er lachte laut auf. »Morgen?«

»Dann übermorgen«, entschied ich und ignorierte mein Herz, das vehement und unverbesserlich *morgen, morgen, morgen* zu schreien schien. »Momentan habe ich nämlich Besuch von einer Freundin aus Hamburg, die …«

Weit kam ich nicht, denn in der Zwischenzeit hatte mein Vater Opas Vorräte an Weckgläsern entdeckt und rannte damit nun wutentbrannt auf uns zu. Dass er gleichzeitig mehrere Gläser Apfelmus festhalten musste, kam uns in diesem Moment zugute.

»Hey!«, brüllte er. »Hey. HEY!«

Ein atemloser Blick in Papas Richtung, dann fasste Michi nach meiner Hand. »Halb drei Uhr am Nachmittag?«

»Freue mich.« Ich nickte nervös.

Selten hatte ich Papa so rennen sehen. Sein Hemd spannte, als er zum Sprint ansetzte und mit einem glücklicherweise recht verhaltenen Hechtsprung – danke, Apfelmus! – zu mir an den Tresen hetzte. Michi hatte in der Zwischenzeit einen Haken geschlagen und entkam Papas freier Hand nur haarscharf. Er hüpfte über zwei Serviertische – sein linker Fuß verfehlte gerade so Opas Beerenmarmelade –, dann tauchte er in der Menge unter. Sportlich war er jedenfalls.

»Verdammt!« Papas Hand sauste auf den Tresen. Doch gleich darauf folgte ein Schmerzensschrei, und mein Vater nuckelte mit zusammengekniffenen Augenbrauen an seinem Handballen.

»Eis? Zum Kühlen?«, fragte ich hilfsbereit, doch er winkte nur ab.

»Muss ich alles zweimal sagen?«, stieß er hervor und schenkte mir den strengsten seiner Blicke. »Ich dachte, diese Geschichte hätten wir geklärt.«

»Dachte ich ursprünglich auch.« Es war nicht einfach, seinem Blick standzuhalten. Zumal ich innerlich beinahe platzte. »Schließlich bin ich alt genug, um selbst zu entscheiden, mit wem ich mich treffe ...«

Damit drehte ich mich um und konzentrierte mich auf die nächste Kundin, die ein Stück Erdbeerkuchen bestellte. Erst als ich zwei große Löffel Sahne auf dem Teller drapierte, fragte ich mich, woher Papa überhaupt wissen konnte, wie der Pralinen-Einbrecher aussah.

Kapitel 14

»Nun sag schon!«, rief ich lachend, als ich hinter Julie die dunkle Treppe in unserem Haus hinunterstolperte. Energisch zog sie mich die Stufen hinab. »Was hast du mit mir vor?«

»Überraschung!« Sie warf mir nur ein Grinsen zu und zog mich weiter bis vor die Haustür.

Wir hatten lang geschlafen – bis Mittag, um genau zu sein. So schön das Spendenfest gewesen war, es hatte doch Energie gekostet. Bis spät in die Nacht hinein waren wir auf den Beinen gewesen, hatten die Buden abgebaut, Bierbänke zusammengeklappt, Geschirr gespült und Abfalleimer geleert. Nachdem wir Opa noch versprechen mussten, keinen Wecker zu stellen, waren wir todmüde ins Bett gefallen und erst kurz vor zwölf vom himmlischen Duft der Schupfnudeln aufgewacht, die Opa in der Küche brutzelte. Gleich nach dem Mittagessen hatte ich dann auf Julies Weisung hin meine Sportklamotten zusammengepackt, Opa als Babysitter für Balu beauftragt und gerätselt, was sie ausheckte.

»Willst du etwa joggen gehen?«

»Nein.«

»Warum rennen wir dann so?« Mit der schweren Tasche um die Schultern schwitzte ich schon nach ein paar Metern.

»Weil wir spät dran sind. Ich habe da was Nettes für uns gebucht. Lass dich überraschen!«

»Okay.«

Ich folgte ihr, wir passierten den Bootsverleih und schließlich den Schiffsanleger.

Eine Entenfamilie paddelte gemütlich auf dem Wasser und beäugte uns neugierig. Das Pfeifen der Chiemseebahn schallte durch die Straßen, Dampf stieg hinter den Bäumen auf. Offenbar war sie erst vor ein paar Sekunden vorbeigefahren. Julie führte mich neben den Schienen entlang, an der Rosenklinik vorbei und hinauf in den Ort. Vor einem in Beige gestrichenen Altbau blieb sie stehen.

»Tadaaa, da sind wir!« Erwartungsvoll grinste sie.

»Das ist meine alte Kampfsportschule!«

Julie klopfte mir auf den Rücken. »Du musst unbedingt wieder anfangen mit Kampfsport. Wenn du von der Security erzählst, hörst du dich so unglaublich glücklich an.«

»Lieb von dir, Julie.« Gerührt griff ich nach ihrer Hand und drückte sie. »Und du hast extra für uns gebucht?«

»Hab ich. Diese Kampfsportschule hat einen besonders guten Ruf, weißt du«, meinte sie und nickte, wie um die eigenen Worte zu bestätigen. »Und mir tut das mit Sicherheit auch ganz gut.«

Mit einem Ruck zog sie die schwere Eingangstür auf und trat in das Treppenhaus. Ich blickte die hohen Wände hinauf, hier und da blätterte der Putz ab.

»Der Besitzer hat gewechselt – zwei Jahre nachdem mein Kampfsportlehrer nach Australien ausgewandert ist«, erzählte ich. »Ich habe damals aufgehört, Stunden zu nehmen. Die komplette Belegschaft ist ausgetauscht, kennen werde ich bestimmt niemanden mehr.« Meine Stimme hallte von den Wänden wider.

»Ich habe im Internet geguckt. Die Krav-Maga-Stunden werden hier von einem sehr kompetenten und netten

Instructor geleitet.« Über ihr Gesicht huschte ein verhaltenes Grinsen. »Du wirst ihn mögen.«

»Okaaaay?«, sagte ich gedehnt und wappnete mich, weil mir nichts Gutes schwante.

Wir stiegen die Stufen hinauf in den ersten Stock. Durch die Tür drang Gelächter, hin und wieder ertönte das Geräusch von Fäusten auf einem Boxsack. Julie öffnete die Tür, ich spitzte über ihre Schulter in die Halle hinein.

»Julie Krüger, ich habe zwei Personen angemeldet«, rief sie laut. »Sorry, dass wir zu spät sind!«

Alle Köpfe drehten sich in unsere Richtung. Die meisten Teilnehmer waren Männer, sie alle trugen schwarze Vereinsshirts, die ein weißes Emblem auf dem Rücken zierte.

»Dieses Logo kommt mir bekannt vor«, flüsterte ich. »Hatten das nicht die Kinder, die wir vor ein paar Tagen auf der Herreninsel …« Ich kam nicht dazu, meinen Satz zu beenden, denn da stand der Instructor schon vor uns.

Sein schiefes Grinsen sagte mehr, als er in Worte hätte fassen können. »Hey.«

»Hey.« Prompt wurde ich rot. Meine Augen suchten die seinen, und ich konnte nicht anders, als in diesem Anblick zu versinken.

»Ich bin übrigens Julie, auch wenn das nicht viel zur Sache tut«, warf meine Freundin schmunzelnd ein. »Wenn du mir sagst, wo ich mich umziehen kann, könnt ihr gleich weiterflirten.«

»Entschuldige.« Er hielt ihr die Hand hin. »Ich bin Michi. Schön, dass ihr hier seid. Beide!«

»Tut uns leid, dass wir zu spät sind«, sagte ich.

»Kein Problem. Wir haben schon angefangen, uns aufzuwärmen. Steigt einfach mit ein, wenn ihr euch umgezogen habt.« Michi zwinkerte mir zu. »Jetzt musste ich also doch nicht so lang warten, bis wir uns wiedersehen.«

»Dank Julie.« Lächelnd erwiderte ich seinen Blick, dann zog mich Julie mit in Richtung Umkleidekabinen.

Keine fünf Minuten später standen wir schon umgezogen in der Halle.

»Okay, Leute!«, schallte Michis Stimme durch den Raum. »Ein Liegestütz, dann aufspringen, Arme nach oben! Dann wieder ein Liegestütz, das Ganze von vorn ...« Geschickt ließ er sich auf den Boden fallen und fing sich mit den Armen ab. Unter seinem schwarzen Shirt sah ich die Oberarmmuskulatur arbeiten. In Sekundenschnelle stand er auf den Füßen, um kurz in Richtung Decke zu springen und wieder in den Liegestütz zu fallen. »Und los!«

Ich fing Julies verzweifelten Blick auf. Allmählich schien ihr klar zu werden, worauf sie sich eingelassen hatte. »Nach diesem Training bin ich so was von tot.«

Doch da stand Michi schon hinter uns. »Keine Panik, Mädels. In Ruhe anfangen und einfach ausprobieren.«

Hart drückte der Hallenboden gegen meine Handballen, meine Armmuskulatur zog sich zusammen. Ich atmete langsam und bewusst, schob mich dem Boden entgegen und wieder zurück.

»Sehr schön, Anne!«, hörte ich Michi hinter mir. Keine Ahnung, wo er überhaupt hinsah. Vermutlich auf meinen Hintern. Unauffällig schielte ich zu ihm hinüber, doch Michi lief am Hallenende auf und ab und hatte ein Auge auf alle seine Schützlinge – er korrigierte, gab Tipps und lobte. Ein anständiger Kerl.

Aus dem Augenwinkel sah ich Julies schmerzverzogenes Gesicht, ihre Arme zitterten. Zwei Sekunden hielt sie durch, dann knallte sie mit dem Bauch auf den Boden. »Uff!«

Sie ächzte, als sie sich aufrappelte. »Ich bin zur allgemeinen Belustigung da.«

»Hier lacht dich niemand aus«, beruhigte Michi sie. »Wir haben alle mal angefangen.«

Wieder stemmte sie sich hoch, Michi beugte sich zu ihr. »Du bist im Hohlkreuz, Julie. Das quetscht deine Bandscheibe. Versuch mal, Po und Bauchmuskeln anzuspannen und deine unteren Rippen einzuziehen.«

»So?«, fragte sie keuchend.

»Hände schulterbreit auf den Boden, Schultern nach hinten unten ... Ja! Viel besser! Sehr gut.«

Es knallte, dann lag Julie wieder auf dem Linoleum. Mit hochrotem Kopf und verschwitzter Stirn kam sie wieder hoch. »Okay, Feierabend für heute!«, brachte sie röchelnd hervor.

»Gut gemacht.« Michi lächelte und hob die Stimme für die anderen. »Okay, Leute! Das war die letzte Aufwärmübung für heute. Trinkt was, dann fangen wir an.«

Kraftlos hockte Julie auf dem Boden, ihr Kopf war so rot wie die Glasur einer Schneewittchentorte, und ihr T-Shirt hatte sich unter den Achseln dunkel gefärbt. In diesem Moment wusste ich ihren Einsatz noch mehr zu schätzen.

»Warte, ich bring dir was zu trinken!« Ich sprang auf und kramte in meiner Sporttasche.

Mit einer Flasche Wasser kam ich zurück zu Julie.

»Alles okay?« Michi ging neben Julie in die Hocke. »Tief durchatmen.«

»Danke, dass du das für mich auf dich nimmst«, flüsterte ich.

»Freundschaft!«, presste Julie schnaufend heraus und trank, als verdurstete sie.

»Jetzt bist du auf alle Fälle warm.« Michi lächelte, auch

wenn das dunkle Funkeln seiner Augen eher mir galt als Julie.

»Warm?«, protestierte sie. Und leugnen konnte man es nicht: Julies Gesicht hatte nicht nur eine gesunde rote Farbe angenommen, sondern auch eine Temperatur, mit der ich problemlos Opas Apfelkücherl auf ihren Wangen hätte warm halten können. Mitfühlend tätschelte ich ihre Schulter.

»Ach ja, ihr beiden! Bitte einfach über die Hose drüberziehen.« Michi warf uns je einen Tiefschutz zu.

Julie inspizierte das Ding eher skeptisch und klopfte probeweise dagegen. Nur seufzend rappelte sie sich auf, um hineinzuschlüpfen und ein paar steife Schritte zu gehen. »Ich fühle mich wie eine Kuh mit Euter.«

Auch ich hatte mich mit dem Tiefschutz ausgestattet und zupfte meine Hose unter den Gummibändern zurecht.

»Mit versteinertem Euter!«, präzisierte sie und schüttelte den Kopf. »Dass ich mal Krav Maga probiere, hätte ich auch nicht gedacht.«

»Zumindest bist du jetzt gut geschützt.« Grinsend versetzte ich ihr einen leichten Tritt. Meine Sohle knallte auf die Kunststoffschale, Julie rutschte ein kleiner Quietscher heraus.

»Das fühlt sich schräg an.«

Plötzlich stand Michi hinter uns, seine Rechte ruhte kaum spürbar auf meinem Rücken. »Ich erkläre den anderen die heutige Technik, dann werde ich euch die Basics beibringen. Ist das okay für euch?«

»Mir. Nur mir.« Julie lehnte sich gegen die Wand. »Anne ist kein Anfänger.«

»Ach?« Erstaunt sah er mich an.

»Ja, ich …«, setzte ich an.

»Fast zwanzig Jahre lang hat sie Krav Maga gemacht!«, rief Julie.

»Respekt, ein Profi also.« Michi nickte anerkennend. »Jetzt bin ich gespannt.«

»Na ja.« Mit einem verlegenen Lächeln nestelte ich an meinem Tiefschutz herum.

Michi winkte die anderen heran, die ein paar letzte Neuigkeiten miteinander teilten, bevor sie sich um ihn scharten. »Heute geht's ans Würgen. Wer ist Versuchskaninchen? Freiwillige vor.«

Bevor jemand auch nur zucken konnte, versetzte Julie mir einen so kräftigen Schubs, dass ich zwei Meter nach vorn stolperte. Und das, obwohl sie so erschöpft aussah. Ich warf ihr einen bitterbösen Blick zu, aber Michis breites Grinsen versöhnte mich sogleich wieder. Er hielt mir die Hand hin, die ich lächelnd ergriff.

»Du darfst mich würgen, Anne.«

»Habe keinen Grund dazu.« Ich lachte. »Aber ich lasse mich gern würgen.«

»Du kennst die Technik dazu?«

»Ich glaube schon.«

»Leg los«, flüsterte er und grinste. Noch.

Den Würgegriff beherrschte ich seit Jahren. Und ich durfte sagen, dass mich in meiner jahrelangen Krav-Maga-Laufbahn niemand liebevoller gewürgt hatte als Michi. Beinahe zärtlich schlossen sich seine Finger um meinen Kehlkopf, ich spürte seine Berührung kaum.

»Ich bin nicht aus Zucker«, erklärte ich und warf ihm einen kecken Blick zu.

»Bei einer Konditorin kann man nie wissen. Los geht's!«

Ich zwinkerte ihm zu, dann riss ich den Arm hoch und hebelte seinen Griff auf. Mein Ellenbogen flog nach unten in seine Ellenbeuge, nur eine Sekunde später traf ich zielsicher sein Kinn. Mit der Hand hakte ich mich hinter seinem Nacken ein und zog ihn dicht an mich heran. Nur ein, zwei Wimpernschläge lang war ich ihm so nahe wie nie zuvor und genoss den Moment. Mein Arm lag an seinem Hals, ich presste meinen Oberkörper an den seinen. Sein Aftershave hüllte uns ein. Fast hätte es sich romantisch angefühlt, wenn jetzt nicht der Kniestoß an der Reihe gewesen wäre. Zwei, drei harte Stöße gegen Michis Tiefschutz, dann klappte er vornüber.

Mit der Handfläche deutete ich abschließend ein paar Schläge auf den Hinterkopf an, doch Michi lag ohnehin am Boden. Natürlich konnte ich es nicht lassen, mich auf ihn zu knien. Was ihm sichtlich gefiel, denn er grinste mich amüsiert an.

»Respekt, Anne.«

»Danke«, antwortete ich und nahm mein Knie von seinem Hals. Mit einem Lächeln half ich Michi auf, klopfte ihm verlegen den Staub vom T-Shirt und gesellte mich zu Julie, die aus sicherer Entfernung zugesehen hatte.

Sie schüttelte nur prustend den Kopf. »Hast ihn noch nicht mal geküsst und gehst schon ein Stockwerk tiefer ran …«

»Pscht!« Ich grinste.

»Stimmt doch!«, raunte sie. »Außerdem würde ich an deiner Stelle ein wenig vorsichtiger damit umgehen. Immerhin wird das ja irgendwann mal dein Hoheitsgebiet! Und du willst doch Kinder, oder nicht?«

Ich wurde rot. »Schschsch!«

Julie hatte noch keine Ahnung, dass Krav Maga zu fast neunzig Prozent daraus bestand, dem Gegner in die sensibelste Zone zu treten.

»Anne hat es perfekt vorgemacht, genau das werden wir heute üben.« Michi schien unseren Wortwechsel zum Glück nicht gehört zu haben und winkte mich zu sich. »Noch mal in Zeitlupe für alle.«

Oh ja. Zeitlupe hörte sich gut an. Schade, dass sich eine komplette Trainingsgruppe um uns versammelt hatte. Wäre es eine Einzelstunde gewesen, hätte ich schon jetzt gewusst, wie sie geendet hätte …

»Diesmal ist Anne die Angreiferin«, drang Michis Stimme an mein Ohr, doch ich nahm seine Worte kaum wahr. Als ich ihm in die Augen sah, glaubte ich zu spüren, dass er selbst damit zu kämpfen hatte, sich aufs Erklären zu konzentrieren.

»Ausgangssituation ist folgende.« Michi griff nach meinen Händen und legte sie um seinen Hals. »Jemand würgt mich.«

Sanft schloss ich die Finger um seinen Hals, auch wenn ich genau wusste, dass Krav Maga hauptsächlich davon lebte, im Training nicht viel zimperlicher miteinander umzugehen, als es jeder Angreifer auf der Straße tun würde. Aber Michis Haut war warm und glatt. Ich fühlte feine Bartstoppeln auf seinem Hals, die seitlichen Muskelstränge – und mittig seinen Kehlkopf, der leicht vibrierte, als er wieder zu sprechen begann.

»Okay, meine erste Reaktion: Ich hebe den Arm.«

Meine Finger wurden eingequetscht zwischen Schulter und Hals. Je höher Michi seinen Arm führte, desto mehr Anstrengung kostete es mich, die Hände weiter im Würgegriff zu halten. »Seht ihr? Für Anne wird es schon ungemütlich.«

Schließlich lösten sich meine Finger, wurden nutzlos zusammengeschoben – unfähig, sich zu rühren.

»Jetzt geht mein Ellenbogen nach unten, ich befreie mich aus Annes Griff. Und der nächste Schlag zielt dann in einer fließenden Bewegung direkt in Richtung Kopf.«

Michis Ellenbogen traf mich nicht einmal wirklich. Er drückte ihn mit derselben Vorsicht gegen meine Wange, mit der ich normalerweise vierstöckige Hochzeitstorten auf einem Tisch ablud.

»Danach das Standardprogramm: Ich ziehe Anne so dicht an mich heran, dass sie keinen Handlungsspielraum mehr hat.«

Sein Arm hakte sich hinter meinem Nacken ein, sein Unterarm lag sanft an meiner Wange. Feine Härchen kitzelten mich auf der Haut. Direkt an meinem Kiefer spürte ich seine Muskeln. Mit starken Armen zog er mich an sich und hielt mich fest.

»Seht ihr, diese Position ist perfekt. Anne kann mich nicht mehr ernsthaft verletzen. Sie bekommt den nötigen Schwung gar nicht mehr zusammen, um mir einen Schlag zu verpassen.«

Ich hielt den Atem an. In seiner Nähe war ich ohnehin nicht zu so viel fähig. Meine Nase meldete einhundert Prozent Michi-Duft, und die Schmetterlinge in meinem Bauch schienen verrücktzuspielen. Mehr zur Belustigung der Umstehenden versuchte ich, mit meinen Fäusten auf Michis Rücken zu hämmern, was natürlich nicht funktionierte.

»Dann der Klassiker. Kniestoß.« Eher symbolisch tippte mir Michi dreimal gegen den Tiefschutz, dann löste er seinen Griff von meinem Nacken.

Ich war ihm immer noch viel zu nah, doch er machte selbst keine Anstalten, einen Schritt zurückzutreten. Seine Hand rutschte nur ein wenig tiefer, auf meine Schulter, und er sah mich an. »Danke dir, das hast du gut gemacht.«

»Gern.«

Fast magnetisch schienen sich unsere Blicke anzuziehen. Offenbar sahen wir uns ein paar Sekunden zu lang in die Augen, denn irgendjemand räusperte sich. Aus der hinteren Ecke der Halle kam ein leises Kichern.

»Gut!« Michi wandte sich ab und klatschte in die Hände. »Findet euch zu zweit zusammen. Julie, dir bringen wir jetzt erst einmal die Basics bei.«

Julie seufzte und stieß sich energisch von der Wand ab, an der sie gelehnt hatte. »Soll ich vorher noch meine Arme irgendwie markieren? Falls ihr mich verknotet, weiß ich dann schneller, welche mir gehören und welche dem Angreifer.«

Kapitel 15

»Ihr seid die Besten!« Andis Augen wurden feucht, verlegen wischte er mit dem Ärmel darüber. »Ich weiß gar nicht recht, was ich sagen soll … Nach dem Einbruch ist das wirklich eine große Hilfe. Ich danke euch so sehr.«

»Na, hör mal, Andi!«, meldete sich Opa entrüstet zu Wort. »Wir Priener halten doch zusammen.«

Mit grimmiger Miene nickte mein Vater. »Gegen die Verbrecher!«

Andi lehnte noch immer an seiner Haustür. Hinter ihm baumelte ein hölzernes Willkommensschild, in den Händen hielt er Opas Kuvert mit einem Fünftel des Erlöses, den das Spendenfest eingebracht hatte. Für gewöhnlich kannten wir alle Andi als lebenslustigen, energischen Mann in den Vierzigern, der immer einen Spruch auf den Lippen hatte. So verletzlich wie gerade hatte ich ihn noch nie erlebt.

Aufmunternd lächelte ich ihm zu. »Damit sind die ersten Sorgen hoffentlich fort.«

»Die ersten Sorgen?« Er lachte und wischte sich über die Augen, die schon wieder verdächtig feucht geworden waren. »Alle Sorgen, Anne! Alle!«

Opa atmete tief durch. »Natürlich gibt es auch Dinge, die man mit Geld nicht ersetzen kann.«

Traurig schüttelte Andi den Kopf. »Dass Josefs Liebesbriefe weg sind, trifft mich noch immer. Ich hatte sie in der Schmuckschatulle meiner Großmutter aufbewahrt.« Er schluckte. »Zusammen mit dem Ring aus dem Kaugummiautomaten. Den hat er mir geschenkt, als wir acht Jahre alt waren. Und hat mir versprochen, dass wir irgendwann heiraten. Der Tag unserer Hochzeit war der schönste in meinem Leben.«

Wir schwiegen, und ich umfasste Andis Hand, um sie einmal fest zu drücken. Vor ein paar Monaten war Josef nach langer Krankheit gestorben. Andi war zwar erst Mitte vierzig, doch die vergangenen zweiunddreißig Jahre hatte er an Josefs Seite verbracht. Sie waren ein Paar wie aus dem Märchen gewesen.

»Es tut mir so leid«, flüsterte ich.

Andi blinzelte ein paar Tränen weg. Ein kummervolles Lächeln flog über sein Gesicht, während er meine Hand tätschelte.

»Abstoßend. Wirklich abstoßend.« Papa schüttelte schnaubend den Kopf. »Erst nimmt er den Leuten alles, und dann verteilt er Pralinen …«

»Hey!«, rief ich und sah ihn warnend an. »Das ist ja wohl nicht dein Ernst!«

Andis Blick ging unsicher zwischen uns hin und her. Vielleicht ahnte er, dass ich gerade gegen eine ganze Ladung Wut kämpfte, die im Bauch entbrannte, langsam in mir hochkroch und schließlich mein Herz auf Vollgas drehte. »Wer wurde denn noch bestohlen?«, fragte er schließlich. »Jemand, von dem ich es noch nicht weiß? Seit dem Einbruch bin ich ein wenig … durcheinander …«

»Zwei Familien, die wir wohl nur flüchtig kennen, ihre Namen sagen mir nichts. Aber wir werden sie besuchen.«

Opa nickte entschlossen. »Dann noch die Sallers – und der Ortsverein von *Ärzte ohne Grenzen*.«

Andi seufzte. »Schlimm.«

»Ja, schlimm«, wiederholte Papa. Sein Blick war nicht zu deuten.

»Hör auf damit«, flüsterte ich, doch Papa hob nur andeutungsweise die Augenbrauen.

»Ähm …?«, machte Andi.

»Schon gut.« Opa winkte ab und klopfte Andi auf die Schulter. »Wenn du uns brauchst – wir sind da.«

»Danke.« Tatsächlich war es das siebenundzwanzigste Danke, das Andi heute über die Lippen kam. Bei zehn hatte ich angefangen mitzuzählen.

»Und in nächster Zeit laden wir dich mal auf ein Brathendl ein.« Ich lächelte. Schließlich wusste ich genau, dass es für Andi kulinarisch kein größeres Highlight gab. »Was für die Seele, weißt du?«

»Genau«, pflichtete mir Opa bei. »Jederzeit!«

»Au ja.« Andi atmete tief durch. »Das brauche ich jetzt. Ich werde mich auch im Café noch öfter sehen lassen. Da könnt ihr mir gleich den Stammplatz reservieren.«

»Fühlst du dich denn überhaupt noch wohl im Haus?«, fragte Opa besorgt.

»Ich habe Angst«, gab er zu und schluckte. »Wirklich entspannt ist das Leben nicht mehr.«

»Das Gefühl, dass da jemand war …?« Ich sah ihn mitfühlend an.

»Genau.« Er atmete tief durch. »Letzte Nacht habe ich kaum geschlafen.«

»Sag Bescheid, wenn du uns brauchst.« Ich fasste nach seiner Schulter. »Unser Gästezimmer ist zwar momentan belegt, aber eine Couch ist immer frei.«

»Annes Freundin Julie aus Hamburg ist momentan zu Besuch«, erklärte Opa.

Ein Lächeln erhellte Andis Gesicht. »Schon getroffen. In der Chiemseebahn.« Seine Hand lag auf der Türklinke.

Opa klopfte mir auf die Schulter. »Da hat Anne allerhand zu tun.«

»Aber genug Zeit, um mit zwielichtigen Kerlen zu flirten«, murmelte Papa finster.

Ich öffnete und schloss meinen Mund, doch kein Wort kam heraus.

»Jürgen, jetzt ist's aber bald mal gut!« Opa wurde selten wütend. Doch nun hatte er einen Blick aufgesetzt, der mich als Kind immer zum Schweigen gebracht hatte.

»Ich … lasse euch jetzt besser allein.« Mit einem leicht beschämten Blick wandte Andi sich um und zog die Tür auf. »Da habt ihr mir eine große Last genommen und mich sehr glücklich gemacht. Noch mal danke.«

Wir verabschiedeten uns, wenngleich eine komische Atmosphäre zurückblieb. Ich warf einen Blick zurück, als die Tür hinter uns ins Schloss fiel.

»Nicht nur glücklich, sondern auch verlegen haben wir ihn gemacht!« Mit dem Ellenbogen versetzte ich meinem Vater einen Stoß in die Rippen, doch er blinzelte nicht einmal.

»Was ist bloß los mit dir, Jürgen?«, schimpfte Opa und funkelte ihn an.

Mein Vater winkte ab. »Ach!«

Ich schwieg. Ohne ein weiteres Wort stieg ich in den Wagen und ließ mich auf die Rückbank fallen. Meine Laune war im Keller. Aber Opa zuliebe würde ich mitkommen, schließlich hatte ich es versprochen. Die zweite Familie, der wir einen Teil der Spenden überreichen wollten, war nach dem Einbruch bei Freunden in Riedering untergekommen.

Zu groß war ihre Angst gewesen, zu schockierend die Erfahrung.

Opas Sicherheitsgurt schnappte ein, dann drehte er sich über die Schulter zu mir um. »Warum legst du dir eigentlich kein Auto zu, Anne? Du wärst unabhängiger und schneller. Besonders wenn du Torten auslieferst, ginge alles einfacher.«

»Ich habe doch mein Radl«, entgegnete ich lächelnd. Mein Fahrrad liebte ich heiß und innig. Auch wenn ich viel zu Fuß unterwegs war in letzter Zeit, genoss ich es immer, mich früh am Morgen aufs Fahrrad zu schwingen, den Wind in den Haaren zu fühlen und Menschen mit Torten glücklich zu machen.

»Kannst es dir ja noch überlegen.« Opa zwinkerte mir zu. »Einen kleinen Zuschuss werden wir schon beisteuern.«

»Anne verdient doch selbst«, widersprach Papa sofort.

»Na, ich meinte ja nur.« Mit einem Achselzucken stützte sich Opa auf das Armaturenbrett, um seinen Rücken zu entlasten und sich noch weiter in meine Richtung zu drehen. Sein Sicherheitsgurt rutschte ihm von der Schulter.

»Schau bitte nach vorn, wenn ich fahre, Opa.« Papas Blick war starr auf die Straße gerichtet. Noch waren wir innerorts. Die Tachonadel bewegte sich auf die siebzig zu, doch ich biss mir nur auf die Lippe. Es war heute ohnehin zwecklos.

»Ich finde, Anne braucht ein Auto.« Opa drehte sich wieder, zupfte den Gurt zurecht und hielt sich am Türgriff fest. »Junge Menschen müssen raus. Ein Auto ist Freiheit, Leben! Daran wirst du dich doch auch erinnern können, Jürgen!«

»Der Ellinger Hubert verkauft seinen alten BMW«, brummte Papa.

»Och nein, bitte keinen BMW. Da ist meist der Tacho kaputt, der Blinker funktioniert auch nicht …« Mit verschmitztem Grinsen sah Opa sich wieder nach mir um. »Oder hast du schon mal einen BMW blinken sehen?«

Ich musste lachen. »Ach, aber wenn standardmäßig in allen Modellen eine Vorfahrt verbaut ist, bin ich durchaus interessiert.«

»Wir gehen mal gucken, ja? Da wird sich doch ein hübsches Auto für dich finden.«

Ich wurde wieder ernst. »Opa, ich brauche wirklich kein ...«

»Doch. Die ganzen Torten! Professioneller wäre es auch. Wenn du irgendwann das Café von mir erbst, sollen die Leute sich auf unseren Service verlassen können.«

Ich atmete tief ein, zögerte, biss auf meiner Lippe herum und schwieg schließlich doch.

»Vielleicht kannst du das sogar von der Steuer absetzen!«, setzte Opa nach.

»Opa ...?«, fragte ich zaghaft.

»Hm?«

»Ich habe in letzter Zeit viel nachgedacht ...«

In meinem Bauch explodierte ein Gedanke und hinterließ ein unangenehmes Kribbeln. Da Papa schon den ganzen Tag schlechte Laune hatte, war jetzt mit Sicherheit kein guter Moment, um dieses Gespräch zu führen. Andererseits gab es für seine Launen keine Vorhersage. Es war fraglich, ob sich die Sonne in den nächsten Wochen überhaupt noch irgendwann zeigen würde. Ich atmete tief ein und nahm meinen Mut zusammen.

»Raus damit«, sagte Opa.

Mein Vater warf mir durch den Rückspiegel einen ernsten Blick zu. »Ich will nichts über den Einbrecher hören.«

Jetzt oder nie. »Eigentlich habe ich meinen Traum von der Security noch nicht ganz aufgegeben.«

Stille.

Jetzt war es raus. Es fühlte sich gut an.

Der Motor heulte auf, als Papa an der Ampel aufs Gaspedal trat, doch im Wageninneren blieb es still. Opa sah ein wenig geknickt drein, eine Falte grub sich besorgniserregend tief in Papas Stirn.

»Das kommt jetzt vielleicht überraschend …«, versuchte ich zu erklären, doch mein Vater unterbrach mich.

»Die Konditorenausbildung in Hamburg hat viel Geld gekostet, Anne.«

»Mein Geld«, warf ich ein, doch er schien es nicht einmal wahrzunehmen.

»Du bist Ende zwanzig, da schult man nicht mehr um.«

»*Man* nicht«, erklärte ich hitzig. »Aber ich vielleicht.«

Schuldbewusst sah ich auf Opas Nacken. Sein Gesicht spiegelte sich blass in der Scheibe des Beifahrersitzes, er wirkte sehr ernst. Und betroffen. Doch er sagte kein Wort, was ich von Opa selten kannte.

»Ihr dürft mir nicht böse sein«, probierte ich es abermals, fügte dann aber nichts mehr hinzu.

Vor dem Fenster rauschte die Landschaft an uns vorbei. Die Alpen ragten in den Himmel hinauf, Wolken hingen darin fest wie Zuckerwatte. Landhäuser fügten sich in die Gegend ein wie gemalt. Die Geranien quollen farbenfroh von ihren Fensterbrettern, die hölzernen Fensterläden gaben jedem Haus Charakter und Charme, doch in diesem Moment kam mir der Anblick, den ich sonst so liebte, mit einem Mal trostlos vor.

»Hört sich an, als hättest du dich schon entschieden.« Durch die Spiegelung in der Scheibe konnte ich Opa schlucken sehen. Eine Träne schimmerte in seinen Augen.

Es schnürte mir fast die Kehle zu. »Nein. Also ja. Ich weiß nicht.« Hatte ich mich entschieden? Oder war es nur ein flüchtiger Tagtraum, dem ich gerne nachhing?

»Dein Herz hat immer für die Security geschlagen, das weiß ich doch«, sagte Opa leise und schluckte. »Und wenn es dich glücklich macht, musst du deinem Herzen folgen. Das ist mit dem Job genau dasselbe wie mit der Liebe.«

»Na ja, mit der Liebe vielleicht nicht.« Papas Mimik wirkte wie eingefroren. »Zumindest macht dir ein Job keine schönen Augen, lügt dir dabei ins Gesicht und verdreht dir den Kopf mit Pralinen!«

»Also …!«, fuhr ich auf, doch Opa warf mir einen beruhigenden Blick zu.

»Ist ja auch egal.« Papa winkte ab.

Etwas zu schnell fuhr er in die nächste Kurve und verfehlte um Haaresbreite ein entgegenkommendes Auto. Vielleicht war es ein Fehler gewesen, meinen Vater beim Fahren damit zu konfrontieren. Gerade hier, wo sich Kurve an Kurve reihte. Eine Achterbahnfahrt durch grüne Wiesen und Viehweiden konnte ab einer gewissen Geschwindigkeit schnell ungemütlich werden.

Opa seufzte. Ich ahnte, wie schwer es ihm fallen musste, doch er nickte tapfer. »Du musst deine eigenen Entscheidungen treffen, Anne. Wir können dir Wanderschuhe und Rucksack geben, aber den Weg musst du selbst bestimmen.«

»Danke«, flüsterte ich.

»Und morgen kommt die nächste Schnapsidee«, murmelte mein Vater kopfschüttelnd. »Du wolltest doch nie ernsthaft zur Security! Meine Güte, Anne, das war doch ein Spiel zu Kindheitszeiten. Security, das ist mehr als Abenteuer und Nervenkitzel. So eine fixe Idee! Wahrscheinlich möchtest du morgen Bademeisterin werden und übermorgen Bäume fällen.«

Ich schwieg. Mein Vater hatte nie ernst genommen, dass ich diesen Berufswunsch schon so lang im Herzen trug. Und dass ich diesen Traum nur deshalb aufgegeben hatte, weil mich seine Kontrolle fast erstickt hätte. Und es gegen diese Art von Würgen keine Kampfsporttechnik gab.

Immer dann, wenn mein Vater nachts in die Höhenbergstraße aufbrach, wo regelmäßig der gewalttätige Ex-Mann der Kundin einen Alarm auslöste, wusste ich wieder ganz genau, warum ich diesen Beruf anstrebte. Mein jahrelanges Kampfsporttraining wollte ich endlich dafür nutzen, dass Menschen wie sie wieder ruhig schlafen konnten. Papa hingegen glaubte offenbar, dass mein einziges Ziel bei der Security darin bestand, dass mein Nagellack beim nächsten Einsatz nicht abblätterte.

»Die Zeit verändert Wünsche«, meinte Opa schließlich. »Jürgen, auch wenn wir uns vielleicht etwas anderes für sie vorgestellt haben, müssen wir respektieren, wenn Anne gerne zur Security möchte.«

Ja, die Zeit veränderte vieles. Vermutlich weniger meine Wünsche, sondern vielmehr meine Einstellung. Offenbar hatte ich in der Zwischenzeit doch eine innere Kampfsporttechnik gegen Papas Würgegriff entwickelt. Plötzlich fühlte ich, dass ich längst die Ausrüstung und die Stärke besaß, um meinen lang ersehnten Weg zu gehen, auch wenn er über Hindernisse führte.

»Und wenn wir ehrlich sind, war sie doch schon immer die geborene Securitymitarbeiterin.« Ein wehmütiges Lächeln flog über Opas Gesicht. »Du warst gerade einmal fünf, Anne, als du jeden Abend deine Taschenlampe genommen und kurz vor dem Schlafengehen einen Kontrollgang durchs Haus gemacht hast.«

»Dir ist aber schon bewusst, dass das kein Spiel ist?«, fragte Papa ernst. »Kindheit und Träume in allen Ehren, aber das ist ein harter Job. Manchmal kann es auch richtig gefährlich sein.«

Ich sah aus dem Fenster. Ein paar Kühe grasten auf einer Weide, in der Ferne fuhr ein Traktor.

Nachdenklich betrachtete ich Papas Augen im Spiegel, während er ernst auf die Straße starrte. »Du hast mich als Kind doch immer mitgenommen. Und du hast mich zum Kampfsporttraining gebracht.«

»Natürlich.« Sein Blick kreuzte meinen im Rückspiegel. »Aber nur, weil ich dir erlaube, dich an Fasching als Huhn zu verkleiden, musst du als erwachsener Mensch dann keine Eier legen.«

»Na ja …«, setzte ich an.

»Anne, du wolltest als Kind so viele Dinge! Ein Pferd auf dem Balkon, einen mannshohen Springbrunnen aus flüssiger Schokolade und ein unbesiegbares Flammenschwert!«

Es war zwecklos, das musste ich einsehen. Und wenn ich ehrlich war, brachte ich es nicht übers Herz, ihm den wahren Grund zu nennen. Warum ich meinen Traum von der Security so lange auf Eis gelegt hatte.

Opa drehte sich wieder zu mir um. Umständlich streckte er seine Hand zwischen den Sitzen hindurch und fasste nach meiner. »Lass ein bisschen Zeit vergehen«, flüsterte er.

»Das wird auch nichts ändern«, brummte Papa. »Außerdem bin ich gespannt, was deine Mutter zu dem Thema zu sagen hat. Anne, denk doch mal nach!«

Die restliche Autofahrt verbrachten wir schweigend. Ein nervöses Gefühl breitete sich in meiner Magengrube aus, ich ließ den Kopf gegen die Scheibe sinken. Das Auto schlängelte sich weiter durch die wunderschöne oberbayerische Landschaft, doch ich bekam kaum noch etwas davon mit.

Kapitel 16

Julie stand an der Arbeitsplatte, direkt vor dem großen Küchenfenster. Der Chiemsee hatte sein sattes, strahlendes Blau gegen ein verwaschenes Graugrün getauscht, Regenwolken hingen schwer vom Himmel. Nebel hatte sich auf das Wasser gelegt, und die Berge waren hinter dem dichten Schleier nur zu erahnen.

Als ich Julie so allein in der Küche stehen sah, bekam ich ein schlechtes Gewissen. »Komm ruhig mit!«, schlug ich spontan vor.

»Garantiert nicht!« Sie lachte laut. Vorsichtig schob sie Balu aus dem Weg, der schnüffelnd das Näschen in die Luft gereckt hatte und von schräg unten den Versuch startete, sie zu hypnotisieren. Der Stabmixer heulte auf, als Julie ihn in der schlammfarbenen Masse versenkte. »Ich möchte euch nicht bei eurem Date stören. Und außerdem wollte ich Balu heute ans Busfahren gewöhnen. Ich bin gut beschäftigt, Anne, alles gut. Vielleicht übe ich auch noch das Kommen auf Pfiff. Und mit Lukas wollte ich auch noch telefonieren, also lasst euch bitte Zeit.«

»Oh! Ist es ein gutes oder ein schlechtes Zeichen, dass ihr telefoniert?«, fragte ich.

Julie zuckte die Schultern. »Ich weiß noch nicht.«

Ein fleischiger Geruch lag in der Luft. Ich schnupperte

und lugte neugierig in die Schüssel. »Was machst du da eigentlich?«

»Ich habe Leberwurst für Balu gemacht.« Stolz nickte sie zu dem Hund hinunter. Balu beherrschte den Hundeblick in Perfektion – mit diesen treuen, großen Augen sah er aus, als würde er sofort in Tränen ausbrechen, wenn Julie ihm nicht in den nächsten zehn Sekunden ein Schüsselchen Leberwurst abdrückte. »Und er findet schon jetzt, dass es fantastisch riecht.«

»Ist das …?«

»Ein Drittel Fleisch, ein Drittel Leber, ein Drittel Karotten. Das Ganze wird gekocht und püriert. Sieht gar nicht übel aus, was?«

»Respekt.« Ich warf ihr einen Seitenblick zu und biss mir auf die Lippe, um nicht breit zu grinsen. Während unserer gemeinsamen Zeit in Hamburg hatte Julie in der Küche eigentlich nur ein einziges Gerät benutzt: das Telefon. Rausgekommen waren wahlweise Pizza oder Sushi.

Freudig strahlte sie mich an. »Das erste Mal, dass ich ein Rührgerät in den Händen halte! Premiere!«

»Pürierstab«, korrigierte ich.

»Egal. Hauptsache, das Ding funktioniert.« Sie lächelte. »Für den kleinen Schatz hier tue ich fast alles.«

»Mal sehen, wie es ihm schmeckt«, meinte ich amüsiert.

»Fürs Betteln bekommt er nichts, sonst bleibt uns das ewig erhalten.« Julie seufzte. »Aber am späten Nachmittag, wenn wir das Kommen mit Ablenkungsreizen üben, soll das sein Jackpot sein.«

»Sag mal, Julie, meinst du wirklich, du kannst ihn behalten und mit nach Hamburg nehmen?« Ernst sah ich sie an. »Ich meine, bevor er dir noch weiter ans Herz wächst … Wenn wir ihm hier eine neue Familie suchen müssen, sollten wir lieber bald starten …«

Julie zögerte einen Moment. »Ich möchte ihn wirklich gern behalten und ihm ein gutes Zuhause geben. Aber ... gerade weiß ich nicht, wie sich alles bei mir entwickeln wird ...« Sie biss auf ihrer Lippe herum. »Können wir in den nächsten Tagen noch mal drüber reden?«

Ich nickte.

Regentropfen prasselten rhythmisch und leise auf das Fensterbrett. Wassertropfen liefen die Scheibe hinab, der Blick auf den Chiemsee verschwamm.

»Vor einer halben Stunde schien noch die Sonne«, seufzte ich.

»Stimmungsschwankungen.« Julie zwinkerte mir zu. »So ein Wetter ist auch nur ein Mensch.«

»Julie?«

»Ja?« Sie wischte sich die Hände an der Schürze ab.

»Ich finde es in jedem Fall sehr schön, wie du dich um Balu kümmerst.«

Sie ging in die Hocke und streichelte Balu, der ihr liebevoll die Hände leckte – vermutlich auch wegen der Reste der Leberwurst. »Er ist mir tatsächlich schon sehr ans Herz gewachsen. Und irgendwie ... hat er mich zu mir selbst zurückgebracht, verstehst du?«

»Du kommst mir sehr viel ausgeglichener vor. Glücklicher.«

»Das bin ich.« Sie strahlte. »Ein eigener Hund war immer mein Traum. Und jetzt kann ich ihn vielleicht endlich leben.«

Ihr Strahlen steckte an. Die beiden so harmonisch zu sehen berührte mich, sodass mir trotz des Lächelns fast Tränen in die Augen stiegen.

Julie sah aus dem Fenster hinaus, der Regen prasselte inzwischen noch lauter auf das Fensterbrett und ließ die kleine Küche umso gemütlicher wirken. »Was für ein grässliches Wetter.«

»Vielleicht sollte ich Michi lieber hierher einladen.«

»Ihr seid doch nicht aus Zucker, Anne!«

»Aber süß ist er schon«, meinte ich grinsend.

»Da hast du leider recht.« Julie seufzte. »Süßer als alles, was im Erdgeschoss in der Auslage liegt.«

»Na also.«

»Ihr könntet im Regen tanzen. Das ist doch romantisch!«

»Das ist immer dann romantisch, wenn man es auf kitschigen Postkarten liest.« Ich schüttelte mich. »Sobald man selbst im Regen tanzt, läuft einem doch garantiert das kalte Wasser durch den Kragen die Wirbelsäule hinunter, die Schuhe saugen sich voll, und man friert.«

Julie grinste vielsagend. »Du bist so romantisch.«

»Ich weiß«, gab ich zurück und streckte ihr gut gelaunt die Zunge heraus.

»Vielleicht könnt ihr irgendwo einen Kaffee trinken. Nicht unbedingt bei Opa, aber Prien hat doch haufenweise schöne Cafés.«

Ich winkte ab. »Wir werden einfach hierbleiben. Papa ist sowieso in der Arbeit, und Opa bedient unten im Café. Bei Regen öffnet er die Innenräume. Andi hat heute frei und hilft hinter der Theke aus, aber der benutzt höchstens mal die Toilette im Erdgeschoss.«

Julie schob die Gardine beiseite und spähte hinaus. »Dann hol ihn mal rein, deinen Einbrecher. Sonst musst du ihn nachher noch trocken föhnen.«

»Oh, ist er schon da?« Schnell wischte ich Julies Kleckse vom Herd und ließ den Blick durch den Raum schweifen. Konnte man so lassen. Unser Haus war eben kein Museum, hier wurde gewohnt.

Julie zupfte mir eine Haarsträhne aus meinem Pferdeschwanz und drapierte sie irgendwo zwischen Wange und Ohr. »Damit du nicht so streng aussiehst«, flüsterte sie. Die

Leberwurst verstaute sie in ihrer Tasche und schnappte sich Leine, Handy und Schirm. Im Vorbeigehen schlüpfte sie in ihre Turnschuhe, dann rauschte sie neben mir das Treppenhaus hinunter. »Viel Spaß mit deinem Zuckerstück!«

»Pscht«, machte ich grinsend und öffnete die Tür.

Direkt gegenüber, unter der Hütte des Bootsverleihs, hatte Michi sich untergestellt und lehnte an einem Holzbalken.

»Huhu!«, rief Julie laut und spitzte aus dem Flur hinaus in den Regen, bevor ich ihr einen Knuff in die Seite geben konnte. »Anne ist im Haus!«

Michi hob grüßend die Hand und lief geduckt auf uns zu. Seine Schuhe tropften, als er in den Hausflur schlüpfte. Balu beäugte skeptisch die Pfütze, die sich unter Michis Sohlen ansammelte.

»Hey.« Michi lächelte strahlend und zog mich in eine zärtliche Umarmung.

»Bleiben wir hier?«, fragte ich. »Ist vielleicht gemütlich wegen dem Wetter?«

»Ach! Habt ihr einen Mitarbeiterraum?«

»Nein, ich … wohne hier.«

Michis Blick wanderte irritiert zum Klingelschild. Eine kleine Falte bildete sich auf seiner Stirn.

Ich lächelte unsicher. Klar, er hatte bislang offenbar vermutet, ich sei nur eine Angestellte in Opas Café.

»Ähm …« Er wirkte ein wenig verloren, wie er da im Hausflur stand und hinaus auf das Klingelschild schielte, als hoffte er, dass wie von Zauberhand noch irgendein neuer Name auftauchte.

Verständlich, schließlich hatte er im Café nach meinem Vater gefragt – und beim Spendenfest vor ihm Reißaus genommen. »Mein Vater ist nicht da«, meinte ich und beobachtete jede seiner Regungen. »Falls das das Problem ist.«

»Nein, nein«, sagte er schnell, rührte sich jedoch immer noch nicht von der Stelle.

»Er arbeitet und kommt sicher nicht vor acht Uhr abends zurück«, fügte ich hinzu.

»Entschuldige.« Michi fasste nach meiner Hand und legte sanft seine Finger zwischen meine. »Ich war nur … also … egal.«

Aus dem Augenwinkel sah ich Julie näher treten. Sie hatte eine Augenbraue hochgezogen, ließ sich jedoch nichts weiter anmerken. »Viel Spaß euch«, rief sie noch, dann öffnete sich ihr Schirm mit einem leisen Plopp, und sie verschwand hinaus in den Regen, Balu dicht auf den Fersen.

Michi lächelte, als er hinter mir die dunkle Treppe hinaufstieg, doch seine Augen glänzten nicht mehr so verheißungsvoll wie zuvor. Schweigend hielt ich ihm die Tür auf.

»Hier wohnen Opa und ich«, erklärte ich und blieb unschlüssig auf der Stelle stehen.

Michi ließ den Blick durch die Küche schweifen. Über die durchbrochenen, blütenweißen Gardinen, den alten Holztisch und die zarte Deko, die noch Oma ausgesucht hatte. »Hübsch habt ihr's hier.«

Ich nickte nur, wir tauschten einen flüchtigen Blick und schwiegen. Unsicher biss ich mir auf die Unterlippe.

Michi schien sich nicht besonders wohlzufühlen. Seine Hände steckten lässig in den Hosentaschen, doch es war ihm ins Gesicht geschrieben, dass etwas nicht stimmte. Draußen vor dem Fenster zogen graue Wolken über den Chiemsee. Dunkel zeichneten sich die Umrisse der Segelbootmasten im Nebel ab.

»Ist alles okay?«, fragte ich schließlich.

Mit einem Lächeln griff er nach meiner Hand. Und diesmal kam es von innen. »Entschuldige, ich war nur überrascht. Dein Vater und ich, wir … verstehen uns nicht besonders.«

»Das hab ich mitbekommen.« Ich sah ihn an, nachdenklich und ernst, wagte einen Schritt und trat direkt zu ihm. Nur wenige Zentimeter trennten mein Gesicht von seinem. Seine Haare wirkten dunkler als sonst, und obenauf funkelten feine Regentropfen. Auch wenn ich in diesem Moment nichts lieber getan hätte, als mich einfach an ihn zu schmiegen, hakte ich nach: »Magst du erzählen?«

Sein schiefes Grinsen war wieder da. Unbemerkt und leise hatte es sich zurück in seine Mundwinkel geschlichen. »Eigentlich hatte ich andere Pläne für uns.«

Mein Herz schlug schneller, ein Hauch seines Aftershaves drang zu mir, als ich lächelnd zu ihm aufsah, direkt in seine dunklen Augen. »Ach ja?«

»Wir könnten ein bisschen quatschen, ein bisschen auf den regnerischen Chiemsee rausgucken und ...« Sein Blick blieb auf meinen Lippen haften. »... was uns sonst noch so einfällt.«

»Klingt gut.« Eine ganze Menge anderer Dinge würde mir einfallen, da war ich sicher. Aber zuerst ... »Was hältst du davon, gemeinsam zu backen?«

»Bin dabei. Vorschläge?«

Ich trat zum Vorratsschrank und warf einen kritischen Blick hinein. »Vorrätig habe ich Mehl, Öl, Äpfel – und wenn ich nicht irre, dann findet sich im Kühlschrank noch eine Sahne. Das klingt verdächtig nach ...«

»Apfelstrudel.« Er strahlte.

Ich erinnerte mich noch gut daran, wie sehr er Opas Strudel genossen hatte. »So gut wie Opas Strudel wird meiner nicht, aber ...«

Aufmunternd nickte er mir zu. »Der wird gigantisch, ganz bestimmt.«

»Opa hat eine geheime Zutat, die er niemandem verrät.«

»Wir auch.« Er zwinkerte mir zu, und legte eine Hand sanft auf meine Schulter. »Eine gute Prise Liebe ist nie verkehrt. Das hat meine Großmutter oft gesagt.«

Ich fasste nach seiner Hand und zog Michi mit mir, quer durch die kleine Küche. Die Leuchtröhre über der Arbeitsplatte tauchte den Raum in ein goldenes Licht. Mit der freien Hand öffnete ich die Tür des Hängeschranks, stellte mich auf die Zehenspitzen und angelte nach der Waage. Die stand nicht ohne Absicht immer im obersten Fach, schließlich backte Opa aus dem Handgelenk. *Rezepte und Grammangaben sind was für Anfänger*, so hatte er es mir seit frühester Kindheit eingeschärft. Als ich die Waage gekauft hatte, war sie deshalb sofort im obersten Fach verschwunden – mit einem warnenden Blick von Opa.

Tatsächlich hatte ich es nie gewagt, sie vor Opas Augen aus dem Schrank zu holen. Die meisten Rezepte gelangen mir auch ohne Waage, doch ich wollte auf Nummer sicher gehen, wenn das Resultat für Cafégäste oder lieben Besuch bestimmt war. Ich streckte mich, meine Fingerspitzen erhaschten eine Kante, doch zu fassen bekam ich sie nicht.

»Ich hebe sie dir runter.« Michi fasste an mir vorbei, sein Bauch berührte für einen Moment meinen Rücken – und als ich über die Schulter sah, war ich ihm so nah, dass ich seinen Atem an meiner Wange spürte. Mein Bauch kribbelte.

»Danke.« Wie ferngesteuert holte ich das Mehl aus dem Schrank, außerdem Rührschüssel und Knethaken.

Michi nahm mir die Tüte ab. »Wie viel?«

»Zweihundertfünfzig.«

Mit jedem Löffel Mehl, den er in die Schüssel warf, wanderte die Nadel ein Stückchen weiter. Währenddessen erwärmte ich das Wasser im Kocher und genoss es, Michi zu beobachten. Beinahe liebevoll gab er Löffel um Löffel hinzu, wog genau ab und fegte abschließend den feinen Mehlstaub von der Arbeitsfläche. Seine Hingabe rührte mich.

»Vier Esslöffel Öl, eine Prise Salz, hundertfünfundzwanzig Milliliter warmes Wasser …«, murmelte ich vor mich hin.

Michi nahm mir den Öllöffel aus den Händen, sein Lächeln ließ mein Herz lauter klopfen. Ein paar Herzschläge später hatte er die Zutaten bereits vermengt.

»Den Knethaken lassen wir ruhig eine Weile arbeiten, das tut dem Teig gut.«

Michi und ich tauschten ein Lächeln. Meine Hand fand die seine, sanft streichelte er über meinen Handrücken. Dann blickten wir gebannt in die Schüssel und beobachteten den Teig, der hin und her geknetet wurde, herumwirbelte und seine Form veränderte, von einer Seite zur anderen geschleudert wurde, um sich gleich danach zusammendrücken zu lassen und mit jeder Umkreisung ebenmäßiger und elastischer zu werden.

»Meiner Oma durfte ich immer beim Backen zusehen«, erzählte Michi leise. Ein wehmütiges Lächeln schlich sich auf sein Gesicht. »Als ich klein war, hat sie mich auf ihre Arbeitsplatte gehoben. Dann durfte ich den Teig für Apfelkücherl rühren, Hefeteig mit einem Geschirrtuch zudecken oder die Brotlaibe mit einem nassen stumpfen Messer einritzen.«

Ich musste lächeln. Die Vorstellung vom kleinen Michi, der seiner Oma begeistert beim Backen half, gefiel mir. Mein Opa hatte mich in jungen Jahren auch oft mit in die Küche genommen. Mir den ohnehin schon perfekten Teig zum Kneten gegeben und mich dafür gelobt, als hätte ich Stunden geknetet anstatt Sekunden.

Gedankenverloren sahen wir dem Strudelteig zu, der unermüdlich seine Kreise zog.

»Sieht gut aus«, meinte ich irgendwann.

Ein Glitzern lag in Michis Blick. »Ich liebe das Gefühl von

Teig in der Hand. Er ist so unglaublich weich, so wunderschön anzufassen.«

»Gell?« Ich strahlte, als ich den Teig aus der Schüssel hob und ihn Michi in die Hand legte.

Wir wickelten den Teig ein, stellten ihn warm und schälten die Äpfel. Natürlich nicht, ohne die Schalen mit heißem Wasser aufzugießen.

»Machst du das immer?« Michi schaute in die dampfende Schüssel, deren Flüssigkeit sich langsam rosa färbte.

»Bei uns wird nichts weggeworfen.«

Er sah mich anerkennend an. »Das gefällt mir.«

Mit einem Schmunzeln verfrachtete ich die Teigschüssel zurück auf die Arbeitsplatte. Damit war ich aufgewachsen. Seit Generationen wuchs immer Obst zuhauf in unserem Garten. Opa nannte ihn deshalb liebevoll den Garten Eden. Äpfel, Zwetschgen, Birnen, Kirschen, Beeren aller Art. In so manchem Jahr bogen sich die Zweige unter den Früchten, doch ab und an gab es einen kalten Frühling. Die Eisheiligen trafen dann mit den Tagen der Blüte zusammen, und die Ernte fiel mager aus. So lernte man, für jede Frucht dankbar zu sein, die der Baum hervorbrachte.

»Dann verarbeitet ihr ausnahmslos alle Früchte, die in eurem Garten wachsen?« In Michis Blick lag echtes Interesse, ja sogar eine gewisse Bewunderung.

Ich nickte. Gedankenverloren knetete ich den Teig. »Wir essen sie roh, gekocht, zaubern Kuchen und andere Gerichte. Und was wir übrig haben, wird in großen Vorratsgläsern eingeweckt.«

Diese Einstellung hatte Opa aufs ganze Leben übertragen. Schon von Kindesbeinen an hatte er mir eingeschärft, für jede frohe Stunde dankbar zu sein. *Magere Jahre kommen unerwartet*, hatte er immer gesagt, *da braucht man eine Vorrats-*

kammer voller Erinnerungen, um davon zehren zu können – so lange, bis bessere Zeiten anbrechen.

»Und, was sagst du?« Ich hielt Michi den Teig hin und musterte ihn aufmerksam.

»Er ist perfekt.« Probeweise legte er den Teig über die Handflächen. Innerhalb von Sekunden hatte er ihn ausgezogen, immer dünner und feiner wurde er – bis ich die Farbe seiner Hände durchscheinen sah.

»Wo hast du das gelernt?«, fragte ich erstaunt. Ohne darüber nachzudenken, legte ich ein sauberes Geschirrtuch bereit, verteilte etwas Mehl darauf und schob es ihm hin.

»Meine Oma war eine grandiose Lehrmeisterin.« Beim Gedanken an sie flog ein Lächeln über sein Gesicht. Er wirkte routiniert, legte den Strudelteig ab und goss ein wenig Sahne darüber, während ich Butter in einem Topf erhitzte und in einem anderen Zucker karamellisierte.

»Du wirkst wie ein Profi!«

Gemeinsam mischten wir die Apfelstücke mit dem Karamell, ließen sie ein wenig weiterkochen und verteilten die Füllung anschließend auf dem vorbereiteten Teig.

»Na ja, fairerweise muss ich sagen, dass dein Rezept es mir sehr leicht macht.«

»Trotzdem …« Ich schüttelte beeindruckt den Kopf. Selbst in Konditorkreisen hatte ich selten jemanden gesehen, der es in dieser Geschwindigkeit schaffte, einen Strudelteig so dünn auszuziehen, ohne Löcher darin zu hinterlassen.

»Und jetzt … kommt das gewisse Extra.« Er zwinkerte mir zu und schraubte das kleine Gläschen auf, in dem Opa unseren Ceylonzimt lagerte. Konzentriert klopfte er auf den Boden, bis eine hauchdünne Wolke Zimt hervorstob.

»Ein Herz!« Zufrieden lächelte ich ihn an. »Jetzt schmeckt es bestimmt noch so viel besser.«

»Natürlich tut es das.«

Er rollte den Strudel in Form, ich bepinselte ihn mit zerlassener Butter und stellte die Eieruhr, dann schob Michi den Strudel in den Ofen.

Das leise Gebläse der Umluft füllte für einen Moment die Stille. Warme Luft strömte heraus. Die ohnehin schon sommerlich warme Küche schien noch ein paar Grad wärmer zu werden.

Mit einem Scheppern schloss ich die Ofentür. »Eigentlich bräuchten wir jetzt noch einen zweiten Strudel zum Vergleich. Da malen wir eine Sonne rein und schauen, ob es anders schmeckt.«

»Vertraust du mir nicht?« Wieder grinste er mich schief an, frech und trotzdem herzerwärmend echt. Sein linker Arm legte sich um meine Schultern, sein rechter fasste nach meiner Hand.

Zusammen hockten wir uns so auf die Fliesen und starrten in den hell erleuchteten Ofen, in dem sich der Apfelstrudel langsam erwärmte. Bald schon würde sich seine Oberfläche golden färben, die austretende Sahne zu blubbern beginnen und ein herrlicher Duft durch die Küche strömen.

»Hast du's bequem?«, fragte Michi mit tiefer Stimme.

Ich lächelte. Mein Knie lehnte an seinem, meine Schulter lag an seiner Brust, und auf dem Rücken spürte ich seinen Arm, der mich sanft zu sich zog. Für eine Umarmung wie diese hätte ich notfalls auch einen Apfelstrudel anbrennen lassen. »Habe mich nie besser gefühlt.«

»Du hast da Mehl in den Haaren«, sagte er leise und strich mir übers Haar.

Dass Michi eine Ausrede brauchte, um mir näher zu kommen, hatte ich ihm gar nicht zugetraut. »So?«, antwortete ich nur grinsend. »Wo denn?«

»Hier.« Sanft verstrubbelte er mein Haar – und prompt fand ich mich in einer Mehlwolke wieder.

Ich hustete, und er musste lachen.

Seine Augen blitzten spitzbübisch. »Entschuldige, Anne, das wollte ich nicht.«

Sanft berührte er meine Wange, strich über mein Gesicht, um den feinen Mehlstaub fortzuwischen, der sich auf meine Haut gelegt hatte. Seine Finger folgten den Konturen meiner Nase, fuhren vorsichtig unterhalb der Augen entlang und verweilten für einen Augenblick an meiner Wange. Ein Schatten legte sich über seine Augen – nur für die Dauer eines Wimpernschlags. Kurz setzte er an, um etwas zu sagen, doch dann sah er mich einfach nur an und schwieg. Sein schiefes Lächeln schien wie eine Einladung … die ich natürlich niemals ausschlagen würde.

»Schön, dass du bei mir bist«, flüsterte ich und lehnte mich vor.

Meine Lippen suchten die seinen, warm und weich trafen sie aufeinander. In mir zündete ein Feuerwerk, Glücksgefühle durchströmten mich. Mein Herz klopfte so laut, dass ich glaubte, Michi könne die Vibration auf meinen Lippen spüren.

Draußen prasselte Regen auf das Fensterbrett, zusammen mit dem sanften Umluftgebläse des Ofens spielten sie den Soundtrack unseres ersten Kusses. Mein Herz gab den Beat vor, wir folgten seinem Rhythmus – und unsere Lippen schienen einander zu führen wie bei einem wunderschönen Tanz. Michi knabberte sanft an meiner Unterlippe, seine Linke schob sich meinen Nacken hinauf, grub sich in meine Haare. Seine Rechte schlang sich um meine Hüfte und zog mich an ihn. Wenn ich nicht ab und zu hätte Luft holen müssen, dann hätte dieser Kuss eine Ewigkeit dauern dürfen.

Viel zu früh drang der Duft des Apfelstrudels an meine Nase. Eigentlich hätte ich ihn längst mit heißer Milch aufgießen müssen, doch ich wollte den Zauber des Moments nicht zerstören.

Und selbst wenn der Fußboden unbequem war – ich hätte mir nichts Schöneres vorstellen können, als hier mit Michi auf dem Boden zu sitzen und ihn zu küssen.

Glücklich schmiegte ich mich an ihn, ließ mich in eine enge Umarmung ziehen, roch seinen herben Duft und spürte den Küssen nach. Seine Haut auf meiner – seine Lippen, die meine erkundeten. Und ich wusste genau: Damit würden wir erst aufhören, wenn mein Vater nach Hause käme.

Kapitel 17

»Wie lang?!«, fragte Julie entsetzt, als sie sich auf den Korbsessel neben mir fallen ließ.

Ich war gerade von einem weiteren Krankenbesuch bei Bärbel zurückgekommen und hatte Julie mit mir gezogen: zum Steg hinunter, wo Opas Café bereits geschlossen war. Balu lag zu unseren Füßen und schlief. In Decken gekuschelt und mit Keksen versorgt blickten wir auf das Wasser hinaus, in dem sich die tief stehende Sonne spiegelte. Die Wolken hatten sich verzogen, nur der kühle Wind erinnerte noch an den Sommerregen des letzten Tages.

»Fast drei Stunden.« Ich schob mir die Sonnenbrille auf die Nase und lächelte.

»Ihr seid des Wahnsinns!« Lachend schüttelte sie den Kopf und lehnte sich zurück. »Vermutlich hast du ihn heute länger geküsst als ich meinen Freund während all der Jahre, die wir zusammen waren!«

»Aber schön war's«, murmelte ich.

»Na ja.« Skeptisch schielte sie auf meinen Mund. »Nicht dass du noch Abnutzungserscheinungen bekommst. Autoreifen muss man ja nach einer bestimmten Kilometerzahl auch mal austauschen.«

Mir rutschte ein lautes Lachen heraus. »Witzbold.«

Ein leises, hohes Bellen ertönte unter meinem Stuhl. Ich

schielte hinunter. Dort lag Balu, die Pfoten weit von sich gestreckt, und schlief. Ab und zu zuckten sie, als liefe er in winzig kleinen, flinken Schritten durch die Luft. Seine Atmung ging schnell, gelegentlich wuffte er leise. »Vermutlich träumt er gerade vom Toben durch das seichte Wasser am Chiemseeufer«, sagte ich und fing Julies Blick auf.

»Und?«, flüsterte sie und zwinkerte mir zu. »Ist Michi wenigstens ein guter Küsser?«

Ich grinste nur. Was glaubte sie denn? Dass ich drei Stunden mit jemandem knutschte, der schlecht küssen konnte?

»Und … du magst ihn?« Ihr Blick war kurz und unauffällig. Auffallend unauffällig.

»Wie meinst du das?«

»Na ja.« Sie zögerte einen Moment und sah einem Segelboot nach, das gerade von einem vorbeifahrenden Chiemseedampfer heftig ins Schaukeln gebracht wurde. »Magst du ihn genug, um alle Konflikte durchzustehen, die da noch kommen?«

»Mit Konflikten meinst du meinen Vater?«

»Auch.« Seufzend wälzte sie sich in ihrem Liegestuhl auf die Seite. »Ich habe Michis Blick gesehen, Anne, als ihm klar geworden ist, dass du zur Familie Spötzl gehörst. Da kommen Probleme auf euch zu.«

Nachdenklich sah ich sie an. Natürlich war mir das nicht entgangen. Aber näher darüber nachgedacht hatte ich ehrlich gesagt nicht, schließlich hatten Michi und ich uns doch erst kennengelernt. Er sah gut aus, ja, und ich mochte seine sensible Art, über Dinge und Menschen nachzudenken. Seine Ideen, sein großes Herz, seine Welteinstellung. Irgendetwas berührte er in mir. Trotzdem hatte ich nach so kurzer Zeit nicht vor, ihn meiner Familie vorzustellen. Gut, Opa vielleicht. Aber Opa stand – wie vermutlich alle Großeltern – auf einem anderen Blatt.

»Ich … will dir nichts vermiesen.« Sie seufzte, als sie sich auf einen Ellenbogen stützte. »Aber früher oder später wird er mit deinem Vater zusammentreffen. Und dann musst du bereit sein, ihn zu verteidigen.«

»Das bin ich.« Hatte ich das nicht ohnehin schon getan? Natürlich redete man bei meinem Vater gegen eine Wand, doch ich hatte von Anfang an versucht, mich abzugrenzen, wenn es um Michi ging.

»Alles andere wäre unfair.« Ihr Gesichtsausdruck war unverändert ernst, eine kleine Falte grub sich zwischen ihre säuberlich gezupften Augenbrauen.

Im Grunde sollte es mich nicht wundern, dass Julie warnende Worte fand. Schließlich hatte sie selbst etliche Konflikte mit Lukas' Familie erlebt und sehr darunter gelitten. Die Szenen mit Julies Schwiegermutter waren mir noch in lebhafter Erinnerung. Als hätte sie mich anstatt Julie mit haltlosen Anschuldigungen überschüttet, schließlich als Flittchen beschimpft und am Ende noch gedroht, die Beziehung Stück für Stück zu zerstören. »Natürlich werde ich ihn nicht so hängen lassen wie Lukas dich«, sagte ich leise. »Ich weiß doch, wie weh dir das getan hat.«

Julie starrte über den See, in Richtung Schloss Herrenchiemsee. »Es hat lange gedauert, bis ich ihm wieder vertraut habe. Selbst später – zu der Zeit, als er begann, mich gegen meine Schwiegermutter zu verteidigen.«

»Du hast dich damals im Stich gelassen gefühlt.«

Kerzengrade richtete sie sich in ihrem Stuhl auf. »Von dem Menschen, der eigentlich immer an meiner Seite stehen sollte.«

Mitfühlend sah ich sie an.

»Weißt du noch, Anne, was sie mir alles vorgeworfen hat? Am abstrusesten war die Idee, ich würde durch fremde Betten hüpfen. Wie hätte ich das überhaupt schaffen sollen? Schließlich waren Lukas und ich fast rund um die Uhr zusammen.« Ein trauriges Lächeln kämpfte sich auf ihr Gesicht.

»Ausgerechnet du!« Ich schüttelte den Kopf. »So ein Blödsinn.«

Julie schluckte schwer. »Und ich habe mich gewehrt – was Lukas nicht gepasst hat. Ich weiß, ich habe dir oft am Telefon davon erzählt. Aber das musst du dir mal vorstellen, Anne. Ihre Beleidigungen waren in Ordnung – dass ich ihr daraufhin die Meinung sage, nicht.«

»Das ging doch noch eine Weile so weiter, oder?« Angestrengt runzelte ich die Stirn, als ich mich an die Zeit nach dem großen Knall zu erinnern versuchte.

»Ja.« Julie seufzte. »Sie hat ihn immer wieder manipuliert, ihm Dinge erzählt, die ich angeblich getan oder gesagt hätte. Ihm am Ende sogar weismachen wollen, ich hätte mir all das ausgedacht und sie hätte nie ein böses Wort zu mir gesagt. Irgendwann hat er nicht mehr gewusst, wem er glauben sollte. Er saß zwischen den Stühlen und konnte nicht verstehen, dass seine Mutter in der Lage ist, so perfide zu handeln. Wer glaubt auch, dass seine eigene Mutter zu so etwas fähig wäre!«

»Das stimmt.« Ich nickte. Einmal hatte ich mich spontan in den Zug gesetzt und war zu ihr nach Hamburg gefahren, um ihr beizustehen. Als sie mir in einem Café ihr Herz ausgeschüttet hatte, konnte ich damals nur kopfschüttelnd zuhören. Noch heute hätte ich ihm dafür am liebsten nachträglich mein Nudelholz überziehen wollen. Ich hatte nie verstanden, wie sie Lukas nach dieser Zeit überhaupt noch lieben konnte.

»Er hat es nicht böse gemeint, er war einfach überfordert«, meinte Julie, als hätte sie meine Gedanken gelesen. »Wem glaubst du, wenn deine Mutter etwas anderes sagt als deine Partnerin?«

»Schwierig«, gab ich zu.

»War es.« Julie nickte. »Und diese Enttäuschung bleibt lange. Vor allem, weil die Manipulationsversuche nicht aufgehört haben. Es gab immer wieder Momente, in denen er wirklich dachte, seine Mutter sagt die Wahrheit.«

Ich nickte. »Steter Tropfen und so …«

»Exakt.« Julie atmete tief durch. Ich konnte fühlen, dass es sie nach wie vor belastete. »Bei mir hat es lange gedauert, bis ich mich wieder sicher gefühlt habe in der Partnerschaft. Bis ich wusste: Er wird zu mir halten. Egal, welche Gemeinheiten sich seine Mutter ausdenkt.«

Julie hatte ein besonders schwieriges Exemplar Schwiegermutter erwischt. Die waren vielleicht ohnehin eine ganz eigene Spezies, die natürlichen Feinde junger Paare, wie Opa manchmal sagte. Und wer sich ein solches Exemplar unbedarft zulegte, dem blieb nichts anderes übrig, als die Konsequenzen daraus zu ziehen. Wie hatte Opa immer gesagt? Wer sich eine Schwiegermutter halten will, sollte einen Waffenschein vorweisen können.

»Was hatte sie eigentlich gegen dich?«

Julie zuckte die Schultern. »Angst, den Sohn zu verlieren, vielleicht? Ich weiß es nicht.«

Ich seufzte. Julie hatte viel Energie in die Beziehung investiert, dazu musste man tatsächlich erst mal überhaupt bereit sein.

»Konflikt für Konflikt sind wir uns nähergekommen. Wir kennen jeden Winkel im Herzen des anderen«, erwiderte Julie und seufzte tief. »Auch die dunklen Ecken.«

Eine schöne Vorstellung. Etwas Vergleichbares hatte ich selbst bisher nicht erlebt. Und nun war die Beziehung doch zerbrochen. Scheiterte an grundlosen kleinen Streitereien, nachdem sie gemeinsam so viel durchgestanden hatten.

Julie drehte sich zu mir um und tastete nach meiner Hand, die ich unter der leichten Sommerdecke vergraben hatte. »Du bist mir nicht böse, ja?«

»Weswegen denn! Julie!«

»Na ja.« Unsicher lächelte sie mich an. »Eigentlich bin ich die Letzte, die immer mit erhobenem Zeigefinger dasteht. Aber ich kenne die andere Seite. Ich weiß, wie es ist, wenn Angriffe von den Schwiegereltern kommen.«

»Im Gegenteil, ich bin dir sogar sehr dankbar. Michi möchte ich das nicht antun. Gerade jetzt, wo alles so neu und frisch ist …«

»Weißt du, Lukas ist kein schlechter Mensch. Er war nur nicht darauf vorbereitet. Deshalb ist es umso besser, wenn du gewappnet bist und dir von Anfang an darüber im Klaren bist, wie du reagierst. Dir und Michi soll nicht dasselbe passieren.«

»Danke dir.« Unauffällig musterte ich sie von der Seite. »Denkst du, ihr habt deshalb in letzter Zeit so viel gestritten, Lukas und du?«

»Nein. Das Thema war schon vom Tisch. Komplett. Mittlerweile hat er seine Mutter längst durchschaut. Auch mithilfe seines Vaters, der ihn immer wieder daran erinnert, dass seine Mutter mit allen Leuten zerstritten ist.« Sie zuckte die Schultern. »Das Thema von damals ist durch. Nein, wirklich. Ich weiß auch nicht, was da in letzter Zeit mit uns los war.«

Seit sie in Prien angekommen war, hatte Julie kaum von Lukas gesprochen. Aufmerksam sah ich sie an. »Apropos, wie war dein Telefonat mit Lukas?«

»Überraschend schön.« Ein Lächeln huschte über ihr Gesicht. »Wir haben viel gelacht.«

Erstaunt blinzelte ich. In ihren Augen lag ein Schimmer, den ich schon so lange vermisst hatte.

Sie nickte. »Fast zwei Stunden haben wir telefoniert. Haben uns erzählt, was wir in der Zwischenzeit erlebt haben …«

»Dass du plötzlich einen Hund hast?«

»Das auch.« Julie beugte sich zu dem schlafenden Balu hinab, um ihm sanft über das kuschelige Welpenfell zu streicheln. »Lukas ist allein von meinen Erzählungen schon ganz verliebt in Balu.«

»Es freut mich total, dass du so glücklich aussiehst«, sagte ich und meinte es genau so. Vermutlich hätte ich ihr das Telefonat mit Lukas auszureden versucht, wenn ich nicht so aufgeregt wegen meines Treffens mit Michi gewesen wäre. Eigentlich hatte ich erwartet, dass es ihr auf die Stimmung schlagen würde. Dass ein böses Wort fiel oder ein peinliches Schweigen entstand. Doch nichts von alledem war geschehen. Julie schien zu neuem Leben erblüht zu sein.

»Ich vermisse ihn«, gab sie leise zu. Sie sah zu einem Tretboot hinüber, von dem ein paar Kinder kreischend und lachend in den See sprangen. Das Wasser spritzte nach allen Seiten, das Boot schwankte heftig. »Plötzlich habe ich wieder Gefühle für Lukas. Es fühlt sich gut an, aber ich traue dem Ganzen noch nicht …«

»Dann hat euch das Telefonat wirklich gutgetan.«

»Eigentlich vermisse ich ihn schon länger. Immer wieder habe ich mir schon überlegt, ihn anzurufen, es aber doch nie getan.«

»Erst gestern.«

Sie nickte. »In meinem Kopf ging das alles nicht so ganz zusammen, weißt du? Dass ich ihn zum Teufel gewünscht habe, als wir zusammen waren. Und ihn dann plötzlich so vermisse.«

»Kann ich mir vorstellen«, meinte ich, fasste nach ihrer Hand und drückte sie fest. »Die Frage ist jetzt: Welches Gefühl ist stabiler?«

»Dazu müsste ich erst einmal abwarten, wie lange die Euphorie anhält.« Sie lächelte. »Aber das macht es etwas unromantisch, oder?«

»Liebe ist eben so«, meinte ich und kuschelte mich tiefer in die Decke. »Opa hat mal gesagt: Man muss sich ohne Nachdenken und ohne Schwimmflügel hineinstürzen. Sonst wird man nie wissen, ob sie trägt.«

»Das Bild gefällt mir. Vielleicht sollte ich es noch mal probieren. Aber du weißt ja, beim zweiten Mal ist man vorsichtiger. Ich habe einfach Angst, Anne.«

»Verstehe ich.« Ich drückte ihre Hand ein wenig fester.

Ein paar Tränen glitzerten in ihren Augen. Sie sank noch tiefer in die Decke und pustete sich eine Haarsträhne aus der Stirn, die ihr der kühle Abendwind ins Gesicht geblasen hatte. »Ich habe einfach Angst, dass es nach einiger Zeit wieder von vorne losgeht mit Streit und bösen Worten.«

»Vielleicht hilft es dir ja, darüber nachzudenken, wieso du ihn plötzlich wieder vermisst? Das ist doch bestimmt keine Laune, Julie.«

»Ich weiß nicht.« Mit einem Schulterzucken fischte sie in ihrer Tasche nach einer Wasserflasche und nahm einen großen Schluck. »Getreu dem Motto: Miteinander können wir nicht, aber ohneeinander auch nicht?«

»Mh.« Kurz schloss ich die Augen und überlegte. Bestimmt gab es das. Menschen, die ihren Partner nur dann attraktiv und begehrenswert fanden, wenn sie sich gerade gegen ihn entschieden hatten. Aber war es wirklich so einfach?

»Andererseits … Als er vor drei, vier Wochen Besuch von seiner Ex-Freundin hatte, mit der er sich noch gut versteht, hat das nichts bei mir verändert. Ich war nicht einmal eifersüchtig!«

»Vielleicht musstest du einfach mal raus«, meinte ich und musterte sie von der Seite. Julie hatte Farbe bekommen. Ihre Haut war leicht gebräunt, ihre Wangen sahen gesund und rosig aus. Und in ihrem Blick lag etwas Lebendiges, das ich bei ihrer Ankunft vermisst hatte, als sie dünn und übermüdet in Prien angekommen war. »Der Ausflug hierher hat dich verändert.« Unauffällig warf ich einen Blick auf ihre Schuhe, die einige Schlammspritzer von Balu abbekommen hatten. Doch Julie – die früher schon bei einer Laufmasche nervös geworden wäre – schien sich daran nicht im Geringsten zu stören.

Prompt setzte sie sich auf. »Merkst du das auch?«

Ich lachte. »Natürlich.«

»Seit ich hier bin, fühle ich mich so ... ganz. Als hätte vorher ein Puzzlestück gefehlt.«

»Ein felliges Puzzlestück?«, fragte ich grinsend und schielte zu Balu, der sich im Schlaf genüsslich ausstreckte. Sein Kopf suchte nach einer Position und blieb schließlich in einem recht unbequem aussehenden Neunzig-Grad-Winkel liegen, überstreckt an den Liegestuhl gelehnt. Es sah zu süß aus.

»Exakt.« Sie lachte und steckte sich einen Keks in den Mund. »Es war immer mein Traum, einen Hund zu haben. Balu macht mich sehr glücklich. Und die vielen Ausflüge! Cafébesuche! Ich weiß schon gar nicht mehr, wann ich in Hamburg das letzte Mal in einem Café gewesen bin. Lukas hasst das ja, der wäre nie mitgekommen.«

Nachdenklich betrachtete ich sie. »Kann es sein, dass du Lukas zuliebe so einiges aufgegeben hast, was dir guttut?«

Einen Moment hielt sie inne, biss ein Stück Keks ab und kaute. »Könnte sein. Eigentlich habe ich seit Beginn der

Beziehung kaum noch irgendetwas gemacht, was Lukas nicht mochte. Wir waren ja meistens zu zweit unterwegs.«

»Es ist wichtig, sich gegenseitig Luft zum Leben zu lassen, oder nicht?«, sagte ich leise.

»Das ist es!« Lächelnd leckte sich Julie ein paar Keksbrösel aus dem Mundwinkel. »Ich habe mich eingeengt gefühlt. Wenn ich darauf achte, meine Wünsche ernster zu nehmen ... Denkst du, es könnte doch noch gut werden mit Lukas und mir?«

»Wenn er dir die Freiheit lässt, deine eigenen Träume zu leben, garantiert.«

»Hach!« Julie griff in die Keksdose und nahm eine Handvoll Kekse heraus. »Weißt du was, Anne? Jetzt fühle ich mich richtig gut. Wir wollten einfach zu schnell zu viel.«

»Das kann gut sein.« Lächelnd klopfte ich ihr auf die Schulter.

Kauend hob sie das Gesicht in Richtung Sonne. »Und ich dachte wirklich, unsere Liebe ist kaputt. So wie ein kaputtes Auto.«

»Stattdessen musstest du nur merken, dass ihr einen zu hohen Gang eingestellt hattet. Kein Wunder, dass euch der Motor bergauf absäuft!«

Julie seufzte zufrieden. »Jetzt bin ich hundertprozentig sicher, dass wir es noch einmal versuchen sollten. Das Glück ist noch in Reichweite, ich spüre es.«

Kapitel 18

Aus dem warmen Sonnenschein trat ich in das kühle Treppenhaus. Ein paar Grünlilien streckten sich dem spärlichen Licht entgegen, das durch die klobigen Glassteine fiel. Mit jeder Treppenstufe klopfte mein Herz lauter. Als Michi mir gestern zum Abschied seine Adresse zugesteckt hatte, war ein zartes, zurückhaltendes Glücksgefühl in mir aufgestiegen. Wenn Michi mich in seine Wohnung einlud, schien er mich inzwischen näher an sich heranzulassen.

Gedämpft drang das Schellen der Glocke an mein Ohr, als ich die Klingel drückte. Michis Wohnungstür glich all den anderen. Dunkles Holz, ein kleiner Spion an der Tür und ein Namensschild rechts neben dem Türstock. Auf dem Boden lag ein sauber gesaugter Fußabstreifer mit der Aufschrift: *Schokolade ist Gottes Entschuldigung für Brokkoli.* Ich musste grinsen. Vor der Wohnung gegenüber standen etliche Kinderschuhe, von drinnen hörte ich ausgelassenes Quietschen.

»Hey.« Mit einem schiefen Grinsen öffnete Michi mir die Tür und schob eine Hand in die Hosentasche. Der Duft von Gebäck, Schokolade und frischem Teig strömte mir entgegen. »Schön, dass du da bist.«

»Hey«, gab ich zurück. Lächelnd ließ ich mich in eine Umarmung ziehen, roch den Duft seines Aftershaves und legte meine Wange an seine. Er war frisch rasiert – und doch liebte ich das Gefühl seiner feinen Bartstoppeln auf meiner Haut.

Er gab mir einen flüchtigen, zärtlichen Kuss, dann fasste er nach meiner Hand und zog mich mit sich in die Wohnung. »Komm rein.«

Ich war beeindruckt: lichtdurchflutete Räume, heller Holzboden, strahlend weiße Wände und wenig Möbel. Michis Zweizimmerwohnung wirkte geräumiger, als sie eigentlich war. Ein unaufdringlicher Holztisch und ein kuschelweicher Teppich in Naturweiß dominierten das Wohnzimmer. Die Bezüge der Polstermöbel waren in einem schlichten Dunkelbraun gehalten, passende Vorhänge rahmten die großen Fenster. Beigefarbene Kissen mit dem Schriftzug *Happy* zierten jeden Sessel, und neben dem Fernseher wuchs ein Elefantenfuß dem Licht entgegen.

»Hübsch hast du's hier.« Anerkennend nickte ich ihm zu. Wenn ich ehrlich war, hatte ich mit weit weniger harmonischer Einrichtung gerechnet. In meiner Vorstellung war Michi ein sensibler, kreativer Chaot – mit einer unordentlichen Wohnung. Wobei, vielleicht war er das sogar. Wer wusste schon, wie die Wohnung noch vor ein paar Stunden ausgesehen hatte? Ich zwinkerte ihm zu. »In welchen Schrank hast du das ganze Chaos reingestopft?«

»In den da.« Er lachte. »Bitte nicht öffnen. Und falls doch, dann nur mit Fahrradhelm.«

Ich hob eine Augenbraue. »Die Schranktür ist aber nur angelehnt! Vielleicht solltest du im Umkreis von zwei Metern alles mit Flatterband absperren.«

»Nicht nötig.« Mit überlegenem Blick verschränkte er die Arme und flüsterte grinsend: »Sekundenkleber.«

»Ach so.« Mühsam verkniff ich mir ein Lachen, aber dann brach es doch aus mir heraus.

»Nein, im Ernst. Ich besitze nicht vieles, was Chaos stiften könnte.« Michi zuckte die Schultern, er sah sich im Raum um. »Das meiste habe ich verschenkt. Ich hatte so viele Dinge, aber irgendwann hat es mich genervt, dass ich nur einen Bruchteil davon wirklich gebraucht habe. Die Sachen nehmen Platz weg, und man weiß teilweise gar nicht mehr, dass sie noch in irgendeiner Kiste verstauben.«

»Stimmt eigentlich.« Irgendwie fühlte ich mich ertappt.

»Und … mit vielen Dingen sind Ereignisse oder Personen verknüpft. Manchmal tut das gut.« Mit einem tiefen Atemzug hielt er inne. »Manchmal aber auch nicht.«

Nachdenklich sah ich ihn an. Ja, das kannte ich auch. Seit Jahren schon lagen da diese zwei längst abgelaufenen Eintrittskarten für ein Mystery-Dinner, die mir Opa als Jugendliche geschenkt hatte. Jedes Mal, wenn ich die Schublade aufzog, erinnerte ich mich daran, wie Papa eine Schulfreundin und mich auf dem Weg dorthin noch abgefangen hatte. Eine Veranstaltung, die bis dreiundzwanzig Uhr dauere, sei nichts für Sechzehnjährige, hatte er gesagt. Eigentlich war das zum Sinnbild für unsere Vater-Tochter-Beziehung geworden, in der ich kaum etwas zu entscheiden hatte …

Michi wies auf die Couch. »Setz dich, Anne. Was möchtest du trinken? Kaffee? Tee? Schorle?«

»Irgendeine Schorle wäre toll. Was auch immer du hast.« Während Michi in der Küche verschwand, nutzte ich die Zeit, mich genauer im Raum umzusehen.

Er hatte wirklich auffallend wenig Deko. Nur zwei Porzellanvögel zierten das Regal, und auf der Kommode stand ein schlichtes Schmuckkästchen aus Kirschbaumholz.

»Du hast dieselbe Schatulle wie Andi!«, rief ich, als ich die Ähnlichkeit erkannte. »Die gab's vor ein paar Jahren bei der Schreinerei Liebl, stimmt's?«

»Stimmt genau!«, schallte es zurück.

»Und?« Mit einem Lächeln in der Stimme wagte ich mich weiter vor. »Was ist da drin? Oder ist es geheim?«

»Erinnerungen sind da drin.« Sein Lachen mischte sich mit dem Klirren von Gläsern. »Aber davon reden wir besser ein andermal.«

Mein Blick schweifte weiter durch den Raum. An den Wänden hingen bemalte Leinwände, offenbar hatte er sie von Freunden bekommen. *Für Michi* stand klein in der rechten Ecke eines jeden Bildes. Ein ganzer Stapel Grußkarten steckte im hinteren Teil des Zeitungsständers, eingeklemmt zwischen Holz und Zeitungen. Auch ein Päckchen selbst gebackener Kekse war dabei. Kekse – in Elefantenform.

»Bitte schön, die Dame.« Mit einem Schmunzeln stellte Michi ein Tablett mit zwei Gläsern vor uns ab, er hatte sich ein Geschirrtuch über den Unterarm geworfen, die linke Hand hielt er hinter dem Rücken.

»Oh, das sieht aber genial aus.« Tiefrotes Magenta, ein paar Eiswürfel und ein kleiner Stängel Pfefferminzblätter strahlten mir entgegen. So liebevoll verziert hatte ich außerhalb eines Restaurants selten ein Getränk erhalten.

»Eine Sauerkirschschorle.« In seinen Augen sah ich einen Funken Stolz aufblitzen, als er sich zu mir auf die Couch setzte. »Habe ich erst vor einem Monat entsaftet, meine Vermieterin hat einen Baum und keine Lust, die Kirschen zu verarbeiten.«

Wir stießen an, die Gläser klirrten leise. Ich kostete einen Schluck und nickte anerkennend. »Mmmmh, Respekt. So ein intensives Aroma hat nur selbst gemachter Kirschsaft.«

»Freut mich, dass er dir schmeckt.« Michi stellte sein Glas ab und hauchte mir einen Kuss auf die Wange.

Zufrieden seufzend kuschelte ich mich an seine Schulter, sein Arm legte sich um meine Taille.

»Ich hab übrigens was für dich.« Die Hand auf meiner Hüfte, streckte er sich umständlich hinüber zum Couchtisch und zog mit Mühe die Schublade auf. »Uff, einen Moment …« In der Bewegung rutschte sein T-Shirt höher, kurz erhaschte ich einen Blick auf seinen gebräunten, muskulösen Bauch. Dass Michi beruflich jeden Tag Krav Maga trainierte, sah man ihm an. »Hier ist es.«

»Oh«, machte ich, als er mir einen kleinen roten Boxhandschuh in die Hand drückte. Eine geschwungene, kantige Handschrift aus schwarzem Edding zog sich quer über die Oberfläche.

Kämpfe für deine Träume.

»Ich wünsche dir, dass du weißt, was dir im Leben wichtig ist. Und dass du dafür kämpfst.« Aus dunklen Augen schaute er mich an.

»Danke«, meinte ich leise. Ich musste an die Sicherheitsfirma denken, an Krav Maga und – an Michi, den ich vor meinem Vater beschützen wollte, so gut es mir möglich war. Seit ich ihn kannte, schien es, als hätte er mich wachgerüttelt. Ich spürte meine alten Träume wieder und konnte sie nicht mehr loslassen. Und ihn wollte ich erst recht nicht loslassen. Gedankenverloren drehte ich den Boxhandschuh in den Händen.

»Manchmal ist es leichter, wenn ein Symbol einen ab und zu daran erinnert.«

»Der bekommt einen Ehrenplatz. Ganz sicher.« Ich lächelte ihn breit an und stupste mit meiner Nase gegen seine Wange.

»Du willst also Fachkraft für Schutz und Sicherheit werden, stimmt's?«, fragte Michi. Er drückte meine Hand und strich liebevoll über meinen Handrücken. »Ich habe das Foto in eurer Küche gesehen.«

Überrascht blinzelte ich. »Von meinem Vater und mir?«

Er nickte. »Wo ihr in der Serviceleitstelle sitzt. Wie alt warst du da?«

»Vier, glaube ich.«

»Süß.« Michi lächelte. »War dieser Beruf schon immer dein Traum?«

»Seit ich denken kann.« Seufzend streckte ich die Füße aus und kuschelte mich näher an ihn. »Damals war das alles ein großes Spiel.«

»Die kleine Anne wollte ein Abenteuer«, meinte Michi. Er drückte mir einen Kuss auf die Wange, seine Hand kitzelte auf meinem Bauch.

»Ich wollte keine Prinzessin sein.« Ich grinste. »Sondern diejenige, die den bösen Drachen tötet und die Prinzessin aus ihrem Turm rettet.«

Laut lachte er auf. »Hätte ich dir zugetraut. Für eine Vierjährige war das schon ein verdammt entschlossener Blick.«

»Gell?« Auch ich lachte, drückte meine Nase an seine Wange und sog seinen Duft ein.

»Und heute?«, fragte er. »Wärst du nicht gern eine Prinzessin?«

»Schon eher.« Ich sah ihn grinsend an. »Auf Dornröschen könnten wir uns einigen. Dann könnte ich endlich mal ausschlafen.«

Michi lachte, doch wenig später ging sein Lachen in einem Kuss unter. Seine Lippen auf meinen, kurz, aber zärtlich.

Michis Blick, der darauf folgte, war nicht weniger zärtlich. »Träume sind dazu da, gelebt zu werden«, sagte er leise.

Nachdenklich strich ich mit den Fingern über die glatte Oberfläche des Boxhandschuhs. Der Eddingstrich war seitlich ein wenig verwischt. »Ich möchte Verantwortung für andere übernehmen und für ihre Sicherheit sorgen«, erklärte ich.

»Du wärst eine tolle Sicherheitskraft.«

Ich stemmte mich vom Sofa hoch und sah ihn an. »Woher willst du das wissen?«

»Das sehe ich in deinen Augen.«

Mir ging sein warmer Blick durch und durch, ich konnte gar nicht anders, als wieder in seine Arme zu sinken. Und eigentlich wusste ich ja, dass er recht hatte. Jahrelanges Kampfsporttraining und ein großer Traum waren zumindest die beste Basis, um den Beruf zu ergreifen. Außerdem wusste ich von meinem Vater, wie der Alltag aussah.

»Warum bist du eigentlich Konditorin geworden?«, fragte Michi plötzlich.

»Bequemlichkeit«, meinte ich seufzend. »Es war Opas Traum, dass ich das Café Apfelglück übernehme. Und wer sagt schon Nein, wenn es um Kuchen und frisch gerösteten Kaffee geht?«

Michi nickte. »Backen hat was Sinnliches.«

»Ja, wenn man Zeit hat. Aber in einer Konditorei muss alles schnell gehen. Und das zu einer unmenschlichen Uhrzeit.«

Sein Blick ruhte auf mir.

»Versteh mich nicht falsch«, schob ich schnell hinterher. »Ich liebe es, Torten zu kreieren. Aber eigentlich würde ich das lieber in meiner Freizeit tun. Zu einer Uhrzeit, zu der es mir Spaß macht, und in meinem eigenen Tempo.«

»Dann ist deine Entscheidung schon gefallen?«

Meine Wangen färbten sich rosa, unwillkürlich umfasste ich den Boxhandschuh ein wenig fester. Ich hätte nicht mit meinem Vater und mit Opa gesprochen, wenn es nicht so wäre. Auch wenn ich gerade vor der eigenen Courage zurückschreckte, spürte ich es ganz deutlich. Für mich war es an der Zeit, meinen eigenen Weg zu verfolgen. Lächelnd zuckte ich die Schultern. »Ja.«

Dicht aneinandergeschmiegt lagen wir auf dem Sofa. Meine

Hand fasste nach seiner, unsere Finger verschränkten sich ineinander. Ich genoss es, seine Wärme zu spüren.

»Du schaffst das schon«, flüsterte Michi.

Ich fühlte seinen Atem auf meiner Haut, seine Lippen strichen zärtlich an meiner Wange entlang. Die feinen Härchen meldeten ein zartes Kitzeln, als er sich mit jedem Kuss ein Stückchen meinem Hals näherte. Meine freie Hand grub sich in seine Haare. Ich spürte seine Wärme, war ihm so nah, dass ich alles andere vergessen wollte …

Piep, piep, piep.

»Oh nein«, stöhnte Michi.

Ich kicherte. »Frühstückseier?«

»Schokoladenkuchen. Eigentlich wollte ich dich überraschen, hab ihn aber viel zu spät in den Ofen geschoben.« Zerknirscht rappelte er sich von der Couch auf, und ich gab seine Hand frei.

»Ist doch kein Problem. Wenn du zurück bist, machen wir genau da weiter, wo wir aufgehört haben.«

»Versprochen.« Er grinste.

Im nächsten Moment verschwand er in der Küche, das Scheppern der Kuchenform drang an mein Ohr. Etwas klapperte leiser, vermutlich ein Auskühlgitter. Ich streckte meine Füße auf der Couch aus und sah mich um. Als seine Schritte wieder in Richtung Wohnzimmer kamen, hatte ich gerade eine Leinwand über der Kommode entdeckt.

»Was ist das eigentlich für ein Bild?«, fragte ich und zeigte darauf. Zwei Hände bearbeiteten eine Holzfigur, mit scharfen Werkzeugen schnitzten sie feine Gesichtszüge, jede Falte in ihrer Kleidung, jede Rundung ihres Körpers.

»Das …« Michi schluckte. »… ist eines der Dinge, dessen Erinnerung nicht guttut. Ich habe es trotzdem noch nicht geschafft, es wegzuwerfen.«

»Welche Bedeutung hat es?«, fragte ich leise. »Falls du das erzählen magst?«

»Das Bild vom Holzschnitzer steht für das Leben.« Er lächelte, doch ein bitterer Zug lag darin. »Das Leben schnitzt uns zurecht, es macht uns zu den Menschen, die wir heute sind. Manchmal tut es weh, wenn es Stücke aus uns herausschneidet, wenn es feine Strukturen in uns einritzt. Aber irgendwie kommt meistens doch ein Kunstwerk dabei heraus.«

»Das Symbol gefällt mir.« Sanft tastete ich nach seiner Hand, strich kaum merklich mit den Fingerspitzen darüber. Mir tat leid, dass jetzt die Leichtigkeit zwischen uns verflogen war.

Er seufzte. »Manchmal kann der Prozess echt wehtun. Und die Spuren bleiben für immer, ob sie uns gefallen oder nicht.«

Kapitel 19

Als ich später nach Hause kam – grübelnd und ein wenig traurig –, hörte ich schon von der Straße aus heiteres Gelächter aus unserem Garten schallen.

Ich schritt durch den von Rosen berankten Torbogen. Rosenduft empfing mich, eine Hummel sammelte Nektar in einer Blüte, die durch ihr Gewicht gefährlich schwankte. An ihren zarten Beinchen klebte Blütenstaub. »Hallöchen!«, rief ich. »Jemand da?«

Balu lief mir schwanzwedelnd entgegen. Seine Augen glänzten, und sein Maul zog sich zu etwas, was man als Lächeln interpretieren konnte. Übermütig sprang er an mir hoch.

»Du Süßer!« Ich ging in die Hocke und musste kurz um mein Gleichgewicht ringen – beinahe hätte ich die Leiter umgeworfen, die hinter den Hortensien am Schuppen lehnte –, da übersäte Balu mich auch schon mit Hundeküssen.

»Ich habe Besuch, Anne!«, hörte ich Julie irgendwo hinter den Hortensien rufen.

»Komme!« Halbherzig wischte ich mir Balus feuchte Kussspuren vom Hals und stand auf. Der Welpe trippelte fröhlich neben mir her.

Julie saß mit ihrem Gast im Gras – auf einer fein säuberlich ausgebreiteten und frisch mit ein paar Pfotenabdrücken verzierten Picknickdecke – und genehmigte sich ein im Café übrig gebliebenes Stück Erdbeertorte. Ihre Hand lag in seiner, ihr strahlender Blick galt offensichtlich vor allem ihm.

»Hallo, Lukas«, begrüßte ich ihn lächelnd und blieb unschlüssig stehen. Ein zartes Zwitschern drang aus dem Rotschwanznest direkt über meinem Kopf. »Schön, dich zu sehen.«

»Anne!« Ein wenig verlegen stand er auf und klopfte sich etwas Gras von der Hose, seine Hand löste sich von Julies. »Ich wollte dich nicht überfallen, aber …«

»Euch hat spontan die Sehnsucht ergriffen?«, beendete ich den angefangenen Satz grinsend.

Er zuckte eine Schulter. »So in etwa.«

»Tut mir leid, ich hätte den Besuch anmelden sollen.« Julie biss sich auf die Lippe.

Ich sah die efeubewachsene Hauswand hinauf, zu den Fensterläden, auf denen sich ein Rotschwanzweibchen niedergelassen hatte. Mit ein paar lauten Schnalzlauten zeigte es mir, was es davon hielt, wenn ich direkt vor seinem Nest stand.

»In diesem Haus sind jederzeit alle willkommen«, antwortete ich und schenkte Julie und Lukas mein herzlichstes Lächeln. »Ob angemeldet oder nicht.« Das war seit jeher Opas Philosophie. Damit war ich aufgewachsen – und es würde immer so sein. Mit einem Schmunzeln sah ich erneut zum Rotschwanznest, wo sich ein paar kleine Köpfchen hinter allerhand Moos und Stroh unter meinem Blick wegduckten. Hier war jeder willkommen. Sogar, wenn er täglich die Fußmatte vollkackte.

»Wir konnten einfach nicht mehr warten.« Julie strahlte und wechselte einen warmen Blick mit Lukas.

Der nickte. »Und dann habe ich mich einfach in den Zug gesetzt.«

»Opa habe ich natürlich gefragt, aber du warst noch unterwegs …«, fügte Julie hinzu. Ihre Wangen wurden ein wenig rot.

»Ich freue mich so für euch«, sagte ich und schluckte. Natürlich freute ich mich. Aus ganzem Herzen sogar. Auch wenn sich mit jedem Wort Michi ein Stückchen weiter zurück in meinem Kopf drängte. Michi, der mir heute aus irgendeinem Grund entglitten war. Sein Kuchen hatte himmlisch geschmeckt, aber unter dem Bild des Holzschnitzers war heute eine plötzliche Distanz zwischen uns entstanden, die ich mir nicht erklären konnte.

»Setz dich zu uns, Anne!« Auffordernd klopfte Julie neben sich auf die Picknickdecke und riss im letzten Moment ihren Teller hoch, bevor Balu nach ihrer Erdbeertorte schnappen konnte.

»Das ist lieb«, meinte ich ausweichend. »Aber ihr habt ganz viel aufzuholen.«

»I wo!«, rief Julie, und Lukas nickte bekräftigend. »Setz dich zu uns.«

Mein Lachen gelang mir besser als vermutet. Schnell verschwand ich im Hauseingang, stieg die Treppe nach oben, durchwühlte zwei Schubladen und war ein paar Sekunden später bereits mit ein paar Kerzen zurück im Garten.

»Ihr zwei braucht ein romantisches Dinner bei Kerzenschein. Das muss doch gefeiert werden. Mit mir könnt ihr morgen immer noch frühstücken oder zu Mittag essen. Ich laufe euch nicht davon.« Freundschaftlich zwinkerte ich ihnen zu, fing Julies belustigten Blick auf, dann steuerte ich die Priener Landzunge an.

Jedenfalls hatte ich das vorgehabt. Um ein Haar hätte ich ihn übersehen. In einem Korbsessel saß er am Steg und blickte auf den See hinaus. Das Café war schon seit zwei Stunden geschlossen. Die Sonne stand tief und warf Opas dünnen, langen Schatten auf den Steg.

»Nicht erschrecken«, sagte ich vorsichtig. Ich griff nach einem zweiten Korbsessel, schob ihn knarrend über die alten Holzlatten zu Opa hinüber und setzte mich.

»Na?« Müde, aber lächelnd griff er nach meiner Hand und drückte sie.

»Selber na?« Ich strich über seinen inzwischen krummen Rücken und sah ihn an.

Hinter seinem Lächeln wirkte er erschöpft und niedergeschlagen. So als säße er schon länger hier am See und wälzte Gedanken. »Tja …«, setzte er an.

»Dir geht es nicht gut, stimmt's?«, fragte ich geradeheraus.

Opa atmete tief ein und wieder aus. Nachdenklich griff er nach dem kleinen roten Boxhandschuh, den ich immer noch mit mir herumtrug, zog ihn mir aus der Hand und strich über die schwarze Schrift.

Ich biss mir auf die Lippe. »Du bist enttäuscht von mir, oder?«

»Nein.«

Mir konnte er doch nichts vormachen. »Doch.«

»Anne.« Opa gab mir den Boxhandschuh zurück, sein Blick war noch immer auf die kantigen Buchstaben gerichtet, die Michis Edding hinterlassen hatte. »Ich frage mich einfach, ob dir hier irgendetwas fehlt.«

Ich setzte ein paarmal an, um etwas zu erwidern, ließ es aber dann doch. Denn die Antwort kannte ich selbst noch nicht.

»Bist du nicht gern hier, im Café?«, hakte er nach.

Da musste ich nicht lange überlegen. »Natürlich bin ich das.«

»Du warst doch so glücklich. Dachte ich zumindest.« Seine blassgrauen Augen kamen mir plötzlich feuchter vor. Unauffällig wischte er sich mit dem Handrücken drüber.

»Opa! Ich hab dich doch lieb! Und ich habe ein so schlechtes Gewissen, dich hier hängen zu lassen ...«

»Weißt du ...« Er schluckte, und sein Blick wurde schwer und dunkel. »Vor fünfzig Jahren habe ich die Bäckerei mit deiner Oma gemeinsam aufgebaut.«

Ich nickte stumm und biss mir auf die Lippe. Dass ich dieses Lebenswerk nicht weiterführen wollte, musste sich schrecklich für ihn anfühlen.

»Bei unserem ersten Rendezvous habe ich Oma mit ein paar Apfelkücherl überrascht.« Ein Lächeln flog über sein faltiges Gesicht, seine Augen glänzten. »An einem Donnerstagabend im Winter 1972. Es lag Matsch auf der Straße. Brauner, dreckiger, halb geschmolzener Schnee. Und trotzdem war es der schönste Tag in meinem Leben.«

Wärme durchflutete mich. »Sie war deine große Liebe.«

»Das war sie.« Seine Augen glitzerten. »Noch heute sehe ich sie vor mir – wie sie Zimtzucker über ihre Apfelkücherl streut und mich anlächelt. Sie war so wunderschön. Die gutmütigste, liebevollste und schönste Frau der Welt.«

»Ihr wart das perfekte Paar.«

»Wir haben miteinander gebacken, Mehlspeisen wie im Himmel. Und ich schwöre dir, Anne, seit Oma gestorben ist, schmecken sie nicht mehr halb so gut. Für Apfelkücherl müssen zwei Menschen, die sich lieben, gemeinsam in der Küche stehen, sonst wird das beste Rezept nichts.« Er seufzte.

Jetzt musste ich selbst eine Träne fortblinzeln. Wenn ich so alt war wie Opa, hoffte ich, würde ich genauso auf eine lange Ehe zurückblicken und mir denselben romantischen Blick auf meinen Partner bewahrt haben wie er.

Lächelnd klopfte er auf die Stuhllehne. »Wir wussten eines ganz genau: Solange unsere Herzen noch im selben Takt schlagen, wird alles, was wir in der kleinen Backstube anfassen, gigantisch lecker sein.«

»Das also war euer Geheimnis.« Ich lächelte wehmütig. Die Schuldgefühle in mir wurden lauter, ich bekam ein ungutes Gefühl in der Magengrube.

»Als wir das Café eröffneten, haben wir alles geteilt, was wir hatten. Unsere beiden Sauerteige haben wir zu einem vereint, unsere Rezepte auf einen gemeinsamen Nenner gebracht und alle unsere Küchengeräte zusammengeworfen. Dann lief es einfach. Gedanken gemacht haben wir uns keine.«

»Ihr wart so stolz«, sagte ich und schluckte. »Beide.«

Opa nickte. »Wir dachten, wir erschaffen etwas, was viele Generationen unserer Familie begeistern und tragen wird. Etwas für die Ewigkeit.«

»Das Café Apfelglück wird immer am Ufer des Chiemsees stehen, auf die Schiffe warten und Urlauber begrüßen«, flüsterte ich.

Opas Augen füllten sich mit Tränen. Er wandte sich ab, aber ich hatte längst gesehen, dass sich eine davon bereits den Weg über seine Wange suchte. Umständlich kramte er in seiner Hosentasche nach einem Taschentuch und räusperte sich verlegen. »Die Vorstellung, meine Backstube an jemand anderen zu übergeben, zerreißt mir das Herz.«

Schmerzhaft klopfte meins jetzt in meiner Brust. »Es tut mir so leid«, sagte ich verzweifelt. Ein Blick genügte, um zu erkennen, wie sehr Opa mit sich kämpfte.

»Es muss dir nicht leidtun, Anne.«

»Oma und du, das Café ist euer Lebenswerk. Ihr habt so viel dafür geschuftet.«

Er seufzte schwer und tätschelte meine Hand. »Wir waren jung, hatten einen Traum. Genau deshalb weiß ich doch, wie es sich anfühlt, einen Traum zu haben!«

»Mein Traum macht deinen kaputt.«

»Anne-Schätzchen!« Opa kniff mir liebevoll in die Wange. Meine ganze Kindheit lang hatte ich diese Geste gehasst, aber sofort vermisst, als ich mit Beginn der Volljährigkeit nach Hamburg umgezogen war. »Ich muss einfach lernen loszulassen.«

Ich atmete tief durch. Ihn so aufgewühlt zu sehen brach mir das Herz.

Er schluckte und wischte sich eine dicke Träne von der Wange. »Es fällt nur so verdammt schwer.«

Mein Magen fühlte sich an wie ein Stein. Einer von denen, die von Sekunde zu Sekunde schwerer werden.

»Aber du musst deinen Weg gehen.« Er sah mir fest in die Augen, auch wenn seine Stimme ein wenig schwankte. »Versprich mir das.«

Kapitel 20

Als ich mir am Abend die Zähne putzte und meine Haare aus dem streng gebundenen Haargummi befreite, verspürte ich ein unangenehmes Grummeln in der Magengrube. Der Gedanke an Opas zerstörten Lebenstraum schmerzte, das ließ sich nicht leugnen. Auch Michi hatte es sich bereits seit einer Stunde in meinem Gedankenkarussell bequem gemacht. Und ich fürchtete, er hatte noch etliche weitere Runden gebucht.

Als ich mir ein letztes Glas Wasser aus der Küche holte, lehnte Lukas' großer Trekkingrucksack an der Spülmaschine, und aus dem Gästezimmer drang Julies Lachen. Ich griff zum gekippten Fenster, um es zu schließen, dann verriet mir der Blick auf den Laptop: Mama war online. Ich tippte schnell:

Hast du Zeit?

Keine zehn Sekunden brauchte die Antwort.

*Für dich immer, Anne-Schätzchen :-**

Ich fackelte nicht lang, sondern klingelte direkt durch.

»Anne, wie schön, dich zu sehen!«, begrüßte sie mich und strich sich das dunkle Haar aus dem Gesicht.

»Mama.« Unwillkürlich atmete ich durch. Ich konnte nicht leugnen, dass sie mir fehlte. Gerade jetzt, wo mein Leben gehörig durcheinandergewirbelt wurde.

»Was ist los? Ich sehe es dir doch an, Anne. Spuck's aus.« Ihr verpixeltes Grinsen vom anderen Ende der Welt ließ mich trotzdem erschöpft lächeln.

»Ja?« Ich grinste ebenfalls.

»Du führst was im Schilde, ich kenne doch meine Tochter.«

»Die Frage ist, ob dir gefällt, was ich im Schilde führe.«

»Nein.« Mamas Grinsen wurde zu einem Lächeln. Zu einem sehr fürsorglichen. »Das muss nur dir gefallen.«

»Ich würde dich gern um deine Meinung bitten …«

Prompt schüttelte sie den Kopf. »Wahrscheinlich klinge ich jetzt wie eine Rabenmutter. Aber ich möchte dir keinen Rat geben.«

»Ähm …?«

»Weil ich glaube, dass du keinen Rat von mir brauchst.« Sie atmete hörbar durch. »Anne. Deine ganze Kindheit lang bin ich dir mit guten Ratschlägen auf den Keks gegangen. Nervig und peinlich sein, das sind die zwei Kernkompetenzen einer Mutter. Die gehören zur Jobbeschreibung. Aber mittlerweile … Ich möchte, dass du deinen eigenen Weg gehst. Und deine Entscheidungen triffst. Auf niemanden hörst, auch nicht auf mich. Ich bin mir zu hundert Prozent sicher, dass du damit glücklich sein wirst.« Sie lächelte mir zu.

Ich versuchte, in ihrer Miene zu lesen. »Denkst du das wirklich?«

»Ja.« Sie nickte, und eine Spur Traurigkeit mischte sich in ihr Lächeln. »Wir haben dich schon viel zu oft in deinen Entscheidungen beeinflusst.«

»Wir?«, wiederholte ich.

»Na ja.« Sie zuckte die Schultern. Es knackte in den Lautsprechern, als sie seufzte.

Kurz blieb es still.

»Er ist momentan so … komisch.«

Ein Seufzen drang durch die Lautsprecher. »Ich komme nicht an ihn heran.«

Jetzt wagte ich, den Gedanken laut auszusprechen. »Du bist wegen Papa so überstürzt in den Kongo aufgebrochen, oder?«

Mama antwortete nicht. Sie sah nur zur Seite, auf irgendetwas hinter dem rechten Bildschirmrand. »Das soll dich nicht belasten, Anne«, meinte sie nur.

»Habt ihr …« Ich brach ab. *Habt ihr vor, euch zu trennen?* Ich stellte die Frage nicht, es ging mich nichts an.

»Hier ist ganz kurzfristig eine Ärztin ausgefallen«, meinte Mama. Trotz des verpixelten Bildes fiel mir auf, wie oft sie blinzelte. Nie und nimmer war das der einzige Grund.

»Verstehe ich«, antwortete ich aber leise und sah sie nachdenklich an.

»Bist du mir böse, Anne-Schätzchen, wenn wir auflegen? Ich werde in fünf Minuten von meiner Kollegin abgeholt.«

»Nein, natürlich.« Meine Stimme war belegt. Ich räusperte mich und sagte etwas lauter: »Alles gut, Mama.«

»Ich wünsch dir eine gute Nacht«, sagte sie liebevoll zum Abschied.

Ich seufzte. »Sag, wenn ich was tun kann.«

Sie nickte nur. Eine Kusshand flog mir durch die Kamera zu, dann beendete sie die Verbindung.

Ein paar Minuten lang saß ich nur da, starrte auf den kleinen Avatar meiner Mutter und spürte meine Lider schwer werden. Wie ferngesteuert schaltete ich schließlich den Laptop aus und zog den Stecker.

Barfuß tapste ich in mein Zimmer hinüber, knipste die kleine Lichterkette auf meinem Nachttisch an und schloss die Tür hinter mir. Mein Bett knarrte, als ich mich setzte und im Halbdunkel vor mich hin starrte, statt mir endlich mein Nachthemd anzuziehen, was ich eigentlich vorgehabt hatte.

Einige Minuten darauf ließ mich ein leises Klopfen an der Zimmertür aufhorchen.

»Anne?«

»Ja?«

Die Tür öffnete sich einen Spaltbreit. Opa lugte herein, in den Händen hielt er ein kleines Törtchen – vermutlich Mürbeteig, gefüllt mit heller Creme und obendrauf frische Himbeeren.

Gerührt lächelte ich und schaltete zusätzlich die Deckenlampe ein. »Das ist lieb, aber ich hab schon Zähne geputzt.«

»Nein, ich meine …« Opa kratzte sich am Kopf. »Dann hast nicht du es gebacken?«

»Wie …?« Ich verstand nicht ganz. »Soll das heißen, im Café liegt plötzlich Gebäck, das niemand von uns gebacken hat?«

»Offenbar.«

»Vielleicht war der Rührschüssel langweilig, und sie hat den Herd überredet, mal was Neues ausprobieren?«, scherzte ich halbherzig. Ich stand auf, zupfte meine zerknitterte Bluse zurecht und lehnte mich an das Regal neben der Tür.

Opa kniff die Augen zusammen. »Ein kleiner Zettel war dabei.«

»Was stand drauf?«

»*Für Opa.*«

»Vielleicht war es Julie?«, meinte ich, auch wenn ich es selbst nicht recht glauben konnte. Wer würde einem Bäcker ein kleines Himbeertörtchen schenken? Julie mit Sicherheit nicht, schließlich wusste die doch genau, dass Opas Schaufenster vor Gebäckstücken überquoll. Einem Bäcker schenkte man gewöhnlich ein Bier oder eine Flasche Wein, aber doch keinen Kuchen. »Denkst du, sie wollte sich für deine Gastfreundschaft bedanken und wusste nicht, was dir sonst gefallen könnte?«

»Julie hat mir schon so viel mitgebracht!« Opa winkte ab. »Immer wieder überrascht sie mich mit irgendwas, was sie beim Shoppen gefunden hat. Aber heimlich hingestellt hat sie mir nie was.«

»Dann ist das Törtchen bestimmt vergiftet.« Ich senkte die Stimme, als ich hinzufügte: »Die Konkurrenz will dich aus dem Weg räumen.«

Opa zwinkerte mir zu, biss herzhaft hinein und wollte grinsend seinen grausamen Tod vortäuschen, da entglitten ihm die Gesichtszüge.

»Wahnsinn«, brachte er langsam hervor. »Ist das gut.«

»Ja?« Erstaunt beobachtete ich seine Begeisterung.

»Ein toller Mürbteig. Mit viel Eigelb. Die Himbeeren sind frisch, allerhöchstens von gestern Abend. Und die Creme … mit echter Vanille. Ein Gedicht.«

Ich musste lachen. »Es schmeckt also?«

»Gedichte schmecken immer.« Opa leckte sich die Creme von der Oberlippe.

»Ich frag Julie mal, ob das Törtchen von ihr ist«, versprach ich, auch wenn ich meinen linken Oberschenkel verwettet hätte, dass es nicht von ihr war. Gebacken hatte Julie mit Sicherheit nichts – und bei der Konkurrenz gekauft wohl hoffentlich auch nicht.

»Ja, würde mich schon interessieren.« Opa schob sich den Rest des Törtchens in den Mund. »Na ja. Gute Nacht, Anne!«, nuschelte er an Himbeeren und Mürbteig vorbei und warf mir eine Kusshand zu, dann schloss er die Tür hinter sich.

Kaum war die Tür zugeschnappt, musste ich wieder an Michi denken. Ich schnappte mir den roten Boxhandschuh und ließ mich aufs Bett sinken, die Matratze knarrte leise unter meinem Gewicht. Die nackten Füße grub ich in die Bettdecke, während ich gedankenverloren den Boxhandschuh in meinen Händen drehte. Irgendetwas stand plötzlich zwischen Michi und mir – und hinterließ eine unbestimmte Traurigkeit, die im Magen ihren Anfang nahm, um langsam in Richtung Herz hinaufzukriechen. Aber was war passiert? Hatte ich etwas falsch gemacht?

Klack.

Verwirrt sah ich mich um. Durch das gekippte Fenster drang ein kühler Luftzug herein, draußen war es still.

Dann nahm ich es wieder wahr: *Klack*. Täuschte ich mich, oder war da gerade ein Stein gegen die Scheibe geflogen? Flink huschte ich durchs Zimmer und schob den Vorhang beiseite. Das Fenster quietschte, als ich es öffnete. Der helle Schein der Deckenleuchte fiel in den Garten, mein eigener Schatten ragte lang und verzerrt bis zum Hortensienbeet hinüber.

»Hallo?«, flüsterte ich, doch da hatte ich auch schon eine Gestalt entdeckt, direkt unterhalb meines Schlafzimmerfensters.

Mit einem verlegenen Grinsen winkte er zu mir herauf. Ich spürte, wie mein Herz einen übermütigen Hüpfer machte. Unter Michis Arm klemmte tatsächlich eine Leiter! Ohne zu zögern, lehnte er sie an die Hauswand und kletterte die ersten Sprossen nach oben. Der war doch nicht etwa zum Fensterln gekommen? Die Schmetterlinge in meinem Bauch drehten einen Looping. Aber wer wäre prädestinierter für einen nächtlichen Besuch am Fenster als ein Pralinen-Einbrecher? In meiner Schulzeit waren etliche Klassenkameradinnen in den Genuss der alten Tradition gekommen. Mit Besuch vom hübschen Hiasl zum Beispiel, der in einer Nacht sogar bei drei Mädels die Leiter hinaufgestiegen war – was keine der dreien geahnt hatte, schließlich verschleierte die rosarote Brille jeden kritischen Gedanken. Ich war noch nie in den Genuss gekommen … Michi war mir auch tausendmal lieber als Hiasl.

Keine fünf Sekunden vergingen, dann stützte Michi die Arme auf mein Fensterbrett.

»Hey«, flüsterte ich lachend.

»Hey.« Er sah aus, als hätte er kurz darüber nachgedacht, mir einen Begrüßungskuss zu geben, ließ es dann aber doch. Stattdessen fasste er nur nach meiner Hand und sah mich an. Der Schein meiner Deckenlampe spiegelte sich in seinen Augen. »Ich wollte nicht ins Bett gehen, ohne noch einmal mit dir gesprochen zu haben.«

»Gut, dass du da bist.« Erleichterung machte sich in mir breit, ich drückte seine Hand ein wenig fester.

»Hast du Zeit?«

Ich lachte. »Was sollte ich um diese Uhrzeit sonst noch vorhaben?«

Sein schiefes Grinsen verzauberte mich abermals. »Darf ich dich entführen?«

»Immer.«

Galant streckte er mir die Hand hin und half mir über das Fensterbrett auf die Leiter. Ich spürte das Holz unter meinen nackten Füßen. Sprosse für Sprosse kletterte ich hinab, Michi hinter mir. Ich hatte den Boden kaum berührt, da sprang er schon leichtfüßig ins Gras.

»Madame?« Seine Augen blitzten, als er mir den Arm anbot und mit der freien Hand die Leiter zurück an ihren Platz hinter den Hortensien stellte.

Lächelnd hakte ich mich bei ihm ein. Leise schlichen wir durch den Garten, hin und wieder knackten Äste unter unseren Füßen. Kühl und feucht kitzelte mich das Gras an den Fußsohlen, das Gartentor quietschte.

Ich fühlte mich wie in meiner Kindheit. Mich verbotenerweise nachts aus dem Haus zu schleichen, das gehörte zu den Dingen, die ich seit Ewigkeiten schon nicht mehr gemacht hatte. Wenn mein Vater gewusst hätte, dass ich mit Michi einen nächtlichen Ausflug unternahm – darüber wollte ich lieber nicht nachdenken.

Der Abendwind ließ meine Sommerhose flattern, und ich lächelte. Irgendwo in der Ferne schrie ein Käuzchen.

»Ist dir kalt?«, flüsterte Michi.

Ich schüttelte den Kopf, doch er legte mir sorgsam seine Jacke über die Schultern. Warm war sie und roch intensiv nach Michi.

»Vorsichtshalber, falls dir noch kalt wird«, meinte er nur und sah mich liebevoll an.

Am Seeufer war es still. Die wenigen Urlauber, die noch unterwegs waren, flanierten über die Landzunge oder gönnten sich ein Glas Wein in einem der Restaurants. Gedämpft drangen ihre Stimmen aus den gekippten Fenstern. Ich ahnte, wohin Michi wollte, und lächelte, als wir den Steg betraten.

Michi löste sich aus meinem Griff, befreite sein Boot von der Plane und half mir hinein. Es schaukelte gemütlich auf dem Wasser.

Nur wenige Momente später tuckerten wir auf den nächtlichen Chiemsee hinaus. Der Mond hing groß und silbern über dem Wasser, sein Glanz spiegelte sich auf den Wellen. Ich genoss die Sommernacht und überlegte, ob ich zuvor schon einmal nachts auf dem See gewesen war.

»Es tut mir leid, dass ich so auf Abstand gegangen bin«, sagte Michi geradeheraus.

Schweigend zog ich seine Jacke enger um mich und beobachtete ihn von der Seite. Seine von dichten Wimpern umrahmten Augen waren auf die Berge gerichtet, sein Blick verlor sich in der Ferne.

»Es ist nicht ganz einfach für mich, mich ganz auf dich einzulassen. Auf eine neue Frau«, gab er zu.

»Eine neue Frau?«, wiederholte ich vorsichtig.

Er stellte den Motor ab, das Boot glitt lautlos durch die Dunkelheit. Michi wandte sich mir zu. »Kennst du das Gefühl? Wenn du irgendein neues Kuchenrezept ausprobierst und es komplett in die Hose geht? Wenn Gäste kommen, wirst du nie wieder versuchen, diesen Kuchen zu backen.«

»Und … wer von uns ist der Kuchen?«, fragte ich verwirrt und deutete ein Lächeln an, auch wenn ich spürte, dass ihm gerade überhaupt nicht zum Scherzen zumute war.

»Ein blöder Vergleich.« Er atmete tief durch, suchte offensichtlich nach den richtigen Worten.

»Hey.« Sanft fasste ich nach seiner Hand. »Kein Stress. Nimm dir die Zeit, die du brauchst.«

»Anne, es ist nicht einfach, darüber zu reden.« Kurz überlegte er, dann sah er mich kleinlaut an. »Besonders mit dir.«

Mein Herz klopfte. *Besonders mit mir …* Weil ich ihm wichtig war? Weil ich ein schlechter Gesprächspartner war? Oder einfach weil ich diejenige war, die den Platz an seiner Seite einnehmen wollte? »Ich höre einfach zu, ja? Ganz wertfrei?«, versprach ich.

Er nickte und umklammerte mit einer Hand das Steuer. »Meine Verlobte und ich waren zehn Jahre ein Paar. Wir standen kurz vor der Hochzeit … als …« Ein tiefer Atemzug, dann Stille. Beruhigend legte ich meine Hand auf seinen Rücken. »Sie hat unser Baby verloren.«

Die Wellen plätscherten gegen das Boot, doch ich hörte sie kaum. Mein Herz pumpte so heftig, dass mir das Blut in den Ohren dröhnte, und das Tosen ging unter in einem Schwall von Gedanken. Jeder lauter als der andere, aber keiner von ihnen ließ sich fassen. Ich wollte trösten und wusste nicht, wie. Wollte Michi so vieles sagen, doch nichts davon kam über meine Lippen.

»Es tut mir so leid«, flüsterte ich nur.

Er schluckte schwer. Dann räusperte er sich und blinzelte hektisch. »Wir konnten beide damit nicht umgehen. Und die Beziehung litt darunter.«

»Unter der Trauer …«

Seufzend senkte er den Blick. »Ja. Aber vor allem wurde ich zum Helikopter.«

»Du hattest Angst um sie«, antwortete ich leise.

»Ich bin ständig um sie gekreist. Wollte wissen, was sie macht, wo sie ist und ob sie Medikamente braucht. Ob sie allein war oder ob ich bei ihr bleiben sollte …«

Ich nickte nur. Einerseits schockierte mich, dass er so tiefen Schmerz erleben musste. Und doch erklärte es seine Verletzlichkeit, die ich immer wieder geahnt hatte. Die Angst um seine Partnerin – und den Wunsch, sie vor allem zu beschützen. Ich konnte es nachvollziehen. Trotzdem war es naheliegend, wenn sie sich eingesperrt gefühlt hatte.

»Seit diesem Ereignis habe ich ihr, ohne es zu wollen, die Luft abgeschnürt, die sie zum Leben brauchte.« Michis Stimme klang belegt, wieder räusperte er sich.

»Das hat euch voneinander entfernt …?«, warf ich mitfühlend ein, ohne es als Frage gemeint zu haben. Am liebsten hätte ich ihn in den Arm genommen. Doch ich fühlte, dass ich warten musste, bis er alles erzählt hatte.

»Ja. Kein Wunder, dass sie sich immer mehr zurückgezogen hat«, antwortete Michi. Er starrte hinaus auf den See, der im Mondlicht silbrig glitzerte. »Ich hatte solche Angst, sie könnte sterben – dass ich sie nicht habe leben lassen.«

Schweigend schauten wir ins Dunkel der Nacht. Eine Wolke hatte sich vor den Mond geschoben, sodass die Berge nur zu erahnen waren, schwarz und still lag das Wasser vor uns. Eine Weile ließen wir uns einfach schaukeln. Vorsichtig tastete ich nach seiner Hand – und ich hoffte, dass er in seinem Herzen spürte, wie sehr ich mit ihm fühlte.

Michi blickte mich zerknirscht an. »Ich habe Angst. Dass ich dir am Ende genauso die Luft abschnüren könnte wie ihr.«

Lächelnd schüttelte ich den Kopf. »Im Gegenteil. Du bist derjenige, der mich daran erinnert hat, dass man auf sein Herz hören muss«, flüsterte ich. »Ohne dich hätte ich wahrscheinlich sehr lange nicht mehr darüber nachgedacht, welche Träume ich habe und was ich mir vom Leben noch verspreche.«

Seine Miene wurde prompt ernst. »Der Job als Sicherheitskraft ist gefährlich.« Er senkte den Blick und hob ihn wieder. »Natürlich freut es mich, wenn du deinen Weg gehst. Aber ich werde kein Geheimnis daraus machen: Es wird mir schwerfallen. Ich werde Angst um dich haben.«

»Sobald du dir dessen bewusst bist, ist das Problem eigentlich schon gebannt«, antwortete ich zuversichtlich und nickte, um meine eigenen Worte zu bestätigen.

Ich kannte ihn erst seit so kurzer Zeit, und dennoch wusste ich, dass Michi ein sensibler Mensch war und zu denen gehörte, bei denen das Leben tiefe Spuren hinterließ. Aber Spuren veränderten. Zweifellos war das einer der Gründe für ihn, von Haus zu Haus zu ziehen, um Pralinen und Briefe mit genau dieser Botschaft zu hinterlassen: Lebe!

»Mich auf jemand Neues einzulassen ist gar nicht so einfach.« Michi atmete hörbar aus. »Gerade bei dir, du weißt ja. Dein Vater und ich …«

Verständnisvoll nickte ich ihm zu, um ihn zum Weitersprechen zu ermuntern.

»Irgendwie brauche ich wohl noch ein wenig Zeit, mich von der Vergangenheit zu lösen«, meinte er schließlich. »Hoffentlich verletzt dich das nicht, wenn ich dir das so ehrlich sage.«

»Denkst du, sie möchte dich zurück?«, fragte ich direkt und beobachtete ihn aufmerksam. »Schließlich weißt du jetzt, wo euer Problem lag – du kannst es ändern.«

»Meine Nähe erinnert sie an damals. An den Unfall. Sie kann es nicht ertragen.« Er biss sich auf die Lippe und schluckte schwer.

»Und du?« Kurz schwieg ich und wartete auf eine Antwort, bevor ich konkret nachhakte: »Du möchtest sie zurück, oder?«

»Anne …« Der Blick, mit dem er mich jetzt ansah, tat ein bisschen weh. Doch ich wollte ihn aushalten.

»Das verstehe ich.« Schwer kam mir der Satz über die Lippen, doch er kam.

»Ich habe mich in dich verliebt, Anne. Trotzdem würde ich lügen, wenn ich sage, dass ich mit Susi abgeschlossen habe. Irgendetwas fehlt, bevor ich sie für immer loslassen kann – ich weiß nur nicht, was. Darf ich so ehrlich sein?«

Mein Herz pochte so hart in meiner Brust, dass ich fürchtete, es könnte zerspringen. »Zwei Menschen, die sich lieben, sollten sich alles sagen dürfen, oder nicht?« Ich lächelte Michi zu und musste an Opa denken. *Anne*, hatte er früher mal gesagt. *Liebe bedeutet, jeden Tag neu auszuhalten und zu verzeihen. Manchmal schon nach ein paar Tagen, manchmal nach einem halben Jahr. Aber irgendwann kommt diese Zeit bei jedem Paar. Und wenn alles rosa bleibt, dann ist es keine Liebe, dann ist es nur eine Illusion.*

»Das Leben schnitzt uns zurecht. Wir nehmen immer wieder eine neue Form an.« Michi atmete tief durch. »Und zwei Menschen, die vorher zueinandergepasst haben wie zwei Puzzlestücke, funktionieren plötzlich nicht mehr miteinander.«

»Dann müssten sie selbst die Feile in die Hand nehmen und sich wieder passend zurechtschnitzen.« Ich nickte.

»Aber das tut weh. Und ist harte Arbeit.« Michi seufzte schwer. »Und wenn einer von beiden nicht dazu bereit ist, wird es nicht funktionieren.«

»Und sie war dazu nicht bereit?«, fragte ich leise nach.

»Nein.« Michi löste seinen Blick von den Bergen, deren Silhouetten schwarz im Dunkel der Nacht verschwanden. Sein Lächeln fand den Weg zurück auf sein Gesicht, und als er meine Hand drückte, zwinkerte er mir zu. »Aber glücklicherweise ist für mich ein Puzzlestück gekommen, das viel besser in meine Lücke passt.«

»Ein Puzzlestück, das keine Angst vor der Feile hat«, sagte ich und grinste.

»Das klingt verdammt unromantisch.«

Ich zuckte die Schultern. »Liebe muss nicht romantisch sein, sondern realitätstauglich.«

Das Boot unter uns schaukelte sanft auf den Wellen, unsere Blicke trafen sich. Seine Hand legte sich in die meine, zärtlich strich er mit dem Finger über meinen Handrücken.

»Dann bist du mir nicht böse?«, fragte er. »Wenn ich ab und zu ein wenig ... realer ... bin, als es dein Traumprinz wäre?«

»Sei so real, wie du willst.« Ich lachte und zog ihn zu mir. Sanft spielten meine Lippen mit seinen. Seine Jacke rutschte von meinen Schultern, aber mir war immer noch warm. Mit geschlossenen Augen ließ ich mich in seine Arme fallen, spürte seinem Duft nach und genoss seine Nähe.

Warm und weich fühlte ich seinen Mund an meinem Hals. Zärtlich und sanft, Millimeter für Millimeter rutschte er tiefer. Mein Atem stockte für einen Moment, als er mit den Händen unter meine Bluse glitt, meinen nackten Rücken entlang nach oben strich und mir den Stoff über den Kopf zog.

Eng aneinandergeschmiegt sanken wir auf die Rückbank. Und mit dem Rauschen der Wellen schaukelten wir der Sommernacht entgegen.

Kapitel 21

»Guten Morgen«, flüsterte Michi. Sein Atem kitzelte dicht an meinem Ohr.

»Guten Morgen«, erwiderte ich gähnend.

Verschlafen streckte ich mich den Sonnenstrahlen entgegen, die zartgolden über die Berge fielen. Meine Wange klebte an rotem Kunstleder, und der Boden schwankte. Ein sanftes Gluckern und Plätschern, ab und zu der Schrei einer Möwe. Als ich mich auf den Rücken drehte und die Augen erneut öffnete, war da nur Himmel. Schäfchenwolken schwebten im sommerfrischen Blau.

»Sind wir …«

»Ich schlage vor, du wirst erst einmal in Ruhe wach.« Mit einem Grinsen bettete Michi meinen Kopf auf seinen Schoß und streichelte liebevoll über meine Wange.

Als das Horn eines Schiffes über das Wasser dröhnte, hob ich amüsiert den Kopf. »Wir haben auf deinem Boot geschlafen!«

»Ist irgendwie … passiert, ja.« Fast verlegen biss er sich auf die Lippe, doch da war es wieder: das schiefe Grinsen. Sein Blick sprach Bände. »Es war wunderschön.«

»Schön und real.« Ich musste lachen. Als Michi mich nun küsste, breitete sich ein wohliges Kribbeln in meinem Bauch aus und verteilte sich im ganzen Körper – bis in die Zehenspitzen.

»Hast du denn gut geschlafen?«, wollte er wissen.

»Himmlisch.« Auch wenn die Bank nicht sehr bequem war, hatte ich nie etwas Romantischeres erlebt. In den Armen des geliebten Menschen von kleinen Chiemseewellen in den Schlaf gewiegt zu werden, das war einfach unvergesslich.

Aber allmählich tat mir der Nacken weh. Seufzend setzte ich mich auf und sah mich um. Das Boot lag vertäut am Steg, ein paar Spaziergänger spähten zu uns herüber.

»Wie lange bist du denn schon auf den Beinen?«, fragte ich, mit einem Mal hellwach.

»Nur ein paar Minuten.« Seine Hand lag immer noch auf meinem Bauch, liebevoll streichelte er über mein T-Shirt. »Du bist unglaublich süß, wenn du schläfst.«

Ich verdrehte die Augen. »Ich schnarche.«

»Weiß ich.« Grinsend wies er zum Ufer. »Deshalb gucken die Leute ja alle so.«

Lachend boxte ich ihn in den Bauch. »Du bist gemein!«

»Soll ich uns noch Kaffee holen …?« Michi strich mir eine Haarsträhne aus dem Gesicht und drückte mir einen Kuss auf die Wange. »Und ein leckeres Frühstück? Ich hab noch Zeit bis acht Uhr, dann muss ich einen Krav-Maga-Kurs leiten. Eine Praxisübung im Parkhaus.«

»Lieb von dir, aber …« Verlockend war es schon, hier mit Michi im Boot zu sitzen und zu frühstücken. Den neuen Tag mit Sonne, gutem Essen und ganz viel Liebe zu beginnen. »Ich glaube, es ist es besser, wenn ich rechtzeitig zu Hause bin. Bevor meine Familie aufwacht.«

Er nickte verständnisvoll. »Die machen sich sicher Sorgen.«

Nicht nur das. Mein Vater würde wütend sein, das ahnte ich schon. Bestimmt konnte er sich denken, wo ich steckte.

»Dann bringe ich dich nach Hause.«

»Das Frühstück holen wir nach«, versprach ich ihm.

Ein paar Blicke streiften uns, als wir vom Boot auf den Steg sprangen, doch ich trug meine zerknitterte Kleidung mit Würde. Kopf hoch, Brust raus. Glücklicherweise waren um diese frühe Stunde noch nicht viele Leute unterwegs. Michi griff nach meiner Hand und sah mich verliebt an.

Beim Gartentor blieb ich stehen. »Viel Spaß …«

Viel Spaß im Krav-Maga-Kurs, hatte ich sagen wollen. Doch dazu kam ich gar nicht mehr, denn in diesem Moment schoss mein Vater aus der Tür – mit einer Geschwindigkeit, die ich ihm nicht zugetraut hätte.

»Meine Tochter …« Ein wenig rang er nach Atem, als er bei uns angekommen war. Seine Gesichtsfarbe hatte ein ungesundes Rot angenommen. »… wirst du in Ruhe lassen!«

»Die Tochter entscheidet das selbst«, rutschte es mir heraus. Leider ein wenig säuerlicher als geplant. Aus dem Augenwinkel sah ich Michi schwer schlucken. Er wirkte abwesend, beinahe traurig.

»Anne, du kennst ihn doch gar nicht.« Der Blick meines Vaters fixierte Michi.

Ich kannte ihn sicherlich besser als er, aber auf diese Diskussion wollte ich mich nicht einlassen. »Du auch nicht«, widersprach ich deshalb schlicht.

Papa winkte ab. »Fünf Jahre hat er in meiner Firma gearbeitet. Natürlich kenne ich ihn.«

»Ach, warst du selbst bei der Security? In Papas Firma?« Erstaunt sah ich Michi an.

»Über die Zeit rede ich nicht gerne«, bekannte Michi leise. »Dein Vater und ich sind uns nicht immer einig gewesen …«

Mein Blick flog zwischen den beiden hin und her. Papa schien kurz vorm Platzen zu stehen, die Wut trieb ihm den Schweiß auf die Stirn. Eine Ader an seiner Schläfe trat bläulich hervor. Michi hingegen sank in sich zusammen, kraftlos ließ er die Schultern sinken, und der Glanz in seinen Augen war verschwunden.

»Okay.« Energisch verschränkte ich die Arme vor der Brust. »Was ist das Problem?«

»In Verruf bringen will er mich, dein feiner Pralinen-Einbrecher!«, polterte Papa los.

Ich hob die Augenbrauen. Mehr musste ich gar nicht tun, denn mein Vater war so aufgebracht, dass er ohnehin explodieren würde. Mittlerweile wusste ich ganz genau, wie Papa in Konfliktsituationen zu händeln war: nämlich gar nicht. *Wer ein Sprühdeo mit einem Taschenmesser öffnet, muss sich nicht wundern, wenn ihm das Ding um die Ohren fliegt.* Damit hatte Opa mal wieder recht behalten.

»In jedem seiner Briefchen rät er den Leuten, die Alarmanlage zurückzugeben. Und damit ruiniert er mein Geschäft! Etliche Kunden sind schon zur Konkurrenz nach Bad Endorf abgewandert.«

Fassungslos starrte ich ihn an. Darüber hatte er mir bisher kein Sterbenswörtchen gesagt. »Aber warum …?«, setzte ich an, doch Papa unterbrach mich sofort.

»Aus Rache natürlich!«, rief er aufgebracht.

Traurig schüttelte Michi den Kopf. »Hauptsächlich aus Sorge. Ich habe dich schon so oft freundlich gebeten, die Alarmanlage …«

»Darum geht es doch gar nicht!«

»Doch«, widersprach Michi ruhig. Er schluckte schwer, seine Augen wurden feucht. »Die Sicherheit der Menschen muss immer vorgehen, da muss man sein Ego zurückstecken können.«

Mein Vater lachte sarkastisch auf. »Sieh an, moralische Ratschläge von einem Einbrecher!«

»Stopp, stopp, stopp.« Warnend sah ich Papa an, dann wandte ich mich an Michi. »Was meinst du mit der Sicherheit der Menschen?«

Michi atmete tief durch, ich meinte trotz der Distanz regelrecht zu spüren, wie sein Herz raste. »Eine der meistverkauften Alarmanlagen deines Vaters hat eine Sicherheitslücke. Es gibt elektronische Interferenzen mit dem Hausnotruf.«

»Das heißt, der Notruf wird blockiert, sobald die Anlage in Betrieb ist?« Meine Zunge fühlte sich schwer an, ein paar Gedanken explodierten wirr in meinem Kopf. Deshalb hatte Michi systematisch bei all jenen Leuten in Prien eingebrochen, die einen Hausnotruf besaßen. Bärbel zum Beispiel. Oder Hilde.

»Kommt drauf an. Manchmal wird die Alarmanlage blockiert, manchmal der Hausnotruf. Und beides kann gefährlich werden.« Michi starrte ein Loch in Papas Hemd, eine tiefe Falte bildete sich auf seiner Stirn.

»Jetzt komm! Die Wahrscheinlichkeit ist so gering!«, entrüstete sich mein Vater.

»Groß genug, dass der Hausnotruf bei meiner Verlobten eben nicht funktioniert hat.« Michis Worte waren kaum hörbar, er sprach so leise, dass der Wind sie fast davontrug.

»Sie …« Entsetzt sah ich ihn an, doch Michi schaute zu Boden.

Sein Adamsapfel hob und senkte sich merklich, als er schwer schluckte. Ein kleiner Anflug von Stärke schien in ihm aufzuglimmen. Kerzengrade stellte er sich im nächsten Moment vor meinen Vater und hob das Kinn. »Wenn die Alarmanlage den Hausnotruf nicht unterdrückt hätte, würde das Kind noch leben.« Da war nichts Anklagendes in seinem Blick, nur tiefe Traurigkeit.

Stille.

Der warme Morgenwind strich durch mein Haar, ein paar Blätter wirbelten durch die Luft. Ich hielt den Atem an. Gedanken flogen durch meinen Kopf wie die Blätter im Wind, landeten mal hier, mal dort. Tatsächlich konnte ich nur ahnen, wie es sich anfühlte, ein Kind zu verlieren. Und dem Menschen gegenüberzustehen, der diesen Tod mit zu verantworten hatte. Nach einer gefühlten Ewigkeit tastete ich nach Michis Hand. Sie war schwitzig und eiskalt zugleich.

»Du bist als Einbrecher nicht in der Position, um moralisch über andere zu urteilen«, brummte mein Vater, und mir gab es einen Stich ins Herz.

»Papa«, flüsterte ich.

Michi schloss für ein paar Sekunden die Augen und atmete ruhig ein und aus. Als er die Augen wieder öffnete, wirkte er gefasst, aber traurig. »Manchmal tust du mir leid, Jürgen.«

»Reiß dich zusammen«, zischte ich meinem Vater zu. Fest schlang ich meinen Arm um Michi und zog ihn dichter an mich heran. Ich spürte, dass er zitterte.

Papa stampfte mit dem Fuß auf. »Mach die Augen auf, Anne! Hau deine rosarote Brille endlich in die Tonne! Der Kerl klettert auf fremde Balkone, begeht Hausfriedensbruch und schiebt den Leuten einen Brief in die Wohnung, mit dem er Rufschädigung betreibt! Er bedroht deine Familie! Alles, was ich hier aufgebaut habe …«

Kopfschüttelnd sah ich ihn an, ungläubig und enttäuscht. Solche Worte aus dem Mund meines eigenen Vaters. »Das ist doch nicht dein Ernst.«

Michis Hand klammerte sich kalt an meine. Wäre ich nicht da gewesen, dann hätte er sich vermutlich umgedreht und wäre gegangen. Doch Michi blieb. Meinetwegen.

»Du bist verliebt, Anne«, erklärte mein Vater hitzig. »Da ist man nicht ganz richtig im Kopf.«

Entsetzt sah ich ihn an. »Er hat sein ungeborenes Baby verloren.«

»Das ist schlimm, ja!« Ungeduldig winkte er ab. »Aber viele Menschen verarbeiten Schicksalsschläge, ohne straffällig zu werden! Wir reden von Hausfriedensbruch, von Rufschädigung …«

»Tust du nur so, oder dringt das alles tatsächlich nicht zu dir durch? Papa!« Ich schrie fast. »Das ist doch albern. Als Hausfriedensbruch zählt es garantiert nicht, wenn Michi zwei Finger durchs offene Fenster schiebt, um ein Päckchen Pralinen aufs Fensterbrett zu stellen. Und die Rufschädigung …«

»Jürgen«, versuchte Michi es wieder. Er war erstaunlich ruhig, fand ich. »Ich habe dich so oft um ein Gespräch gebeten. Habe dich auf die Sicherheitslücke hingewiesen und vorgeschlagen, dass du die Alarmanlage aus dem Sortiment nimmst …«

»Ach!«, machte mein Vater nur. Er warf mir noch einen wütenden Blick zu, dann drehte er sich ärgerlich um und verschwand im Haus.

Mit offenem Mund sah ich ihm nach, bis ich meine Sprache wiederfand. »Das ist nicht dein Ernst, Papa!«

Er grummelte etwas Unverständliches, dann schnappte die Haustür ins Schloss.

Ich stand einfach nur da und brauchte ein paar tiefe Atemzüge, bis ich wieder klare Gedanken fassen konnte.

»Es tut mir leid.« Es war ein schlichter Satz, den Menschen so oft sagten. Mir kam er ständig über die Lippen. Doch in diesem Augenblick verbarg sich dahinter ein überwältigend großes Gefühl, das ich nicht anders auszudrücken vermochte. Größer, als dass man es in diese vier kurzen Wörter hätte pressen können.

»Diese Reaktion habe ich erwartet«, sagte Michi ruhig.

Ganz im Gegensatz zu mir schien er völlig gefasst. »Ja?« Die Fassungslosigkeit stand mir zweifellos ins Gesicht geschrieben.

»Hast du … Zeit?«

Ich nickte. »Natürlich. Jetzt in jedem Fall. Bis zu deinem Kurs.«

»Komm.« Michis Hand zitterte, doch er zog mich mit sich, zum rosenberankten Gartentor hinaus und hinunter zur Landzunge.

Kapitel 22

Michi führte mich zu einer Bank mit Seeblick. In der Ferne glitten ein paar Segelboote über das Wasser, und im Priener Hafen legte der alte Raddampfer Ludwig Fessler an.

»Es tut mir so leid«, sagte ich wieder. »Ich weiß gar nicht, was ich sagen soll. Bitte entschuldige.«

»Man sollte sich nur für Dinge entschuldigen, die man beeinflussen kann.« Michi lächelte mich traurig an.

»Ja, ich …«, setzte ich an und brach gleich wieder ab. »Ich weiß auch nicht.«

»Du kannst nicht beeinflussen, was dein Vater denkt und tut.«

Ich seufzte. Das konnte ich tatsächlich nicht. Aber ich wäre am liebsten im Erdboden versunken. Wenn der Nachbar solchen Blödsinn von sich gab – in Ordnung, da stand ich drüber. Aber Papa? »Er ist mein Vater.«

»Und trotzdem ein eigener Mensch.«

Wie wahr. Dennoch. Ich biss auf meine Unterlippe und zögerte einen Moment. Eltern mussten für jeden Blödsinn ihrer Kinder geradestehen, da gab es keine Diskussion. Doch wie war das eigentlich umgekehrt? Papa würde sich von mir nichts sagen lassen. Schlagartig wurde mir die Absurdität von Blutsverwandtschaft bewusst. Mein Vater würde immer mein Vater bleiben, selbst wenn er Dinge tat und sagte, die ich nicht guthieß. Familie eben. Man hielt selbst dort noch zusammen, wo man einem Fremden längst die Nase gebrochen hätte. Weil irgendwo tief im Herzen die Hoffnung lebte, dass es Gründe gab für alles. Gute Gründe.

»Keine Ahnung, was plötzlich in ihn gefahren ist«, meinte ich und fühlte meine Wangen erröten.

»Er schämt sich.« Michi drückte meine Hand.

»Denkst du?«

»Wahrscheinlich schafft er es nicht, die Verantwortung zu tragen. Deshalb streitet er alles ab.«

Nachdenklich wiegte ich meinen Kopf. Ob Papa wirklich so tickte, wusste ich nicht. Vorstellen konnte ich es mir schon. »Ich bin trotzdem enttäuscht von ihm.«

»Bin ich auch.« Michi schluckte. »Aber es ist menschlich, oder nicht?«

Mein Blick war ernst, als ich aufsah. Die Morgensonne glitzerte auf dem See. Tausend kleine Wellen spiegelten das Licht, zusammen bildeten sie einen funkelnden Teppich, der den Bergen zu Füßen lag. »Wenn eine meiner Alarmanlagen die Rettung eines Babys verhindert«, sagte ich leise. »Dann muss ich zu meinem schrecklichen Fehler stehen.«

»Aber es ist nicht einfach, mit dieser Schuld zu leben«, meinte Michi. Er atmete tief durch, bevor er fortfuhr. »Viel einfacher ist es, sich einzureden, dass man sich nichts vorzuwerfen hat.«

Wenn ich ehrlich war, hatte Michi recht. Wie viele Menschen kannte ich, die keinen Hehl daraus machten, ihre Fehler zuzugeben?

»Wie kannst du so ruhig dabei sein?«, fragte ich. »Macht dich das nicht wütend? Dass dein Kind sterben musste und mein Vater nichts unternimmt, damit weitere Unfälle vermieden werden?«

Er zuckte die Schultern. »Natürlich macht mich das wütend. Manchmal könnte ich platzen vor Wut.«

Ich betrachtete ihn von der Seite. Seine dunklen Augen, den gutmütigen Blick. An seiner Stelle hätte ich in Kissen geboxt oder Steine in den Chiemsee geworfen. Selbst Monate danach hätte mich der Gedanke daran innerlich zerfetzt. Dass er so ruhig neben mir saß, erstaunte mich. Doch war die stoische Ruhe vielleicht nur eine Maske? »Du hast dich total im Griff.«

»Was würde es denn nützen, wenn ich deinen Vater meine Wut spüren lassen würde?« Michi seufzte. »Vermutlich würde es ihm nur die Illusion geben, er wäre im Recht.«

Wer schreit, hat unrecht. Das hatte Papa mir von Kindesbeinen an eingeschärft – und schon damals hatte ich diesen Satz gehasst. Denn was machte wütender, als zu wissen, dass man im Recht war, aber dennoch nicht gegen sein Gegenüber anzukommen? Ich bewunderte Michis Selbstbeherrschung.

»Ich wünschte, es wäre anders.«

Er lächelte. »Anders wäre ich nicht zum Pralinen-Einbrecher geworden. Und wir beide hätten uns nie kennengelernt.«

Mein Herz klopfte laut in meiner Brust. Liebend gern hätte ich Michi zu einem angenehmeren Anlass kennengelernt. Doch so war eben das Leben.

»Sag mal …« Etwas in mir sträubte sich gegen die Frage. Sie klang, als nagte auch in mir der Zweifel, ob Michi mich womöglich nur benutzte, um sich an meinem Vater zu rächen. Das glaubte ich keine Sekunde. Trotzdem musste ich es wissen … »Warum hast du mir denn so lang verschwiegen, dass du …?«

Er nickte, bevor ich meine Frage vollenden konnte. »Menschen mit einem guten Herzen wollen immer helfen.«

Lächelnd griff er nach meiner Hand und drückte sie. »Ich habe niemandem davon erzählt. Weil ich diesen Weg alleine gehen musste. Verstehst du das?«

»Aber …« Kurz setzte ich an, etwas zu sagen, doch dann nickte ich nur, um ihn zum Weitersprechen zu animieren.

»Es ist … heilsam, endlich die Dinge zu tun, die ich eigentlich schon viel früher hätte tun müssen«, sagte er langsam und schien jedes Wort genau abzuwägen. »Ich schulde es meiner Ex-Freundin, meinem Baby und genauso auch mir selbst. Aber es tut weh, dass dein Vater nicht mit sich reden lässt.«

Aufmerksam sah ich ihn an.

Seine Augen wirkten noch dunkler als sonst. »Dass ich ausgerechnet Jürgens Tochter küsse, war nicht geplant.«

»Das heißt, du möchtest nicht, dass ich mit meinem Vater rede?«

»Na ja.« Er sog scharf die Luft ein. »So kann das nicht bleiben, wenn wir uns eine gemeinsame Zukunft wünschen.«

Ich griff nach seiner Hand. »Sollen wir den Rest des Weges gemeinsam gehen?«

Ein Lächeln kämpfte sich auf sein Gesicht. »Der führt bergauf.«

Jetzt konnte auch ich wieder lächeln. »Ich bin sportlich, keine Sorge.«

Wir schwiegen einen Moment. Ein paar Touristen fuhren mit einem Elektroboot vorbei. Kinder quietschten ausgelassen, die Mutter ließ ihre Beine im Wasser baumeln. Vorne am Steg ertönte das Horn eines Schiffes. Dreimal. Unter Tosen und Rauschen setzten sich die Räder des alten Raddampfers in Bewegung.

»Natürlich wäre es schön, wenn uns da keine Feindseligkeit entgegenschlüge, aber …« Michi rang nach Worten.

»Du denkst, es ist Hopfen und Malz verloren?«

»Das Verhältnis ist schon sehr angeschlagen, ja. Denkst du nicht?«

»Schwiegereltern sind ja sowieso ein schwieriges Thema«, seufzte ich. Sofort ploppte der Gedanke an Julie in meinem Kopf auf. Schließlich hatte sie mich gewarnt. Nicht nur sie, auch Opa hatte schon damals unter seiner Schwiegermutter gelitten und oft Witze gerissen. Ich erinnerte mich noch genau daran, wie sich Opa hatte begeistern können, als der Coffee to go erfunden worden war. *Der Kaffee, den man der Schwiegermutter anbietet*, hatte er immer mit einem Augenzwinkern gesagt, wenn Oma nicht hinhörte. Jahrelang stand der genau so bei Opa auf der Karte: der Schwiegermutterkaffee.

»Er braucht Zeit, um abzukühlen«, stellte Michi fest.

»Hm?« Irritiert folgte ich seinem Blick. Mein Vater stand am Straßenrand, eine große Einkaufstasche neben sich. Gerade stopfte er mit einer Kraft den Müll in die Tonne, mit der ich normalerweise den Boxsack malträtiere.

Solange er wütend ist, ist es sinnlos, mit ihm zu reden.« Wut war ein gebogener Spiegel. Jedes Wort fiel hinein und kam verzerrt wieder heraus. Weiterer Streit war programmiert, besonders bei meinem Vater. Als Securitychef hatte er manchmal eine Durchsetzungskraft, von der andere nur träumten.

»Ach, Jürgen!«, drang Opas Stimme schwach an unsere Ohren, er lehnte sich aus einem Fenster im zweiten Stock. »Wo ich dich gerade sehe – könntest du vielleicht …«

»Kann ich nicht!«, rief mein Vater ärgerlich.

Opa zwinkerte belustigt. Er schwenkte den Kuchenteller, den er gerade in Händen hielt. »Lächeln, tief durchatmen und die Laus von der Leber runterpusten.«

Der Blick, den Papa jetzt nach oben warf, hätte problemlos

ein Loch in den Vorhang gesengt. Doch den verfehlte er um ein paar Zentimeter. Stattdessen traf er Opa.

»Autsch.« Opa grinste, stach sich eine Gabel Torte ab und kaute. »Heb dir die bösen Blicke für denjenigen auf, an den du gerade denkst. Sonst hast du deine Munition längst verschossen, wenn er vor dir steht. Etliche Kollateralschäden, aber kein echter Treffer.«

»Keine Sorge«, brummte Papa. »Böse Blicke habe ich noch mehr als genug. Da schöpfe ich aus dem Vollen.«

Opa hob nur entschuldigend die Kuchengabel und schluckte einen Bissen Torte hinunter. »Ich meine ja nur.«

Ich kniff die Augen zusammen. Was war das eigentlich für eine Torte auf Opas Teller? Auf die Entfernung war es kaum zu erkennen. Flach sah sie aus. Flach und dunkelbraun. Schokoladentarte, tippte ich aus der Distanz. Doch Tarte bot Opa gar nicht an in seinem Café. Hatte er etwa schon wieder einen Gruß vom anonymen Bäcker erhalten?

Papa kramte tiefer. Irgendetwas schepperte, und er fluchte. Mit rotem Kopf tauchte er wieder aus der Tasche auf, doch begeistert sah er nicht aus.

Opa schielte über das Fensterbrett nach unten. »Also, kannst du mir was mitbringen vom Supermarkt oder nicht?«

»Siehst du nicht, dass ich hier gerade … Ach!« Mit einem genervten Stöhnen winkte Papa ab. Er hievte einen schweren Pappkarton aus der Tüte. Ordnete, stapelte, rückte. Doch besser schien es nicht zu werden. Mit jedem Handgriff wurde Papas Gesicht röter und sein Fluchen lauter.

»Sperrmüll kommt erst wieder in zwei Wochen!«, rief Opa fröhlich, doch mein Vater wurde nur noch zorniger.

»Kannst du aufhören, alles zu kommentieren?«

Michi und ich wechselten einen kurzen Blick. Mir war es unangenehm, das Gespräch aus der Distanz zu verfolgen und die schlechte Laune meines Vaters dabei ungefiltert mitzubekommen.

»Ich glaube, ich warte ein paar Tage, bis ich mit ihm rede«, flüsterte ich, und Michi biss auf seiner Lippe herum, den Blick auf die Berge gerichtet.

»Es tut mir wirklich leid, dass es so kompliziert läuft.«

Jetzt musste ich lächeln. »Man sollte sich nur für Dinge entschuldigen, die man beeinflussen kann. Sagte mir kürzlich jemand.«

Michi grinste. »Dann hat dieser Jemand wohl recht.«

Papa sortierte immer noch seine Kartons.

»Brauchst du Hilfe?«, fragte Opa schließlich. »Sollen wir es gemeinsam ins Auto tragen?«

»Ich nehme ein Schiff, das nächste geht in fünf Minuten!«, rief Papa zurück. Die Stirn noch immer in Falten, aber zumindest mit weicherer Stimme. »Ein paar Termine mit Kunden auf der Fraueninsel, weißt du.«

»Das nächste Schiff zur Fraueninsel geht aber erst in zwei Stunden.«

»Du machst Witze.« Papa sah entnervt auf.

Abwehrend hob Opa die Arme. »Habe den Fahrplan nicht geschrieben.«

»Aber …?« Er legte seine Hand an die Stirn, um suchend in die Ferne zu blicken. »Ich dachte, fünf nach …?«

»Fünf vor«, korrigierte ihn Opa.

»Nicht dein Ernst!«

»Der Raddampfer Ludwig Fessler. Vor fünf Minuten hat er abgelegt, habe ihn vom Küchenfenster aus wegfahren sehen.«

»Ich … Ach!« Papa stampfte mit dem Fuß auf.

»Nimm eines der Touristenboote.«

An sich eine gute Idee, doch von unserer Bank aus sah ich bereits, was für Opa noch teilweise von dem kleinen

Häuschen des Bootsverleihs verdeckt wurde: Es war keines mehr übrig. Nicht verwunderlich, denn die Sonne strahlte vom wolkenlosen Himmel, eine warme Brise wehte über Prien und – vermutlich der wichtigste Grund –: Der Verleih bot erstmals einen Frühaufsteherrabatt an.

»Das gibt's doch nicht, sind die alle draußen?« Ungläubig starrte mein Vater den Bootsjungen an, der braun gebrannt am Steg saß und sich gerade die Sonnenbrille auf die Nase setzte.

»Alle«, kam die Antwort.

»Birnbaum und Hollerstauden, Kreuzkruzifix, Herrgott noch mal!« Ärgerlich kickte Papa einen Stein weg, mit lautem Platschen landete er im Wasser. Nur kurz zogen sich Kreise über die Oberfläche, dann wurden sie von den kleinen Wellen des Chiemsees überrollt.

»Ruf die Kundschaft an, dass du später kommst.« Opa zuckte die Achseln. »Ist doch nicht so tragisch.«

»Das ist ein viel beschäftigter Mann. Und ein jahrelanger Kunde. Er hat ein Zeitfenster von einer halben Stunde für mich, danach ist er für ein paar Wochen auf Geschäftsreise.« Papa atmete tief durch. »Meine Kunden müssen sich auf mich verlassen können!« Wieder trat er mit dem Fuß auf einen Stein, schoss ihn ins Wasser. »Verdammt!«

Ich hörte Michi neben mir seufzen. Dann stand er auf. Mit einem unguten Grummeln im Bauch folgte ich ihm hinüber zu Papa.

»Deinen Hohn brauche ich jetzt nicht!«, fuhr mein Vater ihn an. »Und du gehst jetzt ins Haus, Anne. Kümmere dich um Julie, du bist lang genug mit diesem Verbrecher rumgehangen.«

Kurz zuckte Michis Mundwinkel. Dass ihn so ein Satz verletzte, war ihm mehr als deutlich anzusehen. Doch falls ihm in diesem Moment etwas auf der Zunge lag, dann schluckte er es herunter. »Ich habe ein Boot, ich fahre dich rüber«, sagte er stattdessen und versuchte ein Lächeln.

»Jetzt will er sich einschleimen«, brummte mein Vater.

»Verdammt noch mal, Jürgen!«, schimpfte Opa von oben, einen Gesichtsausdruck, als wäre er am liebsten direkt übers Fensterbrett gehüpft, um Papa mal kurz durchzuschütteln.

»Du musst das nicht tun«, flüsterte ich. Liebevoll strich ich Michi über den Rücken. Keine Ahnung, ob ich das an seiner Stelle gekonnt hätte. Vermutlich hätte die Wut überwogen. Es gehörte einiges dazu, sich so anschreien zu lassen und sich anschließend hilfsbereit zu zeigen. Das zeugte von Größe.

»Er kann nicht anders. Im Grunde ist er doch nur verunsichert und beschämt«, gab Michi leise zurück. Nicht leise genug.

»Ich schäme mich für nichts!«, polterte mein Vater los. »Und garantiert setze ich mich nicht mit dir in ein Boot. Das ist doch nur ein billiger Trick. Wer weiß, was du planst. Am Ende wirfst du mir noch die Ware in den See!«

Michi seufzte leise. Sein Schlüsselbund klirrte, als er ihn aus der Hosentasche zog und einen kleinen Schlüssel aus dem Ring drehte. »Hier«, meinte er und hielt ihn meinem Vater entgegen. »Aber pass bitte drauf auf, in Ordnung?«

Papa öffnete und schloss seinen Mund wie ein Fisch. Kurz starrte er auf den kleinen Schlüssel, den Michi ihm entgegenhielt, dann grub sich wieder eine Falte in seine Stirn. Er setzte an, etwas zu sagen, doch glücklicherweise war ich schneller.

»Das ist unglaublich lieb von dir, Michi.«

»Respekt, junger Mann«, rief auch Opa von oben und grinste. »Jürgen, nimm das Angebot an. Er rettet dir gerade den A…«

»Jaja!« Papa winkte genervt ab. »Wie viel pro Stunde?«

»Nichts. Nimm es einfach.«

»Du tust das nur deshalb für mich, weil du hoffst, dass ich als Securitychef deine illegalen Machenschaften …«

»Ich tue es für deine Tochter«, unterbrach Michi ihn ruhig. »Nicht für dich.«

»Wie soll ich das verstehen? Soll sie dir etwa im Gegenzug …«

Michi schüttelte den Kopf und fuhr ihm mit leiser Stimme ins Wort. »Wer ihr wichtig ist, ist auch mir wichtig. So einfach ist das.«

»Wow.« Papa lächelte spöttisch. »Wie edel.«

Ich seufzte, und mein Magen krampfte sich schmerzhaft zusammen. Warum zierte er sich so? Wenn ich nicht irrte, handelte es sich bei dem viel beschäftigten Herrn auf der Fraueninsel um Papas wichtigsten Kunden. Da klang Michis Angebot wie die letzte Rettung in der Not. Andererseits gab sich mein Vater nicht gern die Blöße, schon gar nicht vor Michi.

»Das funktioniert auch in die andere Richtung«, mahnte Michi leise. »Wer Anne wichtig ist …«

Mein Vater fixierte ihn. »Irgendwann ertappe ich dich schon noch auf frischer Tat, dann stellt sich mir die Frage sowieso nicht mehr.«

Anstatt zu antworten, hielt Michi ihm nur den Schlüssel entgegen. Nicht ohne schwer zu schlucken, doch das bemerkte nur ich. »Die Susi.« Er zeigte auf das Boot, das sanft am Steg schaukelte.

»Mh«, brummte Papa nur, nickte Michi halbherzig zu und nahm den Schlüssel an sich.

Ich sah meinem Vater nach, wie er die Ware in Richtung Steg hievte und Susi von ihrer blauen Plane befreite. Sanft und friedlich schaukelte sie auf den Wellen. Erst jetzt wurde mir bewusst, dass das Boot den Namen von Michis Ex-Freundin trug.

Michi folgte meinem Blick. »Ich habe es noch nicht übers Herz gebracht, den Namen zu ändern.«

»Musst du auch nicht«, antwortete ich und schluckte. Geflissentlich versuchte ich zu ignorieren, dass mir der Gedanke einen kleinen Stich ins Herz gab. Doch eigentlich waren es nur ein paar Buchstaben. Ein paar Buchstaben, weiter nichts.

»Ach, Anne.« Lächelnd strich er mir eine Haarsträhne hinters Ohr, was ihm sofort wieder einen giftigen Blick von Papa einbrachte. Aber Michi störte sich nicht daran. »Ich fühle doch, dass es dir wehtut. Sobald dein Vater zurück ist, werde ich den Namen überpinseln.«

»Weißt du was?« Ich schlang meine Arme um seine Hüfte und zog ihn dicht zu mir. Was brachte es denn schon, wenn er den Namen nur aus Gefälligkeit änderte? »Lass den Namen einfach stehen.«

»Niemals«, flüsterte Michi und grinste schief. Er zog mich in eine Umarmung, sein Mund war nur noch wenige Millimeter von meinem entfernt. Mein Herz klopfte. »Ich werde deinen Namen auf alles draufschreiben, was mir in die Finger fällt.«

»Nein.« Ich lächelte. »Mein Name soll in deinem Herzen stehen. Dann ist es völlig egal, welcher Name auf deinem Boot steht.«

»Das tut er«, versprach Michi mir leise, doch er schluckte.

Kapitel 23

»Bleib!«, sagte Julie leise.

Der Steg knarrte unter ihren Füßen, und der wache Welpe verfolgte jede ihrer Bewegungen. Es kostete Balu sichtlich Selbstbeherrschung, dort sitzen zu bleiben, wo Julie ihn abgestellt hatte. Besonders jetzt, da gerade die Frisbeescheibe durch die Luft flog, der er sonst so gerne hinterherfetzte. Seine Augenbrauen wanderten mittig nach oben, die Stirn knitterte sich in Falten, und sein Blick war herzzerreißend.

»Toll macht er das!« Beeindruckt beobachtete ich den Kleinen – und sah Julie zu, die übers ganze Gesicht strahlte und ihm beinahe im Sekundentakt ein Leckerli ins Maul steckte. »Und einen guten Appetit hat er auch.«

»Meine Version der Bleibübung.« Julie grinste. »Ich füttere ihn jetzt so lange, bis er zu schwer ist, um sich von der Stelle zu rühren.«

Ich lachte.

»Bring!«, rief sie schließlich.

Während der Kleine begeistert in den See sprang, um die Scheibe herauszufischen, ließ sich Julie neben mir am Steg nieder. Unsere Füße baumelten im Wasser, ein paar Fische schwammen in der Nähe vorbei.

Ich nickte anerkennend. Mit einem Klappern schob ich unsere Kuchenteller weg und wischte mir den letzten Krümel der Prinzregententorte aus dem Mundwinkel. »Ihr habt viel geschafft, Balu und du.«

»Hätte ich am Anfang nie gedacht. Da war ich manchmal nah dran, ihm eine Briefmarke auf den Bauch zu kleben und ihn ins nächste Tierheim zu schicken.« Grinsend sah sie Balu hinterher, der entschlossen gegen die Wellen ankämpfte. Das Fell hing ihm nass ins Gesicht, doch für sein Alter kam er zügig von der Stelle. Die Sonne brannte auf den Chiemsee und hinterließ einen goldenen Glitzerteppich, mittendrin Balu und seine Frisbeescheibe.

»Das hättest du niemals übers Herz gebracht.«

»Natürlich nicht.«

»Wo ist Lukas eigentlich?«, fragte ich.

»Der besucht den Krav-Maga-Kurs bei deinem Michi.« Julie lächelte. »Von meinen Erzählungen war er so begeistert, dass er es unbedingt mal ausprobieren wollte.«

»Und du bist gar nicht mitgekommen? War es das letzte Mal so schlimm?«, scherzte ich.

»Es tut so gut, manchmal Dinge getrennt zu machen. Genau das haben Lukas und ich ja früher immer versäumt.« Begeistert klatschte sie auf ihre Schenkel, als Balu in Reichweite kam, den Steg hinaufkletterte und ihr die Scheibe auf den Schoß spuckte. Im Tausch gegen ein streng riechendes Stückchen Trockenfleisch. »Super, Balu! Fein gemacht!«

»Achtung!«, rief ich und duckte mich nach rechts weg. Gerade noch rechtzeitig, denn Balu schüttelte sich, und ein kühler Sprühregen feinster Wassertropfen regnete auf uns herab.

»Rabauke.« Julie knuddelte den Kleinen, der sich klitschnass auf ihrem Schoß niederließ. Die riesigen Pfoten stützten sich auf ihre Oberschenkel, der Rest vom Hund kam nur eine Sekunde später hinterher – mit vollem Gewicht auf ihren

Schoß. »Eigentlich sollte ich ihm das nicht erlauben, schließlich wiegt er in einem Jahr mal fünfzig Kilo.«

»Aber er ist einfach so süß.« Ich seufzte. Der kleine Welpe hatte alle Herzen im Sturm erobert. Halb Prien kannte ihn schon. Und Bärbel, die während des Spendenfestes auf Balu aufgepasst hatte, wollte ihn am liebsten jede Woche einmal ausleihen.

Julie lehnte sich wohlig seufzend zurück auf das warme Holz und schloss die Augen, Balu kletterte auf ihren Bauch. »Wie läuft eigentlich deine Mission mit Mister Pralinen-Einbrecher?«

»Na ja …«, meinte ich und ließ mich ebenfalls zurückfallen. Das Holz des Steges war aufgeheizt von der Sonne. Ich nagte an meiner Unterlippe. Gute Frage. Wie lief es? Papa war im Kampfmodus. Trotzdem hoffte ich, dass Michis Gutmütigkeit etwas in ihm angestoßen hatte. »Ich warte gerade auf Papa. Eigentlich ist es zu früh, mit ihm zu sprechen. Aber ich halte es so nicht mehr aus.«

»Was möchtest du erreichen?«

»Du denkst, es ist sinnlos?«, fragte ich.

»Das habe ich nicht gesagt.« Julie kraulte Balus Bäuchlein, und der Hund verdrehte genüsslich die Augen.

»Aber gedacht.«

»Nein, ich glaube nur, dass es für dich wichtig ist, dich vor dem Gespräch zu fragen, was du erreichen möchtest.«

»Ach so.« Ich sah hinauf in den strahlend blauen Himmel, spürte auf meinem Gesicht die Sonne und an den Füßen das Wasser, das in leisen Wellen gegen meine Beine schwappte. »Ich möchte, dass er die Alarmanlagen austauscht. Und dass er Michi akzeptiert.«

»Mit dem Thema Alarmanlagen bin ich voll bei dir«, meinte Julie und drehte ihren Kopf zu mir. Eine tiefe Falte grub sich in ihre Stirn. »Aber welche Gefühle er Michi gegenüber hat, kannst du nicht beeinflussen.«

»Eigentlich hatte ich vor, ihn zu bitten, mit Michi netter umzugehen.«

»Das ist, als würdest du bei einer überlaufenden Badewanne Wasser abschöpfen, anstatt den Hahn zuzudrehen. Aber den Hahn zudrehen, das kann nur dein Vater selbst.«

Erstaunt sah ich sie an und verkniff mir nur mühsam ein Lachen. »Hast du dich etwa mit Opa unterhalten?«

Sie grinste. »Merkt man das?«

Opas Lebensweisheiten begleiteten mich schon so lange, dass ich seine Vergleiche in- und auswendig kannte. Und jeder von ihnen hatte mir in irgendeiner Lebenslage weitergeholfen. Wenn sich meine Haare einmal grau färbten, wollte ich so weise sein wie mein Großvater.

Balu begann zu fiepen, sein Schwanz wedelte so freudig hin und her, dass er nur um Haaresbreite meine Nase verfehlte.

»Irgendwas hat er entdeckt …« Julie stemmte sich aus dem Liegen hoch. »Ah, dein Vater kommt zurück.«

Nervöse Gedanken explodierten in meiner Magengrube, irgendwo zwischen dem Abendessen und dem Dessert machte sich ein fieses Gefühl breit.

Eine Wolke schob sich vor die Sonne, der Glitzerteppich auf dem Chiemsee wandelte sich zu graugrünen Wellen. Ruhig und verlässlich glitt Michis Boot durch sie hindurch. Mein Vater hatte die Hand lässig auf das Steuerrad gelegt und seine Kappe tief ins Gesicht gezogen. Er visierte unseren Steg an.

Julie fasste nach meiner Hand. »Du schaffst das schon, Anne.« Leise pfiff sie Balu zu sich, der schwanzwedelnd am hintersten Ende des Steges stand, und entfernte sich in Richtung Café.

Ich seufzte bloß. Mir war übel, die Prinzregententorte in meinem Magen schien kurz darüber nachzudenken, ob sie den Weg nach oben oder nach unten wählen sollte. Dann atmete ich einmal tief durch und lief Papa entgegen.

Bestimmt hatte er mich kommen gehört, doch er sah erst auf, als ich direkt vor ihm stand. Seine Mimik war nicht zu entziffern. Wortlos streckte er mir Michis Schlüssel entgegen. »Sag ihm Vielen Dank.«

Ich schluckte und verkniff mir mit Mühe ein *Sag es ihm doch selbst.*

»Falls du ihn zufällig mal siehst«, fügte Papa hinzu. Was mir subtil zu erkennen gab, dass ich mich nicht aktiv um ein weiteres Treffen mit Michi bemühen sollte. Hilfsbereit hin oder her.

»Hast du Zeit?«, fragte ich.

»Kommt drauf an, wofür.«

»Für mich.«

Er lächelte. Lange hatte ich ihn nicht lächeln sehen. Sein Gesicht sah beinahe ungewohnt aus mit diesem freundlichen Ausdruck. »Für meine Tochter immer. Wo brennt's?«

»Am besten hole ich uns Gebäck, und wir setzen uns ans Wasser. Einverstanden?«

»Wenn es um deinen Einbrecher geht …«, setzte mein Vater an, doch ich unterbrach ihn.

»Schwarztee oder Kaffee?«

Seufzend ließ er sich auf einen von Opas Korbsesseln fallen. Das Café hatte seit einer Stunde geschlossen. »Kaffee. Und ein Stück Käsekuchen, den mit der cremigen Apfelfüllung.«

»Der ist weg. Donauwelle ist da, ein paar Auszogne und Kekse.«

»Dann nehme ich einen Auszognen. Soll ich …?«

»Bleib ruhig sitzen.« Mein Herz klopfte, als ich in Richtung Café verschwand.

Drinnen war es still, es roch nach geröstetem Kaffee und Gebäck. Schwach schien die Sonne durch die halb geschlossenen Rollos, aber zumindest blieb es dadurch weitgehend kühl. Die Backstube war schon geputzt, das übrig gebliebene Gebäck wartete auf der Anrichte. Im Vorbeigehen fiel mein Blick auf die Arbeitsplatte. Ein Stück Torte, helle Sahne, gelbe Creme. Vermutlich Eierlikör. Zwischen Teller und Kuchengabel steckte ein Notizzettel: für Opa. Kapazitäten, darüber nachzudenken, hatte ich nicht, schließlich saß der Gedanke an Papa fett wie ein Buddha in meinem Kopf und zehrte alle verfügbaren Kräfte auf, die ich hatte.

Wohl oder übel schob ich meine Sorgen beiseite und setzte Wasser auf. Ich griff nach Opas Kaffeemühle, schüttete die Bohnen hinein und kurbelte. Opa liebte es, seinen Gästen frisch gemahlenen Kaffee zu servieren. Kenner schworen, den Unterschied zu merken. Bis zu meiner Ausbildung hatte ich Opa dafür belächelt, doch schon die erste Tasse Kaffee in einem kleinen Studentencafé in Hamburg hatte mich eines Besseren belehrt. Ich kippte das frisch gemahlene Kaffeepulver in einen Filter, Schluck für Schluck goss ich heißes Wasser darüber. Leises Tröpfeln, dann stieg unwiderstehlicher Kaffeeduft auf. Ich atmete tief ein, genoss das röstige Aroma und seufzte. Dennoch. Meine Bitte zum Gespräch hing in der Luft wie drohende Gewitterwolken. Die nichts anderes sagten als: Heute wird es krachen.

Mit zwei Tassen Kaffee, einem Auszognen und einer Donauwelle auf dem Tablett kam ich zurück zu meinem Vater. Ich zögerte kurz, bevor ich den Teller vor ihm auf den Tisch stellte. Ausgerechnet einen Auszognen.

Auch Papa stockte kurz. »Unser Familiengebäck«, sagte er dann leise.

Eigentlich wurden Auszogne traditionell an Kirchweih gebacken. Opa jedoch servierte sie zu Familienfeiern aller Art. Zu Geburtstagen, Hochzeiten, Familientreffen. Zu Kirchweih, Ostern und Pfingsten. Für mich symbolisierten sie den Zusammenhalt, der groß geschrieben wurde in unserer Familie. So viel Bedeutung in einem so unscheinbaren Gebäck. Und ausgerechnet jetzt lag dieser Auszogne auf Papas Teller – jetzt, da ich ein Gespräch mit ihm führen wollte, das sich für ihn offenbar anfühlte, als würde ich nicht länger zu ihm halten.

»Danke.« Er nahm den Kaffee entgegen und zog den Teller näher zu sich.

Wortkarg starrte ich auf den Auszognen. Auch Julie hatte dieses Gebäck lieben gelernt. Den lockeren Hefeteig, kreisrund in Fett ausgebacken. Die knusprige, helle und hauchdünne Mitte. Den gebräunten Rand, schön dick und fluffig. Obenauf eine zarte Schicht Puderzucker.

»Also?« Mein Vater nahm einen Schluck Kaffee, setzte die Tasse ab und sah mich abwartend an.

»Ich finde, du solltest die Alarmanlagen austauschen.« Ein tiefer Atemzug, dann sprach ich weiter. »Wenn es elektronische Interferenzen gibt, die dazu führen, dass ein Hausnotruf eventuell nicht mehr funktioniert, dann ist es höchste Zeit.«

»Du verstehst nichts davon.«

»Dann erkläre es mir.«

»Anne.« Papa biss ein großes Stück von seinem Auszognen ab und klopfte sich den Puderzucker vom Hemd. »Alle Alarmanlagen auszutauschen würde mich finanziell ruinieren.«

Ich atmete tief durch. Das war es also, eine Geldfrage. Da hätte ich von allein draufkommen können. Lustlos stocherte ich in meiner Donauwelle. Die Zartbitterschicht splitterte, eine hauchdünne Schicht Buttercreme quoll unter dem Druck der Kuchengabel heraus. Kopfschüttelnd spießte ich das Stückchen auf. Die Herzkirschen, die Opa dafür im Garten gepflückt hatte, hinterließen einen schwarzroten Abdruck auf dem Teller. »Die Sicherheit von Menschen sollte doch wichtiger sein als Geld, oder?«

»Manchmal ist es nicht so einfach«, beharrte mein Vater. Er rührte so energisch in seiner Kaffeetasse, dass sie fast überschwappte.

»Stell dir vor, Mama wäre auf einen Hausnotruf angewiesen. Würdest du da nicht sofort die Anlage auswechseln?« Ernst sah ich ihn an und kaute. Der Geschmack der Donauwelle tröstete mich ein wenig. Knackige Schokolade, zarte Buttercreme. Der schwarz-weiß gemusterte Teig glich einer Wolke – und zwischendrin immer wieder eine saftige, reife Herzkirsche. »Denk doch mal an die anderen Leute.«

»Das sagst gerade du«, brummte er.

Der Satz traf mich wie ein Schlag in die Magengrube. »Was meinst du damit?«

»Du bist doch momentan auf so einem Egotrip. Denkst nur noch an dich und deine Träume.«

»Aber …«, setzte ich an, kam jedoch nicht weit.

»Opa zerreißt es das Herz, wenn du das Café nicht übernimmst.«

»Moment mal«, sagte ich energisch und verschränkte die Arme vor der Brust. »Zwischen Egoismus und dem Träumeleben ist noch ein großer Unterschied.«

»Das hat dir alles dieser Einbrecher eingeredet. Der zieht dich noch auf die schiefe Bahn.«

»Schluss!« Entschieden schlug ich mit der Hand auf den Tisch. So heftig, dass die Kuchengabel auf dem Teller vibrierte. »Jetzt mal halblang.«

»Ach!« Ärgerlich winkte Papa ab. Er schnappte sich seinen Auszognen, mit der anderen Hand den Kaffee und zog von dannen. Vermutlich in Richtung Securityfirma.

Ich blieb traurig zurück. Das erste Mal, dass es Streit gab – mit unserem Familiengebäck auf dem Teller.

Kapitel 24

»Servus, Anne!« Überrascht sah Hannes auf. Er saß in der Notruf- und Serviceleitstelle der Sicherheitsfirma, sechs Bildschirme vor sich. Mit wachem Blick scannte er die Aufnahmen einer Überwachungskamera. »Du warst ewig nimmer hier.«

»Jahre.« Ich lachte und schlug in die Hand ein, die er mir hinhielt. »Aber frag mich nicht, wie viele.«

»Die Schublade mit den Süßigkeiten, die konntest du damals nur erreichen, wenn du dich auf die Zehenspitzen gestellt hast.«

»Stimmt!« Erinnerungen kamen zurück. An einen viel jüngeren Hannes, an eine Schublade voller Schokotoffee und an Abenteuer hier in der Leitstelle. Hannes war gealtert. Seine Schläfen wurden langsam grau, sein dichter Vollbart glänzte stellenweise silbern. Noch ein Jahr, dann war keines seiner dunkelbraunen Haare mehr übrig.

»Magst du eins?« Er öffnete die Schublade, grinsend wies er hinein. »Manche Dinge ändern sich nie.«

»Au ja, was richtig Ungesundes.«

»Na, na!« Mit überlegener Miene zählte er die Toffees ab. »Nimm zwölf Stück, das sind exakt hundert Gramm.« Er zwinkerte. »Ausgewogene Ernährung.«

Ich musste lachen und griff nach einem Toffee. Mit einem

Schlag fühlte ich mich wieder wie das kleine Mädchen, das begeistert in der Leitstelle auf Bildschirme gestarrt und von einer Karriere als Sicherheitsangestellte geträumt hatte.

»Weißt du noch?« Hannes zwinkerte mir zu und wies auf den großen, breiten Tisch, direkt vor all den Bildschirmen. »Hier hat dein Vater dich immer abgesetzt und sich von dir erklären lassen, wie sein Job funktioniert.«

Ich musste grinsen. In letzter Zeit hatte ich mich selten daran erinnert, weil Konflikte im Raum schwelten. Doch er war ein grandioser Vater gewesen. Immer. Auf den Knien war Papa durch die Firma oder zu Hause durch die Wohnung gerobbt, ich auf seinem Rücken – Ritterin Anne hatte schließlich einen Drachen zu töten. Imaginäre Schwerter hatte er für mich verwahrt und nie eines verloren. Die Wohnung hatte er gesaugt, beziehungsweise das Schlachtfeld. Und mir fünfmal pro Tag gesagt, dass er mich zum Fressen gernhatte. Gut, in der Pubertät hatte er bestimmt bereut, die Ankündigung nicht wahr gemacht zu haben. Aber das war eine andere Geschichte.

Mein Blick glitt über die Wände, über etliche Teamfotos – und blieb auf Michis Gesicht hängen. Gerade hatte ich den Arm gehoben, um darauf zu zeigen, da schüttelte Hannes den Kopf.

»Das Team kennst du gar nicht. Als du Kind warst, könnte es diese Mannschaft gewesen sein – auf dem dritten Bild von links.«

Ich zögerte. Der Michi auf dem Bild lächelte mich an, in seinen Augen lagen Entschlossenheit und Wärme zugleich. Eigentlich war es kein Lächeln. Die Mundwinkel hoben sich leicht – der linke kaum merklich höher als der rechte, und trotzdem schien er innerlich zu strahlen. Die Lightversion seines typischen schiefen Michi-Grinsens, das ich so liebte.

»Alles okay?« Hannes schob sich ein Schokotoffee in den Mund und rutschte mit dem Stuhl ein Stückchen näher zu mir herüber.

»Ja.« Kurz wechselte ich noch einen Blick mit dem Michi auf dem Foto, dann konnte ich die Frage doch nicht lassen. »Wie lang war Michi denn hier angestellt?«

»Michi!« Hannes nickte. »Netter Kerl. Hat hier als Alarmfahrer gearbeitet.«

»Ach, okay.«

Hannes beugte sich vor. »Der Job, den du immer wolltest, als du klein warst«, flüsterte er grinsend. »Sherlock Holmes im Einsatz.«

»Auf der Suche nach dem verschwundenen Schokokeks.« Ich lachte.

»Fünf Jahre war er hier, coole Socke – und immer zuverlässig.« Hannes grinste noch ein Stückchen breiter. »Hat den Schokokeks immer gefunden.«

»Warum ist er gegangen?«

»Wurde gegangen.« Vielsagend hob Hannes die Augenbrauen. Er seufzte schwer und wackelte mit dem Mauszeiger auf dem Bildschirm herum.

»Papa hat ihn rausgeworfen?«

Hannes atmete hörbar aus. Nervös sah er sich um, doch wir waren allein. »Das ganze Team war entsetzt. Michi ging es damals echt dreckig, gerade nach dem Verlust seines Kindes.«

Ich schüttelte den Kopf. Umso erstaunlicher, dass Michi meinem Vater gefasst und freundlich entgegentrat. Hätte ich an seiner Stelle nicht geschafft. Liebe zur Tochter hin oder her. So ein gefühlloser Umgang hinterließ doch Spuren. Ich gebe es offen zu: Wahrscheinlich hätte ich an Rache gedacht. Den Wunsch gehegt, ihn spüren zu lassen, welchen Schmerz ich durchlebte. Klar, im Grunde war ich ein friedliebender

Mensch. Doch wer wusste schon so genau, wohin mich der Schmerz triebe, wenn so etwas passierte? Bestimmt gab es Leute, die daraufhin versuchen würden, meinem Vater das Geschäft zu demolieren. Das war es ja, wovor er Angst hatte: dass Michi mit seiner Pralinenaktion in Wahrheit einen Racheakt durchzog, der ihn ruinierte.

»Blöde Geschichte.« Hannes seufzte. »Gut, dass jetzt alles ausgestanden ist.«

»Ist es das?«, fragte ich.

Unschlüssig zuckte er die Schultern. »Na ja. Es ist lang her. Und ich schätze, Michi hat alles inzwischen überwunden. Vermutlich hat … oh … Moment …« Ein Pfeifen unterbrach ihn. »Ich habe einen Alarm, den muss ich kurz … Bin gleich wieder bei dir …«

Nervös biss ich mir auf die Lippe und starrte auf die weiße Bürotür meines Vaters. Deshalb war ich hier. Ich war eben kein Mensch, der nach einem Streit einfach in den Tag hineinlebte.

Unstimmigkeiten mussten beigelegt werden. Jetzt und hier und sofort. Nie hatte ich Leute wie meinen Vater verstanden, der sich nach einem bösen Wort oft wochenlang nicht meldete, dann mit mürrischer Miene wiederauftauchte und irgendwann davon ausging, dass Gras über die Sache gewachsen war.

Seufzend lehnte ich mich an die Wand, Hannes telefonierte leise mit einem Kunden. Ich nestelte an meinem T-Shirt herum und fand keine Ruhe, mein Magen schlug mal wieder Alarm. Die Donauwelle schien dort unten ein paar Turnübungen auszuprobieren.

»Servus, Lois, wir haben einen Einbruchsalarm. Objekt 183, die Kundin wünscht eine Alarmverfolgung … Jupp, genau … Danke dir!«

»Stress?«, fragte ich, als er aufgelegt hatte.

»Nö, gar nicht. Aber nachts ist momentan viel los. Dein Vater hat die Nachtschichten personell aufgestockt.«

»Weil?« Ich ahnte schon, was Hannes sagen wollte.

»Ausgesprochen hat er es nie«, meinte Hannes und hob vielsagend die Augenbrauen. »Aber offenbar will er den Pralinen-Einbrecher schnappen.«

»Aha«, sagte ich tonlos.

»Wenn du mich fragst, tut der Bursche nichts Verbotenes.« Hannes zuckte die Schultern und schob sich noch ein Stückchen Schokotoffee in den Mund. »Die Leute freuen sich, alle sind glücklich. Und selbst wenn – dann wäre das eigentlich die Aufgabe der Polizei, aber definitiv nicht unsere.«

Wieder starrte ich auf die weiße Bürotür, hinter der ich meinen Vater vermutete. Ich hätte gern in seinen Kopf hineingeguckt. Ihn an den Haaren gepackt, die Schädeldecke aufgeklappt und Gedanken entwirrt wie ein Wollknäuel. Den Knoten gelöst, der sich seit Susis Unfall jeden Tag fester zusammenzog. Notfalls mithilfe von ein bisschen Öl, damit bekam man selbst die hartnäckigsten und verfilzten Knoten auseinander.

»Unter uns beiden«, flüsterte Hannes kauend und schob sich das Toffee in die Backe. »Er wirkt beinahe schon besessen von dem Gedanken, den Pralinen-Einbrecher zu schnappen.«

»Besessen«, wiederholte ich. »Das trifft es auf den Punkt.«

»Toffee?« Auffordernd hielt mir Hannes eine Handvoll hin.

Dankbar lächelnd griff ich zu und packte gleich das erste aus. Hoffentlich hielten ein paar davon die Donauwelle im Zaum. Weiß Gott, was die in meinem Magen veranstaltete. Spontan würde ich sagen, sie nahm Tanzstunden. Mir war übel. Speiübel.

»Kann ich meinen Vater sprechen, oder ist es gerade schlecht?«, fragte ich.

»Geh ruhig rein. Eigentlich hat er frei.« Hannes zuckte die Schultern. »Ich habe mich sowieso gefragt, warum er hier ist. Wahrscheinlich sieht er Unterlagen durch.«

Hauptsächlich floh er vor mir. Seine Taktik eben, jede Konfrontation zu meiden. Doch das wollte ich heute nicht so hinnehmen. »Danke dir«, meinte ich nur, atmete einmal tief durch und trat an Papas Bürotür. Mein Klopfen schallte laut und deutlich durch den Raum.

»Jawoll?«, kam es dumpf von drinnen.

Hannes' neugieriger Blick bohrte sich in meinen Nacken, dann legte ich die Hand auf die Klinke. Mit Schwung öffnete ich die Tür.

»Was gibt's?«, fragte Papa, ohne von seinem Schreibtisch aufzusehen.

»Ich wollte das nicht so stehen lassen.«

»Was ist die Alternative?«

Ich sah ihn ernst an und schloss die Tür hinter mir. »Wir sollten das ausquatschen wie Erwachsene.«

»Führt nur zu nichts.«

Kurz schloss ich die Augen und zählte innerlich bis fünf. Dann ließ ich mich auf dem Stuhl vor seinem Schreibtisch nieder. Klar, wir hatten unterschiedliche Meinungen. Aber irgendwie mussten wir doch wieder zueinanderfinden.

Papa klappte seufzend den Aktenordner zu, den er bis soeben bearbeitet hatte. »Anne. Ich bin dein Vater.«

»Eben deshalb solltest du …«

»Ich werde sicher nicht zusehen, wie du in dein Verderben rennst.«

Anstatt einer Antwort steckte ich mir ein Schokoladentoffee in den Mund. Solange mein Vater keine Einsicht zeigte, würde ich stoisch Toffees kauen. Was blieb mir anderes übrig.

»Er benutzt dich.«

»Wir lieben uns«, erwiderte ich.

»Hast du mir nicht zugehört?« Mein Vater beugte sich ein Stückchen nach vorne.

»Und du mir?«, gab ich hitzig zurück.

»Er liebt dich nicht.«

Ich schnappte nach Luft. »Woher willst du das wissen?«

»Dass er sich an dich heranmacht, ist ein Racheakt, weiter nichts.«

»Rache an dir …? Das ist doch nicht dein Ernst!«

Mein Vater seufzte. »Du glaubst ihm tatsächlich, oder? In deinem Alter ist man noch naiv.«

»Naiv?« Mein Puls raste, mein Gesicht wurde eine Stufe röter. Eigentlich hatte ich vorgehabt, die Wellen zu beruhigen. Stattdessen schaukelten wir uns nur noch mehr hoch.

»Er rächt sich für den Unfall. Nur deshalb will er die Firma mit seinen Briefen in den Ruin treiben und Zwietracht zwischen uns beiden säen.«

»Also komm!« Ich winkte ab.

»Nicht nur das: Er benutzt dich auch dafür, dass du ein gutes Wort für ihn einlegst. Bei mir, schließlich setzt meine Firma alles daran, ihn dingfest zu machen.«

»Hör bitte auf damit«, sagte ich leise.

Mein Vater lächelte, doch es war ein überlegenes Lächeln. »Wie ich sehe, geht sein Plan auf. Sei nicht so naiv, Anne.«

»Wir lieben uns«, wiederholte ich. Und wenn ich es tausendmal wiederkäuen musste. Wie ein Mantra, das in meinem Kopf Kreise zog.

»Er ist sehr schlau. Tut so, als würde er Pralinen verteilen. Aber in Wirklichkeit bricht er überall ein, nimmt den Leuten alles, was ihnen heilig ist.«

»Nein!« Ich schrie fast.

»Nimm die rosarote Brille ab«, mahnte mich mein Vater. Bedächtig drehte er sich zum Regal, nahm ein Foto heraus und hielt es mir hin.

»Was ist das?«

»Schau ihn dir an, deinen Pralinen-Einbrecher.«

Mit fahrigen Händen hielt ich es hoch, eine Aufnahme von der Überwachungskamera des Parkhauses neben Andis Zuhause – aufgenommen am Tag vor dem Spendenfest. Auf dem Bild war mein Michi, das konnte ich wahrlich nicht leugnen. Die Füße schwangen durch die Luft, geradewegs über das Fensterbrett eines Hauses – Andis Haus, um genau zu sein. In den Händen hielt er einen Karton – und die Schmuckschatulle. Die, in deren Inneren Andi Josefs Liebesbriefe aufbewahrt hatte, den Ring aus dem Kaugummiautomaten und viele andere Erinnerungsstücke. Dinge, die Andi die Welt bedeuteten. Die er liebte. Und um die er so geweint hatte.

»Vielleicht kann dieses Bild dich zur Vernunft bringen.«

»Was ist das?«, flüsterte ich.

»Na, dein Pralinen-Einbrecher.«

»Andi hat gar keine Pralinen bekommen. Er hat auch keinen Hausnotruf.«

»Eben.« Mein Vater seufzte. »Dein Michi führt ein Leben, von dem du nichts weißt. Als Serieneinbrecher hier in Prien und Umgebung. Wir beobachten ihn schon länger.«

»Aber …«, stammelte ich.

»Als ehemaliger Sicherheitsmann weiß er genau, worauf er achten muss. Er ist schwer zu fassen.«

»Nein …«, murmelte ich. »Nein, nein, nein!«

»Tut mir leid, Anne. Die Wahrheit ist hart. Aber besser, du erfährst es jetzt als später.«

»Michi tut so etwas nicht. Er ist kein Einbrecher. Er … hilft den Leuten!« Da war ein Kloß in meinem Hals. Einer, der das

Schlucken erschwerte und mir die Luft abschnürte. Vor meinem inneren Auge erschien das Schmuckkästchen auf Michis Kommode. Kein Zufall, kein Schnäppchen von der Schreinerei Liebl. Es hatte sich um Andis Schatulle gehandelt – ich hätte nur die Hand ausstrecken und sie öffnen müssen …

Die Schultern meines Vaters zuckten kaum merklich. »Tja. Das braucht jetzt wohl eine Weile, bis es wirklich zu dir durchgedrungen ist.«

»Ich … dachte …«, stotterte ich. Gedanken flogen in meinem Kopf hin und her, den ein oder anderen fing ich auf, um festzustellen, dass er nur aus Unsinn bestand.

»An deiner Stelle würde ich auch noch einmal darüber nachdenken, ob du wirklich zur Security willst«, mahnte mich mein Vater. »Im Job darfst du dich nicht so an der Nase herumführen lassen.«

Das saß. Ich schluckte schwer, dann drehte ich mich wortlos um und ging aus der Tür.

»Jürgen?«, rief Hannes, als er meine Schritte hörte. »Andi wollte noch ein paar Sachen mit dir besprechen. Er fragt, ob du der Polizei Bescheid gesagt hast wegen … Oh, Anne.«

»Bin nur ich.« Mein Lächeln kostete mich einiges an Kraft.

»Servus, Anne.« Andi saß schräg am Eck von Hannes' Schreibtisch und hob kaum merklich die Hand zum Gruß. Eigentlich hoben sich nur die Finger ein wenig von der Tischplatte.

»Ich …« Kurz überlegte ich. Dann biss ich mir auf die Lippe und schielte zur offenen Bürotür meines Vaters hinüber. Aber die Frage konnte ich mir nicht verkneifen. »Du hast auch Pralinen vom Einbrecher bekommen, oder?«

Andi sah erstaunt auf. »Schön wär's«, brummte er. »Dagelassen hat keiner was.«

Verzweifelt starrte ich ihn an. »Da waren keine …?«

»Anne.« Die Hand meines Vaters legte sich von hinten auf meine Schulter. Ich hatte ihn nicht kommen gehört. »Lass es endlich gut sein.«

Tränen stiegen in meine Augen. Wenn Michi ein Serieneinbrecher war, konnte ich ihn dann trotzdem lieben?

Kapitel 25

»Wer kommt denn da?«, rief Opa gut gelaunt. Es war einer der wenigen Abende, an denen er das Café für einen späten Umtrunk geöffnet hielt.

Auch ich hob kurz den Kopf und blinzelte in die untergehende Abendsonne, doch zugegebenermaßen recht lustlos. Entdecken konnte ich niemanden. Gerade stand ich zwischen den Korbsesseln des Cafés und sortierte die letzten Kleinigkeiten in dem Picknickkorb, den Opa und ich für Julie vorbereitet hatten. Lukas und sie wirkten so glücklich zusammen, dass wir beschlossen hatten, sie mit einem romantischen Picknick auf dem See zu überraschen, sobald sie abends nach Hause kamen. Der Bootsverleih wusste Bescheid; ich hatte Kerzen eingepackt, eine Kuscheldecke und Sekt. Opa hatte eine Auswahl an Brotaufstrichen in kleine Gläser gefüllt, einen Brotkorb zusammengestellt und Kuchenstücke zurechtgeschnitten. Für Balu hatte er ein paar Hundekekse gebacken, schließlich gehörte er seit ein paar Tagen offiziell zur Familie, wie Julie und Lukas beschlossen hatten. Geschirr und Besteck stopfte ich seitlich mit hinein, dann deckte ich den Korb mit einem Tuch zu. Es würde eine laue Sommernacht werden. Perfekt für Julie und Lukas, um auf den Wellen zu schaukeln und bei einem guten Glas Sekt den Sonnenuntergang zu bewundern.

»Sie ist zurück!«, rief Opa.

»Wohoooo!«, machte Hilde, die an ihrem Stammplatz saß und an einer Apfeltasche kaute. Glücklicherweise blieben die wichtigsten Teile der Apfeltasche dort, wo sie hingehörten.

»Ich bin wieder da.« Bärbel strahlte. Tapfer stützte sie sich auf zwei Krücken. Ein kleiner Elefantensticker klebte auf jeder von ihnen.

»Willkommen zurück!« Ich lächelte sie an, doch vermutlich konnte ich meine schlechte Laune nicht verbergen, die ich schon seit meinem Besuch in der Securityfirma mit mir herumtrug. »Wie geht es dir denn?«

Sie schmunzelte. Mein Blick glitt an ihr hinunter. Die blauen Flecken an ihren Armen hatten sich inzwischen gelblich grün gefärbt, der Fuß blieb immer noch gegipst, aber zumindest wirkte Bärbel nicht mehr so hilflos. »Mit jedem Tag ein Stückchen besser.«

»Gott sei Dank.« Abwesend drückte ich sie an mich, um sie gleich zu einem Stuhl zu begleiten.

Ein wenig ungelenk plumpste sie in das Kissen, seufzte und deutete auf den Chiemsee hinaus. Ein paar Schwalben zogen ihre Kreise über der Wasseroberfläche. Im Tiefflug sausten sie knapp oberhalb der Wellen vorbei, drehten waghalsige Flugmanöver und legten sich mit aller Kraft in die Kurven. Fasziniert sah sie ihnen zu. »Wie habe ich diese Aussicht vermisst. Und euch!«

»Vor allem uns!«, rief Hilde kauend und griff mit zuckergussbeschmierten Händen nach ihrem Bierglas.

»Anne, da ist Besuch für dich.« Bärbel zwinkerte mir zu.

»Oh.«

Er lehnte lässig am Holzpfosten des Bootsverleihs, ein schiefes Grinsen auf den Lippen. Verhalten hob er die Hand zu einem Winken, das auf halbem Wege wieder erstarb. Beinah wirkte er wie ein verschüchterter Schuljunge.

»Na los, geh hin!« Opa, der mit einem vollen Tablett an unseren Tisch trat, hob belustigt die Augenbrauen und stieß mir den Ellenbogen in die Seite. »Seit wann bist du so zurückhaltend?«

Ich seufzte leise. Etwas in mir sträubte sich. Informationen über Michi, die mir mein Vater zuspielte, behandelte ich grundsätzlich mit Vorsicht. Andererseits war die Beweislage erdrückend. Andis Schmuckschatulle, das Foto vom Einbruch … Und zuletzt hatte Andi persönlich noch alle Zweifel aus dem Weg geräumt, da er weder Pralinen noch sonst irgendetwas in der Wohnung gefunden hatte. Seitdem saß da ein fieses, dickes Gefühl in meinem Bauch, das bestimmt bald alle Schmetterlinge gefressen hatte, die da herumgeschwirrt waren.

»Junge Liebe.« Opa lächelte zu Hilde und Bärbel hinüber. Vorsichtig schob er Bärbel eine Tasse heißen Kakao zu und stellte den Zucker auf den Tisch. »Was würde ich dafür geben, noch einmal so jung zu sein – und aus vollem Herzen zu lieben.«

Die beiden älteren Damen kicherten und warfen sich Blicke zu, doch Opa war in Gedanken längst nicht mehr bei ihnen. Ich sah ihn schlucken und wusste, dass er vor seinem inneren Auge Oma liebevoll betrachtete. So, wie er es bereits zu ihren Lebzeiten getan hatte.

Jeden Tag hatte er sie behandelt, als sei sie der größte Schatz auf Erden. Meine Liebe, das schwor ich mir, sollte einmal sein wie die meines Großvaters. Selbst nach all den Jahren noch, selbst nach dem Tod des Partners.

»Wenn du noch länger wartest, schlägt er da drüben Wurzeln«, kommentierte Bärbel mein Zögern.

»Soll ich dir mal zeigen, wie das geht?« Hilde lachte spitzbübisch. »Du setzt deinen verführerischsten Blick auf … etwa so …«

Jetzt prustete es doch aus mir heraus, das Lachen. Hilde sah einfach zu komisch aus.

Die Lippen gespitzt, eine Augenbraue gehoben und den Kopf keck auf die Seite gelegt, fuhr sie fort: »Und dann gehst du hin und sagst so etwas wie …«

»Hilde!«, rügte Opa sie.

»Lass mich erklären, unser Kindchen ist doch völlig überfordert. Das sehe ich ihr an.«

»Deine Anmachsprüche helfen ihr auch nicht weiter.«

»Ich wollte doch gar keinen … Ach!« Sie nahm einen kräftigen Schluck Bier. »Wenn du wüsstest, wie tiefsinnig ich sein kann!«

»Kann ich mir schwer vorstellen.« Opa grinste. »Passiert viel zu selten.«

»Wer zu viel in die Tiefe geht, muss sich nicht wundern, wenn er irgendwann am Boden liegt.«

Opa stieß Bärbel mit dem Zeigefinger in die Rippen. »Pass auf, jetzt wird sie philosophisch, unsere Hilde.«

»Ich bin oft philosophisch.«

»Aha?«

»In der richtigen Gesellschaft.« Sie knabberte weiter an ihrer Apfeltasche und wischte sich den Mund mit einer Serviette ab.

»Gesellschaft von einer Maß Bier, wie?«, brummte Opa und schmunzelte.

»Nun geh schon!«, flüsterte mir Bärbel zu. »Er wartet seit mindestens zehn Minuten dort drüben.«

»Warum traut er sich eigentlich nicht herüber?«, fragte Opa und kniff die Augen zusammen, um Michi im Gegenlicht der grellen Sonne besser ausmachen zu können. »Erst auf Dächern herumklettern und Robin Hood spielen, dann aber nicht den Arsch in der Hose haben, um einem Großvater Guten Tag zu sagen.«

»Es gab da Schwierigkeiten zwischen ihm und Papa«, erzählte ich zögernd.

»Dann sei es ihm verziehen.« Opa nickte, leise seufzte er. »War ja klar, dass Jürgen an die Decke geht.«

»Mh.« Ich warf ein halbherziges Lächeln in Michis Richtung.

»Alles in Ordnung?«, fragte Opa leise, die Stirn in Falten. Auch Bärbel sah mich mit einer ernsten Miene an. Vermutlich hatten sie mich längst durchschaut.

»Jaja«, antwortete ich. »Alles gut.« Ohne ein weiteres Wort schnappte ich mir Opas Tablett, um möglichst beschäftigt auszusehen, räumte das leere Geschirr vom Nachbartisch und lief Michi entgegen, der am Bootsverleih wartete. Opas erstauntes »Hey, du hast Urlaub!« ignorierte ich. Meine Wangen wurden trotzdem rot, als ich vor Michi stand.

»Lust auf eine kleine Tour in die Berge?«, fragte er. Sein Lächeln war beinahe unwiderstehlich. Aber eben doch nur beinahe. Ich sah direkt in diese dunklen Augen und fragte mich, was sie sonst noch alles vor mir verbargen.

»In die Berge?«, wiederholte ich und versuchte ein Lächeln, doch es misslang.

»Auf die Kampenwand zum Beispiel. Mit der Seilbahn?«, fragte er noch, doch sein besorgter Blick registrierte längst, dass es unter meiner Fassade brodelte. Aufmerksam musterte Michi mich.

Ich starrte zurück. Traute ich ihm das wirklich zu? Dass dieser romantische und einfühlsame Mann als Serieneinbrecher durch Prien zog? Gut, als ehemaliger Sicherheitsmann kannte er alle Fallstricke. Aber … Mein Michi? Ein Verbrecher?

»Anne?«

»Hm?«, machte ich.

»Du bist ein bisschen abwesend, oder?« Er lächelte mich an. Liebevoll strich er mir eine Strähne hinters Ohr.

Ich biss mir auf die Lippe. Nervös nestelte ich mit den Fingern an Opas Tablett herum. »Hast du Andi Pralinen geschenkt?«

Er hob die Augenbrauen, seine dunklen Augen schimmerten warm. »Hätte ich sollen?«

»Nein, ich …« Ich suchte seine Miene nach einer Antwort ab, doch vergeblich.

»Anne …« Seine Hand tastete nach meiner, sanft strichen seine Finger über meinen Handrücken. »Ist alles okay?«

»Du bist es, oder?« Ich atmete tief durch. »Der Serieneinbrecher.«

Kurz lachte er auf. Doch als ich nicht in sein Lachen einstimmte, wich die Fröhlichkeit einer ernsten Miene. »Wie kommst du denn darauf?«

»Du bist auf der Überwachungskamera des Parkhauses nebenan zu sehen.« Traurig zuckte ich die Schultern. »Mit Andis Schmuckschatulle.«

»Kann gut sein.« Michi wirkte gelassen. »Schließlich habe ich sie gefunden und gestern am frühen Abend zurückgebracht.«

Meine Frage kam wie aus der Pistole geschossen – und unfreundlicher als geplant: »Wo hast du sie hingelegt?«

»Direkt aufs Bett.«

»Aufs Bett«, wiederholte ich.

Er nickte. »Es steht praktischerweise direkt unter dem Schlafzimmerfenster. Das stand offen.«

»Andi hat seit dem Einbruch Angstattacken.« Ich fixierte Michi ernst. »Er würde nie und nimmer das Fenster offen stehen lassen.«

Michi zuckte die Schultern. »Ich hab mich auch gewundert, ja.«

Skeptisch musterte ich ihn, und langsam kamen mir Zweifel an Michis Erzählungen. »Andis Schatulle lag auf deiner Kommode, als ich dich besucht habe«, sagte ich. »Wenn du die Wahrheit sagst, dann hast du sie ja ziemlich lang behalten.«

Er zuckte mit keiner Wimper. »Ein Scharnier war kaputt, ein guter Freund hat es repariert. Sie ist gestern früh erst fertig geworden.«

Nachdenklich sah ich ihn an, suchte nach Spuren von Nervosität in seinem Blick, doch mein Verhör schien ihn nicht großartig zu stören. »Gestern also?«, fasste ich nach.

Er nickte wieder. »Genau.«

»Die Fotos der Überwachungskamera sind aber vom Abend vor dem Spendenfest.«

»Das ist unmöglich.« Michis Augen wurden eine Spur dunkler. Offenbar merkte er, dass es langsam eng wurde.

»Vielleicht versuchst du es doch mal mit der Wahrheit?«, schlug ich leise vor.

»Anne!«

Es fiel mir schwer zu sagen, ob seine Verblüffung echt war. Mittlerweile wusste ich gar nicht mehr, was ich denken sollte.

Michis dunkle Augen suchten Halt in meinen, doch ich wich seinem Blick aus. »Und wenn dein Vater das Datum manipuliert hat?«, fragte er langsam.

»Selbst wenn.« Ich presste meine Lippen zusammen. In mir formte sich ein Gedanke, den ich bis jetzt immer von mir gewiesen hatte. »Vor einer Stunde erst habe ich mit Andi gesprochen. Wenn du ihm die Schatulle gestern am frühen Abend zurückgebracht hast, hätte er sie längst finden müssen. Aber er wusste von nichts.«

»Vielleicht …«, meinte Michi langsam. »Hat er sie noch nicht entdeckt?«

»Wenn du sie auf sein Bett gelegt hast«, antwortete ich – und konnte nicht verhindern, dass sich ein spöttischer Unterton in meine Worte mischte. »Dann müsste Andi schon extrem unsensibel sein, das nicht zu merken.«

»Das heißt also …« Michi stockte. »Du denkst …«

Mein Herz pochte laut, als ich tief durchatmete. »Ich denke, wir sollten uns besser nicht mehr sehen.«

»Anne …«, versuchte Michi es erneut. Verzweiflung hatte sich auf seine Miene gelegt.

»Bitte geh.« Mit aller Kraft kämpfte ich gegen die Tränen, die mir in die Augen stiegen. Energisch schluckte ich sie hinunter.

»Aber …«, flüsterte er.

»Hör auf, Michi.«

»Anne.« Er schien sich regelrecht zu winden unter meinem bohrenden Blick. »Ich schwöre dir bei meinem Leben …«

»Jetzt«, wisperte ich kaum hörbar. Doch Michi hatte mich verstanden. Einen letzten, flehenden Blick seinerseits beantwortete ich mit einem stummen Kopfschütteln, dann warf er mir ein trauriges Lächeln zu und verschwand in Richtung Chiemseebahn.

Ich sah ihm bedrückt nach. Mein Herz wog ein paar Gramm schwerer in meiner Brust, jeder seiner Schläge schmerzte.

»Anne? Brauchst du Hilfe?«, rief Opa drüben vom Steg her.

Erst jetzt realisierte ich, dass ich noch immer am Bootsverleih stand und in die Richtung starrte, in die Michi verschwunden war. Opas Tablett hielt ich fest in der Hand, darauf drei leere Smoothiegläser und zwei Kuchenteller. Den

Bröseln nach zu urteilen, hatten die Herrschaften Marmorkuchen gegessen.

»Anne!«, rief Hilde. »Du hast ihn doch nicht wirklich verjagt? Höchste Zeit, dass ich dir das Flirten beibringe, Mädchen!«

»Hilde!« Ein bohrender Blick von Bärbel, die sich sogleich nach vorne beugte und die Hände in meine Richtung ausstreckte. »Komm, Anne. Setz dich erst einmal und iss ein Stück Kuchen. Du siehst ein bisschen blass aus um die Nasenspitze.«

»Und gib mir das Tablett.« Opa scannte mich von oben bis unten. »Jetzt ist er ja weg. Dann brauchst du es nicht mehr als Requisite.«

»Ich …« Unwillkürlich wurde ich rot.

Opa wuschelte mir lächelnd durch die Haare. »Schon gut.«

»Nein, ich räume das auf. Wirklich. Das ist das Mindeste, was ich machen kann.«

»Nichts da.« Mit strengem Blick deutete er auf den Platz neben Bärbel. »Du isst jetzt erst einmal ein Stück Kuchen. Das brauchst du jetzt.«

Ich ließ mich auf den freien Korbsessel fallen und pustete mir eine Haarsträhne aus der verschwitzten Stirn. Die, die Michi mir hinters Ohr gestrichen hatte.

»Marmorkuchen oder Schneewittchentorte?«

»Marmor, danke!«

Hilde stemmte sich vom Tisch hoch. Ihre Arme zitterten ein wenig, und die Fingerknöchel, durchzogen von blauen Adern, drückten auf die Tischplatte. »Nicht persönlich nehmen, Anne-Kindchen. Aber um diese Uhrzeit werde ich doch langsam müde.« Über die Schulter warf sie mir einen verschmitzten Blick zu. »Das mit dem Flirten kriegen wir schon noch hin.«

Ich musste grinsen. Hilde war manchmal nicht zu bremsen. Sie rauschte mit Vollgas durchs Leben, obwohl sie die Achtzigermarke schon überschritten hatte. Belustigt sah ich ihr nach, wie sie die Bremsen an ihrem Rollator löste und energisch in Richtung Ort davonstapfte.

»Was machst du denn für ein Gesicht?« Mitfühlend klopfte mir Bärbel auf den Oberschenkel.

»Ach.« Ich winkte ab.

»Lass mich raten: Dein Vater mischt sich in Liebesdinge ein, oder?« Sie lächelte. »Das würde ihm ähnlichsehen.«

Routiniert verfrachtete sie ihren eingegipsten Fuß auf Hildes freien Stuhl und sah übers Wasser. Die Dämmerung hatte sich über den Chiemsee gesenkt, pastellrosa Wolken reflektierten in den Wellen, die leise gegen den Steg plätscherten.

»Na ja«, meinte ich zögerlich. »Zu Recht, ehrlich gesagt. Liebe ist kompliziert, manchmal verliebt man sich in den Falschen.«

»Für Michi lege ich meine Hand ins Feuer«, sagte Bärbel leise.

Überrascht blickte ich sie an. »Du kennst ihn?«

»Ohne ihn wären die letzten Tage die Hölle gewesen …«

»Ach!« Jetzt verstand ich. Damals hatte ich es bereits vermutet, als sie so ein Geheimnis um den nächtlichen Besucher gemacht hatte. Ein Wunder, dass ich das vergessen hatte können!

»Erinnerst du dich? Am frühen Abend bin ich gestürzt. Konnte mich nicht mehr bewegen, das Telefon nicht erreichen. Der Hausnotruf funktionierte auch nicht.« Sie griff nach ihrem Kakao und nahm einen kräftigen Schluck. »Ich dachte, ich muss bis zum nächsten Morgen am Boden liegen – bis mich Hilde vermisst und mir jemanden schickt.«

»Und Michi hat dich gefunden?«

»Genau an diesem Abend war es mein Haus, wo er Pralinen hinterlassen wollte. Ich habe laut nach Hilfe geschrien, als ich ihn gehört habe.«

»Gott sei Dank. Den hat der Himmel geschickt.«

»Aber wirklich! Um acht bin ich gestürzt. Allerdings war es Mitternacht, als Michi kam.«

Besorgt schüttelte ich den Kopf. »Das sind trotzdem noch fast vier Stunden. Das muss schrecklich gewesen sein«, meinte ich mitfühlend.

»Zumindest besser, als die ganze Nacht am Boden zu liegen«, gab Bärbel tapfer zurück. »Michi hat mir einen Arzt gerufen. Mir einen Tee gekocht, die wichtigsten Sachen fürs Krankenhaus eingepackt und mir seine Nummer aufgeschrieben. Am nächsten Morgen, als ich auf eigenen Wunsch entlassen wurde, hat er mich abgeholt und nach Hause gefahren. Seitdem hilft er mir beim Einkaufen, beim Waschen und Putzen.«

»Ein Engel«, seufzte ich leise.

»Ja, ein Engel.« Sie lachte. »Und kein Enkel. Ich habe nichts gesagt, weil ich wusste, dein Vater würde … na ja, egal.«

Seufzend nickte ich ihr zu. »Ich weiß.«

Inzwischen war Opa mit einem Stück Marmorkuchen und einer Apfelschorle zurück. »Einmal unser Erste-Hilfe-Paket, bitte schön!«

Das volle Aroma der selbst entsafteten Äpfel stieg mir in die Nase, und ich seufzte zufrieden. »Danke, Opa.«

Wir sahen ihm nach, wie er zwei weitere Tische bediente und sich für einen Moment setzte. Heute früh hatte er schon wieder einen kleinen Törtchengruß vom unbekannten Bäcker erhalten. Ein Johannisbeertörtchen mit Baiserhaube und goldenen Tränen, das ihm ein verträumtes Lächeln ins Gesicht gezaubert hatte. Gerade kratzte Opa genüsslich eine Träne herunter und leckte die Gabel ab.

»Michi ist einer, der meint es gut mit allen Menschen. Auch mit dir.« Bärbel lächelte. »Ganz besonders mit dir. Das habe ich in seinem Blick gesehen.«

»Ja?« Ich musste schmunzeln, doch in meiner Brust krampfte sich mein Herz schmerzhaft zusammen.

Grinsend stupste sie ihre Schulter an meine. »Und dir gefällt er auch. Das brauchst du gar nicht zu leugnen, Anne-Herzchen.«

»Das ist vorbei.« Energisch stach ich mit meiner Gabel in den Marmorkuchen und nahm einen großen Bissen.

Sie zwinkerte mir zu. »Wart's ab.«

»Nein. Definitiv nicht.«

»Ihr kennt euch doch noch nicht so lange, Anne. Liebe ist, als würde man ein Haus bauen. Und in der ersten Verliebtheit will man am liebsten gleich übermorgen mit allen Möbeln einziehen. Man stapelt fröhlich Ziegelsteine und vergisst, dass sie ordentlich mit Mörtel zusammengehalten werden müssen. Und dann kommt der erste Sturm.« Lächelnd klopfte sie mir auf die Schulter. Ihre zarten Hängeohrringe schwangen hin und her, und ihr silbrig graues Haar glänzte feenhaft in der Dämmerung. »Oder im Falle deines Vaters wohl eher ein Orkan.«

»Das ist kein Angriff meines Vaters«, sagte ich und ließ die Gabel wieder sinken. »Michi ist wahrscheinlich wirklich der Serieneinbrecher, der bei Andi eingestiegen ist.«

»Anne …« Bärbel fasste nach meiner Hand.

»Können wir das Thema wechseln?« Ich schluckte. Eigentlich traute ich Michi eine Einbruchserie ja gar nicht zu. Aber offenbar gab es Seiten an ihm, die ich bislang nicht hatte erahnen können. Und die Beweislage sprach nun einmal gegen ihn.

»Liebe sollte vertrauen, Anne«, antwortete Bärbel, als hätte sie meine Gedanken gelesen. Sie betrachtete mich nachdenklich, bevor sie sich zu mir herüberlehnte, um mir die Schulter zu tätscheln. »Dein Kopf hat das Haus bereits fertig gebaut. Aber deinem Herzen geht das alles zu schnell. Es kommt mit dem Mörtel nicht hinterher.«

Ich stopfte mir eine große Gabel Kuchen in den Mund. »Ich möchte von Michi nichts mehr hören, okay?«

»Anne. Es sieht komplizierter aus, als es ist. Du brauchst einfach nur eine Stütze für das Luftschloss, das dein Kopf innerhalb von wenigen Tagen hochgezogen hat.«

»Ich brauche keine Stütze, ich brauche eine Abrissbirne«, brummte ich.

»Genieße erst einmal deinen Kuchen, das beruhigt.« Mit einem Lächeln schob sie mir meinen Kuchenteller hin. »Und dann gehst du zu Andi in die Pension Luginger. Der kann dir bestimmt sagen, was es mit dem Foto auf sich hat.«

»Pension Luginger?«, wiederholte ich. Mein Herz klopfte laut, ein Lächeln schlich sich auf mein Gesicht. »Andi wohnt in einer Pension?«

»Es geht ihm nicht so gut.« Bärbel seufzte. »Er hatte jede Nacht Albträume …«

Mein Herz klopfte inzwischen so laut wie nie. »Woher weißt du das?«

»Hilde hat die letzten Tage in seinem Haus nach dem Rechten gesehen, damit Andi ein wenig Abstand gewinnen kann.« Sie rührte in ihrer Tasse. »Blumen hat sie gegossen …«

»Und gelüftet!«, rief ich. Strahlend drückte ich ihre Hand. »Danke. Du bist die Beste!«

»Ach ja?« Amüsiert nahm sie einen großen Schluck Kakao.

Ich hörte kaum noch hin, stopfte mir dir Reste des Marmorkuchens in den Mund und wollte alles gerade mit ein paar Schluck Apfelschorle hinunterspülen, da sah ich Andi aus dem Augenwinkel auf den Steg zusteuern.

»Andi!«, rief ich erleichtert. »Die Schatulle mit Josefs Liebesbriefen …«

»Ist wieder da!« Mit einem Strahlen lief er auf den Steg zu und quetschte sich zwischen zwei Aperol Spritz trinkenden Pärchen hindurch, hin zu Bärbel und mir. Glücklich glänzten seine Augen, als er den Ring aus der Tasche zog, den Josef ihm in Kindertagen geschenkt hatte. Er biss sich auf die Lippe, seine Augen waren wieder feucht. »Gehofft hatte ich es schon die ganze Zeit. Dass wir die Sachen wiederfinden würden.«

»Ja?«

Andi griff nach einem Korbsessel und gesellte sich zu uns an den Tisch. »Nachbarn haben die Einbrecher flüchten sehen – und eine dunkle Gestalt hinterher.«

»Michi«, flüsterte ich lächelnd.

»Hm?«

»Nichts«, sagte ich und fing Bärbels belustigten Blick auf.

»Offenbar haben die Einbrecher ein paar Sachen auf der Flucht verloren. Der Unbekannte hat sie eingesammelt und zurückgebracht.« Andi lehnte sich zufrieden im Sessel zurück. »Nicht nur zurückgebracht. Die Schatulle ist beim Sturz kaputtgegangen, der Unbekannte hat sogar ein neues Scharnier eingebaut.«

»Siehst du.« Bärbel drückte meine Hand, und Andi grinste.

»Hört sich nach dem Pralinen-Einbrecher an, oder?«, fragte er.

Da konnte ich nur schmunzeln.

»Ich hätte mich nicht über ihn lustig machen sollen«, meinte Andi kleinlaut. »Jetzt verdanke ich ihm ein paar sehr wertvolle Erinnerungen.«

»Freut mich so sehr für dich, Andi.« Ich drückte seine Hand, wischte mir noch mit einer Serviette den Mund ab und räumte das benutzte Geschirr zusammen. »Aber seid mir nicht böse, ich muss jetzt etwas ganz Wichtiges erledigen.«

Kapitel 26

Als ich das Geschirr in die Backstube geräumt hatte und durch das Gartentor trat, war die Sonne fast vollständig untergegangen. Lächelnd sah ich Julie, Lukas und Balu nach, die in einem Boot auf dem Chiemsee hinausfuhren, auf der Rückbank den prall gefüllten Picknickkorb. Lukas tauschte einen so liebevollen Blick mit Julie, dass ich sicher war, alles würde gut werden.

Doch da war noch jemand anders. Im Schneidersitz saß er auf dem warmen Gras, direkt am Ufer. Seine Silhouette zeichnete sich dunkel vor der untergehenden Sonne ab. Golden sank sie auf den See, beinah rot wie Glut schimmerten die Wolken um sie herum. Die herabhängenden Bäuche der Quellwolken waren in ein sanftes Orangegold getaucht, ihr Spiegelbild malte seine Farben auf die Wellen.

»Du hast mich angelogen«, sagte ich leise und trat näher.

Er zuckte zusammen. Wie versteinert blieb er auf der Bank sitzen, starrte hinaus auf den See, ohne sich zu mir umzudrehen.

»Das Foto stammt von einem ganz anderen Tag.« Ich klang gekränkt. »Es war nicht der Tag des Einbruchs. Michi hat die Sachen gefunden und zurückgebracht.«

Ein undefinierbares Grummeln, doch ansonsten blieb mein Vater still.

»Du wusstest das, oder?«, fragte ich anklagend.

Er schwieg noch immer. Und mit jeder Sekunde des Schweigens fiel es mir schwerer, meinen Ärger hinunterzuschlucken. Am liebsten hätte ich ihn angeschrien. Ich zwang mich, langsam zu atmen. Die friedliche Stimmung des abendlichen Chiemsees beruhigte mich heute nicht. Mein Puls beschleunigte, das Blut fuhr Achterbahn in meinen Adern.

»Denkst du nicht, dass du zu weit gehst?« Meine Stimme war leise, doch jedes Wort besaß eine Schärfe, die ich sonst nicht kannte.

»Ja, mei«, machte er resigniert. Mehr sagte er nicht.

»Ich bin nicht naiv.« Eigentlich sprach ich eher mit mir selbst als mit ihm. Als müsste ich bekräftigen, was ich schon immer gedacht, aber nie bewiesen hatte. »Michi hat nichts Böses getan.«

»Hm.«

»Ich kann es nicht fassen, dass du mich so belügst.« Mir stiegen Tränen in die Augen, ich konnte nichts dagegen tun.

»Der Zweck heiligt die Mittel.«

»Ach.« Ich klang verbittert. Und das war ich auch.

Hörbar atmete ich aus, ließ mich ins Gras plumpsen und lehnte mich an einen steinernen Blumenkübel, der noch warm war vom Tag.

»Schließlich muss ich dich vor ihm beschützen. Ein Kerl, der gern anderen Leuten die Kunden vergrault …«

»Hör auf«, mahnte ich ihn leise.

»Und dir redet er ein, du sollst zur Security.«

»Ich wäre eine tolle Securitymitarbeiterin«, sagte ich mit fester Stimme.

»Das ist kein Job für dich, Anne.« Mein Vater sah mich an und schien doch nur durch mich hindurchzusehen. »Klar, du kannst Kampfsport. Aber du hast nicht genug Durchsetzungsvermögen, nicht genug Energie. Du bist ein liebes Mädchen. Und liebe Mädchen kommen in diesem Beruf nun einmal nicht weit.«

»Ach was!«, brauste ich auf und stemmte die Ellenbogen in die Hüften. Unweigerlich schob sich mein Kinn vor. Trotzig starrte ich hinaus auf die Wellen. Grau waren sie und dunkel. Nur zur untergehenden Sonne hin färbte sich das Wasser rot. Mehrmals musste ich ein- und ausatmen, bis ich wieder ruhig genug war, um das Gespräch konstruktiv fortzusetzen. Mein Vater kam mir zuvor.

»Außerdem kommt dieser Wunsch dann doch recht plötzlich. Du bist verliebt in diesen Kerl. Nur weil er sagt, Security ist ein toller Beruf …«

»Ich wollte schon immer zur Security«, unterbrach ich ihn.

»Hast du nie ernsthaft verfolgt. Und nie gesagt.«

Einen Moment lang hielt ich inne. Ernst sah ich ihn von der Seite an. So ernst, dass er meinen Blick erwiderte. »Das stimmt«, gab ich dann leise zu und lehnte mich enger an den großen Blumenkübel, der gegen meinen Rücken drückte. »Gesagt habe ich es nie.«

»Und auch nie Bewerbungen abgeschickt?«

Ich schüttelte den Kopf. Ausformuliert hatte ich sie, ja. Aber nie abgeschickt, auch nach langer Überlegung nicht. Einmal pro Jahr vielleicht kramte ich sie immer wieder hervor, doch ich hatte mich nie bereit gefühlt, sie in ein Kuvert zu packen und wegzuschicken.

»Warum nicht?«, fragte Papa.

Seine Worte hallten in meinen Ohren. Genau das war die Frage, vor deren Beantwortung ich mich so lange gedrückt hatte. *Warum nicht?*

»Weil ich in Prien bleiben wollte.«

Es dauerte ein paar Sekunden, bis er verstand, was ich überhaupt nicht ausgesprochen hatte.

»Du hast ...« Er schluckte und brach ab. »Lag es an mir?«

»Ich war kein Kind mehr.«

»Ja, aber ...«, setzte er an, unterbrach sich jedoch selbst. Erwartungsvoll sah er mich an.

»Ab einem gewissen Alter möchte man seine Entscheidungen selbst treffen.« Ich bekam erneut feuchte Augen. Und mir schien, meinem Vater ging es ähnlich. Doch er schwieg wieder.

»Verstehst du?«, fasste ich nach. »Ich hätte mir gewünscht, den Rücken gestärkt zu bekommen! Dass mir jemand sagt: Anne, ich glaube an dich.«

Erschüttert sah er mich an, bevor er kleinlaut erklärte: »Ich wollte dir das Leben leichter machen.«

»Das weiß ich.« Mit einem tiefen Seufzer drehte ich den Kopf in Richtung See. Die Sonne war inzwischen vollständig untergegangen, und die nahende Dunkelheit verschluckte immer mehr von dem, was es am gegenüberliegenden Ufer der Herreninsel zu sehen gab.

»Dann werde ich in Zukunft mehr Vertrauen in dich haben«, versprach er leise. »Es zumindest versuchen.«

Kapitel 27

»Oh, Mist«, murmelte ich und kickte meine Schuhe ins Gras.

Ja, vermutlich liefen die meisten Dinge im Leben irgendwie runder, wenn man das Denken nicht vergaß. Nur leider hatte mein Hirn für solche Späße keine Kapazitäten mehr frei, sobald der Name Michi fiel.

»Komm schon«, flüsterte ich.

Hastig band ich meinen Rock über der Hüfte zu einem Knoten und wickelte das Pralinentütchen darin ein. Wenn ich Glück hatte – und das Glück ist mit den Doofen, das sagte Opa immer –, konnte der Knoten die Pralinen so lange halten, bis ich oben angekommen war. Ein Ersatz für die zu Hause vergessene Tasche war es nicht, aber eine Lösung.

Kalt und hart spürte ich die Sprossen der Feuerleiter unter meinen nackten Füßen. Ja, es war tatsächlich sein Zuhause gewesen, damals, als er mich beim ersten Date auf das Hausdach mitgenommen hatte. Und ich hatte damals nicht geahnt, dass sein kleines Reich sich nur wenige Meter unter uns befand.

Zweiter Stock, erster Balkon rechts. Mein Glück, schließlich hätte ich beim Klettern kein Risiko eingehen wollen. Aber die Feuerleiter führte direkt an seinem Balkon vorbei – eine sichere Sache.

Vorsichtig schwang ich mein Bein über das Balkongeländer, bevor ich leise auf die kühlen Fliesen sprang.

»Hey«, hörte ich plötzlich eine dunkle Stimme hinter mir.

Ich zuckte zusammen, um im nächsten Moment bis über beide Ohren zu strahlen. »Michi!«

Er löste sich aus dem Schatten des Vorhangs und trat zu mir hinaus auf den Balkon.

»Dachtest du wirklich, du kannst bei einem Einbrecher unbemerkt in die Wohnung einsteigen?« Sein schiefes Lächeln schien irgendeinen Schalter in meinem Bauch zu drücken. Wie auf Knopfdruck schwärmten die Schmetterlinge aus, und ein wohlig warmes Kribbeln wanderte von meinem Herz bis in die Zehenspitzen. »Du bist hier, um mich zu verhaften, oder?« Grinsend hielt er mir die Handgelenke entgegen.

»Michi, ich …« Hitze schoss mir ins Gesicht. »Ich kann nicht sagen, wie leid es mir tut, dass …«

Er kam einen Schritt näher und nahm mein Gesicht in seine warmen Hände. »Alles gut.«

»Wirklich.« Ich räusperte mich verlegen. »Ehrlich gesagt weiß ich gar nicht, was ich sagen soll. Andi hat die Schatulle inzwischen … Also … Es ist mir so schrecklich peinlich.«

»Das muss es nicht«, flüsterte er. Sanft strich er mit den Händen über meine Wangen, seine Lippen drückten mir einen liebevollen Kuss auf die Stirn.

Zerknirscht sah ich ihm in die Augen. »Bist du mir böse?«

»Wie könnte ich!« Er lachte. »Unsere Liebe ist nicht perfekt, sie ist real.«

Ich nickte. Prompt kam mir Michis Vergangenheit in den Sinn, die er noch immer nicht überwunden hatte. Bis er mit Susi abschließen konnte, würde ich mich gedulden müssen. Und ich wusste, dass Opa mal wieder recht behalten würde, da er schon immer gesagt hatte: Wahre Liebe ist geduldig.

»Ich hab da was für dich.« Lächelnd griff ich nach dem Pralinenpäckchen, das da irgendwo unter ganz viel Stoff an meiner Hüfte baumelte. Baumeln sollte. »Moment …«

Michi lehnte sich lächelnd zurück. Sein Blick folgte meinen nackten Beinen bis hinunter zu meinen Zehennägeln, die in dem mintgrünen Nagellack schimmerten, den Julie mir aus Hamburg mitgebracht hatte. »Der Anblick ist jedenfalls wunderschön. Hoffentlich haben die Nachbarn nicht aus dem Fenster geguckt.«

»Ähm …«, machte ich und tastete weiter in meinem verknoteten Rock herum, doch da war nichts.

Michi wagte einen Blick über das Balkongeländer. »Suchst du die da?«, fragte er und zeigte auf das kleine Säckchen, das da im Gras lag.

»Sturzpralinen.« Ich grinste schief. »Die Absicht zählt hoffentlich?«

»Die Sturzpralinen holen wir später.« Michi zog mich lachend an sich.

»Beziehungsweise das, was davon übrig ist.« Ich warf einen skeptischen Blick hinunter. »Schade, ich wollte dir eine Freude machen.«

»Die größte Freude bist du.« Er war mir nun wieder so nah, dass nicht einmal ein Stück Backpapier zwischen uns gepasst hätte.

Ich verlor mich im Anblick seiner Augen, legte beide Hände an seinen Hals und zog ihn zu mir. Mit den Lippen liebkoste ich seine von Bartstoppeln übersäten Wangen. Ich spürte seine Hände auf meinen Beinen. Er strich über meine Oberschenkel in Richtung Hüfte, löste den Knoten meines Rocks und hob mich schließlich hoch.

Instinktiv schlang ich die Beine um seine Hüfte, meine Nase drückte sich an seinen Hals. Ich fühlte seine starken

Arme, die mich in der Luft hielten. Umweht vom dünnen Stoff meines luftigen langen Sommerrocks stand er auf dem Balkon. Ich in seinen Armen und unsere Herzen im Gleichklang. Unsere Lippen berührten sich nur ganz leicht, zart wie Schmetterlingsflügel war die Berührung, bevor sie sich warm und weich begegneten. Ein Kuss floss in den nächsten.

Wir genossen den lauen Wind, fühlten Hand in Hand und Haut an Haut. Mit sanftem Gluckern rollten Wellen heran, Sterne schimmerten in dem Schwarzblau des Himmels. Es war eine klare Nacht.

»Was wären denn deine Pläne für heute Abend gewesen, wenn ich nicht aufgetaucht wäre?«, fragte ich, als wir uns nach einer kleinen Ewigkeit voneinander lösten. Meine Beine glitten von seiner Hüfte, und Michi setzte mich sanft auf dem Balkon ab. Kühl fühlte ich wieder die Fliesen unter meinen nackten Füßen.

Er wies auf ein Tütchen Pralinen auf dem Fensterbrett. »Besuch bei einer Familie in der Gerhart-Hauptmann-Straße. Willst du mitkommen?«

»Au ja!« Heinzelmännchen zu spielen hatte mir schon mit Opa immer große Freude gemacht. Mit Michi gemeinsam würde es doppelt so schön werden. Ich freute mich sehr über seinen Vertrauensbeweis.

Wir liefen durch das Treppenhaus nach unten und traten auf die Straße hinaus. Auf Michis Gesicht lag ein verheißungsvolles Lächeln. »Bereit?«

Ich nickte. Er legte seine Hand in meine, dann schlichen wir in die Dunkelheit. Im Schatten der Häuser liefen wir durch die Straßen.

Es war ruhig, allein der Wind rauschte leise in den Blättern der Bäume. Ein Ast knackte unter meinen Füßen.

Kurz zerriss der Klang der Kirchenglocke die friedliche

Stille. Majestätisch und erhaben dröhnten ihre Schläge über Prien. Zwölf Mal. Mitternacht.

»Ist dir kalt?«, wisperte Michi.

Ich grinste. »Überhaupt nicht. Aber du darfst mich trotzdem wärmen.«

Lachend legte er den Arm um meine Schultern und zog mich dicht an sich. Er fühlte sich warm an, seine Hand streichelte mir über die Hüfte, und ich war ihm so nah, dass ich seinen Duft riechen konnte. Am liebsten hätte ich die Augen geschlossen und mich fallen lassen: in seine Wärme, in seinen Geruch. Ich atmete tief ein und spürte, wie kräftig mein Herz schlug.

»Sorry!«, flüsterte ich kichernd, als ich Michi auf den Fuß trat.

»Kein Problem, ich … Au!«

»Pssst!« Ich lachte leise, während Michi in seine Armbeuge prustete. Eng umschlungen lief es sich gar nicht so einfach wie gedacht.

Michi war deutlich anzusehen, wie sehr er sich beherrschen musste, um nicht laut loszulachen. Doch wer wusste schon, ob da jemand hinter einer Gardine stand und uns längst beobachtete? Es war besser, wenn uns niemand bemerkte. Nicht nur, aber auch wegen Papas Security. Ich konnte nicht ausschließen, dass er seine Männer quer durch den Ort positionierte, weil er es sich in den Kopf gesetzt hatte, Michi die Sache mit der Alarmanlage heimzuzahlen.

Hand in Hand liefen wir weiter. Der Kies knirschte unter unseren Füßen. Wir passierten die Rosenklinik und folgten den Schienen der Chiemseebahn in Richtung Bahnhof. An der Seniorenresidenz vorbei und an Gärten, deren Blumen friedlich in der Dunkelheit darauf warteten, sich bald wieder den ersten Sonnenstrahlen des neuen Tages entgegenzustrecken.

»Das Haus da ist es«, verkündete Michi flüsternd, als wir um die Kurve kamen und die Gerhart-Hauptmann-Straße dunkel und ruhig vor uns lag.

»Die Sallers?« Erstaunt sah ich ihn an.

Michi nickte. »Eine der Familien, bei denen die Serieneinbrecher zugeschlagen haben.«

Mein schlechtes Gewissen ließ mich schlucken. Ich hatte tatsächlich kurz geglaubt, dass Michi etwas mit den Einbrüchen zu schaffen hatte. Und ich erinnerte mich noch gut daran, wie ich gemeinsam mit Opa den Sallers den Erlös des Spendenfestes übergeben hatte.

»Die Einbrecher haben das Gerät gestohlen, das ihr Sohn braucht, um ...«

»Stimmt!« Ich biss mir auf die Lippe. Natürlich hatte ich das mitbekommen. Das älteste der Saller-Kinder war blind. Und die Verordnung des Arztes lag nun schon seit dem Einbruch bei der Krankenkasse. Passiert war noch immer nichts, hatten die Eltern verbittert erzählt.

Michi sah mich an. »Ich habe eines besorgt.«

»Die kriegt man doch nur, wenn man nachweisen kann, dass eine medizinische Indikation gegeben ist. Oder täusche ich mich?«, fasste ich nach.

»Während meiner Zeit bei der Security habe ich mir ein gutes Netzwerk aufgebaut.« Er lächelte. »Da kann man Anträge schon einmal beschleunigen.«

»Praktisch.« Mein Blick wanderte die Regenrinne hinauf zum Balkon. »Wollen wir?«

Sein schiefes Grinsen war wieder da. Seine Augen blitzten, als er mir eine Räuberleiter machte. »Darf ich der Dame behilflich sein?«

»Danke.« Die Regenrinne fühlte sich kühl und rau an unter meinen Fingern. Ich zog mich hoch und stieß mich von Michi ab. Flink kletterte ich hinauf, jede Verankerung diente mir als Grip für Füße und Hände. Es dauerte keine zehn Sekunden, da stand ich schon auf dem Balkon. Michi kam direkt hinterher. Geübt glitt er über das Geländer, seine Füße landeten kaum hörbar auf den hellen Fliesen.

»Pssst.« Michi legte den Finger an die Lippen und kramte ein Paket aus seiner Umhängetasche, die Pralinen platzierte er obendrauf. Lautlos öffnete er das angelehnte Fenster.

Ich schnupperte unwillkürlich. Der Duft des Abendessens strömte aus der Küche. Würzig, röstig, deftig. Rinderrouladen, wenn meine Nase mich nicht täuschte. Prompt begann mein Magen zu knurren. Während Michi das Paket durchs Fenster schob und neben einer Grünlilie drapierte, trat ich einen Schritt zurück.

Zwischen zwei Liegestühlen wartete ich – und beobachtete Michi von der Seite. Er sah so glücklich aus. Seine Augen glänzten im Licht einer nahen Straßenlaterne, und ein Lächeln lag auf seinen Lippen. Kaum erkennbar, und doch war es da. Er strahlte eine Zufriedenheit aus, dass mir warm ums Herz wurde.

»So«, flüsterte er, als er sich umdrehte. »Mission erfüllt.«

Mein Blick blieb am Schlafzimmerfenster der Sallers hängen. Ganz sanft konnte ich den Schein des Nachtlichts durch den Vorhang erahnen. Vermutlich schliefen sie schon und dachten nicht im Traum daran, dass ihnen ein guter Engel gerade das durchs Fenster schob, was sie seit dem Einbruch dringend benötigten. Die Freude am nächsten Morgen würden weder Michi noch ich mitbekommen. Nicht nur über das digitale Lesegerät – sondern vor allem darüber, dass es jemanden gab, der an sie dachte. Jemanden, der es gut mit ihnen meinte.

»Gehen wir.« Michi lächelte mich an. »Ladies first.«

Das Geländer des Balkons knarzte, als ich mich darüberschwang und langsam zur Regenrinne gleiten ließ. Der laue Abendwind strich mir um die Nase, und ich kletterte hinab zur Straße.

Michi sprang nur ein paar Sekunden später neben mir auf den Asphalt.

»Ist ein schönes Gefühl, oder?« Ich griff nach seiner Hand. »Menschen heimlich glücklich zu machen.«

»Total.« Michi gab mir einen Kuss. »Auf diese Weise hat niemand das Gefühl, mir etwas zurückgeben zu müssen.«

»Du hast …«, setzte ich an, doch dann trafen sich unsere Blicke. Schlagartig hatte ich keine Ahnung mehr, was ich hatte sagen wollen.

Michi grinste bloß.

Zärtlich drückte er mich an die Hauswand. Mein Herz raste. Die Mauer war noch warm vom Tag, ihre Wärme drang durch das T-Shirt an meinen Rücken. Michi war mir so nah, dass ich seinen Atem heiß auf meinem Gesicht spürte. So stand ich dort, direkt vor dem Haus der Sallers. Zwischen ihm und der Mauer. Seine Linke grub sich in mein Haar, seine Rechte lag auf meiner Hüfte, und sein Oberkörper drückte sich an meinen. Unsere Lippen trafen sich, die Berührung setzte meinen Körper förmlich unter Strom. Ich gab mich ganz seinem Kuss hin – und wünschte, er würde nie enden.

»Ich …«, setzte ich an, als ich Luft holen musste. Eigentlich hatte ich die romantischen drei Worte sagen wollen. *Ich liebe dich.*

»Was war das?«, flüsterte Michi und drehte den Kopf.

Gedämpfte Stimmen drangen an mein Ohr, der Klang von Metall auf Metall und das Zuschlagen einer Autotür, dann war es wieder still.

Mein Blick flog durch die Straße. Die Straßenlaternen warfen ihr weißes Licht auf den Asphalt, die meisten Häuser verschwanden im Dunkel. Und auf Hildes Terrasse, gut getarnt im Schatten einer Tanne …

»Einbrecher!« Ich stieß Michi in die Rippen, um ihn auf die zwei dunklen Silhouetten aufmerksam zu machen, die mit einer Brechstange auf Hildes Erdgeschossfenster zusteuerten. Sie wohnte seit Ewigkeiten in diesem Zweifamilienhaus.

Ein Wagen parkte mit laufendem Motor um die Ecke. Nur mit Mühe entzifferte ich das Kennzeichen.

Michi folgte meinem ausgestreckten Zeigefinger. »Tatsächlich.«

In meinem Kopf wirbelten Gedanken durcheinander. Sollten wir die Polizei rufen? Es war zu verlockend. Waren die Serieneinbrecher erst geschnappt, konnte Prien aufatmen. Endlich würde es ruhiger werden am Chiemsee. Doch ich sorgte mich um Hilde, vor allem um ihr schwaches Herz. Und womöglich würde der Hausnotruf die Alarmanlage blockieren.

Gut, ihr Gehör war zu schlecht, als dass sie vom Krach aufgewacht wäre. Doch was, wenn sie beim Gang zur Toilette einem Einbrecher begegnete?

Michi sah mich an, stumm formte er mit den Lippen ein Wort: Polizei. Schon holte er sein Handy hervor.

Ich beugte mich näher zu Michi. Mein Mund berührte schon beinahe sein Ohr. »Bist du mir böse?«, wisperte ich und behielt die beiden Männer im Auge, die gerade die Brechstange an Hildes Fenster ansetzten. »Hildes Gesundheit ist mir wichtiger.«

Da war es schon: ein Knacken – so leise wie das Einrasten einer faltbaren Transportbox –, dann schwang das Fenster auf.

»Ich schlage vor …«, setzte Michi an, doch meine Sorge um Hilde überwog. Ich konnte nicht tatenlos zusehen …

»Hey!«, rief ich laut, dann stürmte ich los und hoffte nur, sie noch vom offenen Fenster zu vertreiben, bevor sie einstiegen.

Es dauerte keine fünf Sekunden, da saßen die Männer wieder im Wagen und brausten in die Nacht davon.

Ein Erfolg war es nicht, schließlich hatten wir sie nicht gefasst – aber wenigstens wusste ich Hilde in Sicherheit.

»Tut mir leid«, meinte ich zerknirscht zu Michi, als er zu mir kam. »Ich glaube, ich bin eine schlechte Sicherheitskraft.«

Sanft drehte er mich an den Schultern zu sich und sah mir tief in die Augen. Ein Lächeln lag auf seinen Lippen. »Eine gute Sicherheitskraft muss manchmal auch Alternativen gegeneinander abwägen.«

»Ja, aber …« Nachdenklich lauschte ich dem immer leiser werdenden Motorengeräusch des Autos. »Du hättest dich anders entschieden, oder?«

»Darum geht es gar nicht. Hauptsache, dein Hirn bleibt eingeschaltet. Manche Leute sind so fokussiert darauf, den Einbrecher zu schnappen, dass sie die Sicherheit der Bewohner völlig vergessen.«

Gott sei Dank. Seine Worte beruhigten mich. Ich hatte gefürchtet, Papa würde mit seiner Einschätzung recht behalten, dass ich nicht zur Security taugte. Und doch. Von meinem Plan abgebracht hätte mich das deshalb nicht.

Während Michi mit der Polizei telefonierte und das Kennzeichen durchgab, das auch er sich gemerkt hatte, brachte ich der schlaftrunkenen Hilde schonend bei, dass sie um ein Haar das nächste Opfer der Priener Serieneinbrecher geworden wäre.

Sie nahm es erstaunlich gelassen, was entweder an ihrer Müdigkeit lag oder am Wein, wie ich schloss, als ich eine leere Flasche auf dem Küchentisch entdeckte.

»Warum den Kopf zerbrechen über Dinge, die hätten passieren können?«, meinte sie nur achselzuckend. »Man hat genug zu tun mit denen, die tatsächlich passiert sind.«

Gerade als ich zu Michi hinaus auf die Straße trat, rauschte ein Auto durch die Dunkelheit heran. Die Scheinwerfer blendeten mich, ihr Licht warf unsere Schatten an Hildes Hauswand. Eine Autotür knallte, schon näherten sich uns schnelle Schritte.

»Papa!« Sicherheitshalber richtete ich mich kerzengerade auf, als ich ihn erkannte. Brust raus, Bauch rein.

»Sofort, Anne. Ich habe eine Alarmverfolgung.«

»Bei Hilde?«

Erstaunt sah er mich an. »Woher weißt du das?«

»Wir haben die Einbrecher gesehen.«

Sein Blick ging in Richtung Haus, wo eine verschlafene Hilde am Türrahmen lehnte und die Hand zum Gruß hob.

»Anne hat sie bemerkt, nicht ich«, sprang Michi mir zur Seite.

»Das glaube ich sofort«, brummte Papa.

»Moment mal!«, entrüstete ich mich, doch Michi legte mir beschwichtigend den Arm um die Schultern.

»Stopp, Anne. Das war kein Angriff, das ist seine Art von Humor.« Michi grinste, er nickte freundlich zu meinem Vater hinüber.

In Papas Miene mischten sich Verblüffung und Ärger. Kurz musterte er Michi, wie um sicherzugehen, dass er sich nicht verhört hatte. »Kein Humor.«

Michi lachte. »Er ist so witzig.«

Mein Vater atmete tief ein. Aber nicht mehr aus. Dann machte ich mich immer bereit zur Verteidigung. Mein Blick erstarrte für einen Moment, meine Hand suchte Michis. Doch mein Vater winkte nur ab und steuerte auf Hilde zu. Ganz so, als habe niemand etwas gesagt.

»Geht es dir gut, Hilde?«, rief er laut. Dass Hilde um diese Uhrzeit kein Hörgerät trug, war jedem von uns klar.

»Ich hab schon andere Sachen überlebt.« Sie zuckte die Schultern.

In die Miene meines Vaters mischte sich etwas, was aussah wie Stolz. »Anne hatte alles im Griff.«

»Pures Glück!«, schimpfte ich und spürte, wie ich langsam Fahrt aufnahm. Unweigerlich wurde ich lauter – nicht nur wegen Hilde. »Hildes Hausnotruf hätte die Alarmanlage blockieren können! Niemand hätte es gemerkt! Womöglich wäre Hilde zusammengebrochen, keiner hätte Hilfe holen können. Und das, obwohl sie sich sicher fühlt mit ihrer Alarmanlage …«

Hilde winkte ab. »Die ist doch längst ausgetauscht.«

»Dann hättest du auch noch Hilde auf dem Gewissen! Vielleicht wäre sogar … Moment.« Ich stockte. »Was hast du gerade gesagt?«

Hilde gähnte. »Die hat er vor drei Jahren schon ersetzt.«

»Vor …?« Irritiert sah ich zwischen Hilde und Papa hin und her, auch Michi hob den Kopf. »Echt?«

Mein Vater biss unruhig auf seiner Lippe herum, fingerte an seinem Hemdkragen und atmete tief durch. »Ja«, nuschelte er schließlich. Er starrte auf meine Füße, vermied jeden Blickkontakt. »Finanziell war es nicht möglich, alle Anlagen auf einmal auszuwechseln. Und unangenehm war es mir auch. Aber seit dem Unfall habe ich mich natürlich darum gekümmert, Stück für Stück die betroffenen Modelle zu ersetzen.«

Jetzt dämmerte mir so einiges. Vermutlich war das Geld in unserer Familie deshalb recht knapp gewesen – auch ein Streitthema zwischen meinen Eltern. »Warum hast du nichts gesagt?«, fragte ich entgeistert.

Einen kurzen Moment lang schwieg er. Rieb die wahrscheinlich schweißnassen Hände. Irgendwo schrie eine Eule. »Ich … habe mich …« Seine Lippen formten das Wort, doch er sprach es nicht aus. *Geschämt.*

»Nicht einmal mir als betroffener Kundin hat er es anfangs gesagt.« Hilde schlang ihre Arme um ihren Körper. In ihrem dünnen Schlafanzug schien sie zu frösteln. »Als der Brief vom Pralinen-Einbrecher kam, hab ich ihm die Hölle heißgemacht. Dann hat er lange herumgedruckst. Und mir am Ende gestanden, dass er die Anlage bei einem der letzten Routinechecks ersetzt hat.« Sie zog die Haustür einen Spalt weiter auf und schielte in den Flur zur Wanduhr. »Ich geh jetzt ins Bett«, murmelte sie noch und drückte mir zum Abschied kurz die Hand, dann war sie bereits verschwunden.

Den Protest meines Vaters, der sich eigentlich noch um das kaputte Fenster hätte kümmern wollen, hörte sie nicht mehr.

»Ich wollte auch kein Aufsehen erregen«, sagte Papa und seufzte schwer, als er sich wieder zu uns drehte. »Mir ging es um meinen Ruf.«

Kopfschüttelnd sah ich ihn an. Er hätte es doch schon vorher sagen können! Es war mal wieder typisch für ihn …

Michi beugte sich näher zu meinem Vater. »Du hast meinen Respekt«, sagte er voller Wärme.

Ich las in seinen Augen, wie viel ihm Papas Geständnis bedeutete. Nun konnte er endlich mit der Vergangenheit abschließen. Auch mit Susi.

Michis Mission war erfüllt, sein Gewissen beruhigt. Das, wovor er seine Verlobte damals nicht hatte schützen können, war nun zumindest für alle anderen Menschen aus der Welt geschafft. Er konnte wieder vorwärtsgehen, anstatt bei jedem Schritt den Weg hinter sich zu reparieren.

»Jürgen?« Michi hielt ihm die Hand hin. Er lächelte.

Mein Vater schwieg. Es dauerte einen Moment, bis er Michis Hand schließlich doch ergriff und schluckte. Ein kaum zu identifizierendes Lächeln umspielte seine Lippen.

Zu meiner Überraschung griff mein Vater im nächsten Moment nach Michis Schulter und zog ihn zu sich. Wenig zimperlich klopfte er ihm auf den Rücken, doch er tat es mit einem Ausdruck innerer Zufriedenheit, den ich nur selten an ihm wahrnahm. Leise, ganz leise hörte ich ihn wispern: »Es tut mir leid.«

»Endlich!«, stieß ich seufzend aus und hob den Blick zum Himmel. Pure Erleichterung durchdrang mich. Es nahm seinen Anfang im Bauch und breitete sich bis in die Fußspitzen aus. Ein fantastisches Gefühl.

»Ich …« Papa sah zu Boden. Vermutlich damit wir nicht bemerkten, wie feucht seine Augen glänzten. »Danke, dass du es mir so leicht machst.«

Also doch: harte Schale, weicher Kern. Ich lächelte, und mir wurde warm in der Brust. Offenbar war mein Vater gar nicht so unnachgiebig, wie er immer vorgab.

Gut, dass Michi eine engelsgleiche Geduld besaß. Liebevoll betrachtete ich ihn. Und ein wenig neidisch, wenn ich ehrlich war. Ich wünschte, ich würde es schaffen, ruhig und entgegenkommend zu bleiben, wenn mir irgendwann jemand so ablehnend entgegentrat.

Ich griff nach Michis Hand und umfasste mit der anderen die meines Vaters. Und da war es plötzlich: das Gefühl von Familie – endlich gehörte Michi dazu.

So standen wir eine Weile auf der Straße und lauschten in die Stille der Nacht hinein. Wenn Michis Handy nicht vibriert hätte – ein guter Bekannter bei der Polizei schrieb ihm, dass die Serieneinbrecher geschnappt waren –, hätten wir vermutlich die Zeit vergessen.

Kapitel 28

»Alles Gute zum Geburtstag, Anne.« Opa schloss mich in die Arme. Hinter uns schwappten die Wellen eines ankommenden Schiffes auf den Steg zu. »Glück, Gesundheit, Zufriedenheit …«

»Danke.« Ich lächelte.

Er nickte. »Geborgenheit, Liebe, Wärme …«

Innerlich musste ich grinsen. Wie ich Opa kannte, würde ihm eine ganze Menge einfallen, was er mir für mein neues Lebensjahr wünschte.

»Spaß, Ehrgeiz, Erfolg …«

»Nur das Beste!«, rief mein Vater dazwischen. »Können wir jetzt die Torte anschneiden?«

»Schon unterwegs!« Opa hob seufzend die Hände und warf mir einen entschuldigenden Blick zu, bevor er in Richtung Café verschwand. »Er kommt um, wenn er nicht sofort ein Stück davon probiert.«

»Mangelerscheinungen?«, neckte ich ihn.

Papa grinste halbherzig. »Mein Arzt sagt, ich habe einen Vitamin-B12-Mangel.«

»Und den gleichst du mit Torte aus? Da sind doch kaum Vitamine drin.«

»Dann muss man eben so viel davon essen, bis der Vitaminbedarf gedeckt ist.« Er zuckte die Schultern, und ich lachte.

Mit einem Grinsen auf den Lippen deckte ich den Tisch, faltete die Servietten und ließ mich von meinem Vater belehren, dass ihre giftgrüne Farbe nicht zu pinken Tischläufern passe.

»Das Café ist zu, es kommen doch keine Gäste.« Milde lächelte ich ihn an.

»Ja, aber …«, setzte er an.

»Mir gefällt's.«

Sichtlich ratterte es hinter seiner Stirn. Mit Sicherheit würde es dauern, bis er sich daran gewöhnt hatte, dass ich meine eigenen Entscheidungen traf. Auch wenn es nur um so etwas Banales ging wie Tischservietten.

»Nein!«, gellte plötzlich Opas Stimme aus dem Café, ein paar Nuancen höher als sonst.

»Alles okay?«, rief ich laut.

Statt zu antworten, erschien Opa am Eingang des Cafés. Geknickt. Und mit hängenden Armen. Zerknirscht kam er auf uns zu. »Die Torte!«, rief er schon von Weitem. »Anne, es tut mir so leid! Sie ist mir runtergefallen.«

»Keine Torte?« Entsetzt sah mein Vater auf. Sein Magen knurrte bedenklich.

»Halb so wild.« Ich drückte Opa an mich, der ziemlich betreten dreinblickte. »Für den Notfall habe ich doch immer ein paar Kekse im Schrank.«

»Kekse!« Das Entsetzen stand ihm ins Gesicht geschrieben. »Wir können Michi, Julie und Lukas doch keine Kekse vorsetzen!«

»Doch.« Gelassen winkte ich ab und lachte. »Geburtstagskerze drauf und fertig.«

»Weißt du was, wir warten, bis Michi da ist.« Opa nickte. »Und dann mache ich uns frische Waffeln.«

Beim Stichwort Waffeln wurde mein Vater sofort hellhörig. »Mit Apfelmus, Vanilleeis und einem Klecks Sahne?«

»Au ja.« Das waren gute Aussichten. Natürlich war es schade um die Torte. Ich wettete, dass der Großteil einwandfrei genießbar war. Ich wollte Opa bloß die Blamage ersparen, die kläglichen Reste auf der Geburtstagstafel anzubieten.

»Julie und Lukas haben Verspätung, die kommen geradewegs aus der Hundeschule. Michi trifft in fünf Minuten ein, oder?«, fragte Opa und wandte sich wieder zum Gehen, da im Café noch eine Thermoskanne heißer Kaffee wartete.

Ich nickte.

»Michi ist eine gute Wahl«, flüsterte Papa mir zu.

»Ist er.« Endlich hatte er ihn akzeptiert. Glücklich sah ich ihn an und drückte seine Hand.

»Vielleicht mag er zur Security zurückkehren. Meinetwegen wäre er herzlich willkommen.« Papa biss sich auf die Lippe, um ein aufkeimendes Lächeln unter Kontrolle zu halten, bevor er hinzufügte: »Wer weiß, dann geht ihr schon bald gemeinsam auf Alarmverfolgung?«

»Heißt das …?« Meine Kinnlade klappte herunter.

Mit einem breiten Lächeln griff mein Vater in seine Tasche und zog ein Kuvert heraus. Seine Augen strahlten, als würde er jeden Moment vor Freude platzen. »Hat mir unser Personaler gestern schon ins Fach gelegt. Aber ich dachte mir, ich hebe es für deinen Geburtstag auf.«

»Und?«

Jetzt musste er doch lachen. Er nahm mich fest in den Arm. »Natürlich eine Zusage!«

Ich quietschte. Wie ein kleines Kind, wenn es zum ersten Weihnachtsfest das lang ersehnte Kuscheltier auspackt.

»Das klingt nach Freude.« Michis Arme schlangen sich von hinten um meinen Bauch, und ich quiekte noch lauter. Diesmal wegen Michi.

Mein Herz trommelte regelrecht vor Glück. Einen Rhythmus, den man inzwischen vermutlich nicht einmal mehr hätte tanzen können. »Schön, dass du da bist!«

»Alles Liebe zum Geburtstag«, flüsterte er und drückte mir einen dicken Kuss auf die Wange. Ich roch seinen Duft und hätte mich am liebsten ganz fest in seine Arme gekuschelt. Doch damit würde ich bis zum Ende der Geburtstagsfeier warten.

Opa kam mit einer Kanne Kaffee zurück auf den Steg. »Oh, junge Liebe!«, rief er grinsend. »Ich sage euch ... Moment mal!« Erstaunt hielt er inne. »Wo kommt denn diese Torte her?«

»Na ja.« Michi zuckte die Schultern. »Ich weiß zwar, dass ihr ein Café habt, trotzdem wollte ich ...«

»Die ist ja gigantisch!« Opa starrte mit offenem Mund auf die Torte.

»Ist sie tatsächlich«, bestätigte ich und nickte. Die weiße Creme war makellos glatt gestrichen, Waldbeeren türmten sich an einer Seite der Torte, roter Guss tropfte kunstvoll bis auf die Hälfte herunter. Und als Deko obendrauf prangte eine Schleife aus weißer Schokolade.

»Bitte nicht als Unverschämtheit betrachten«, meinte Michi kleinlaut. »Ich wollte Anne nur etwas Persönliches mitbringen. Etwas, wo man Liebe reingesteckt hat. Das finde ich immer schöner als gekaufte Dinge.«

»Du bist das!«, rief Opa plötzlich und schlug sich vor die Stirn. »Der heimliche Bäcker! Dass ich das jetzt erst durchschaue!«

»Ja.« Michi grinste schief. »Ich wollte ...«

Opa schüttelte heftig den Kopf, um ihm das Wort abzuschneiden. Mit einem Lächeln griff er nach Michis Hand. »Ich weiß genau, was du wolltest. Und die Antwort ist Ja.«

»Ähm … also …«, stotterte Michi.

»Ja.« Opa nickte. Seine Augen wurden feucht von Freudentränen. »Du wirst einmal mein Café weiterführen, wenn ich nicht mehr bin.«

»Wirklich?« Michis Augen leuchteten, und auch mir wurde ganz warm ums Herz, ihn so zu sehen. Seine Oma wäre stolz auf ihn. »Ich darf mit einsteigen?«

»Ja«, sagte Opa und hatte Mühe, das Schwanken in seiner Stimme unter Kontrolle zu halten. Jetzt, da ich bald bei der Security anfangen würde, gab es ihm Halt, sich mit Michi an seiner Seite keine Gedanken mehr um das Café machen zu müssen. »Gut, dass das Café in der Familie bleibt.«

Michi atmete hörbar durch. Unsere Blicke trafen sich. Und jedes Blinzeln sagte, was wir schon so lange dachten: *Ich liebe dich.*

»Familie«, wiederholte ich und lächelte.

Michi zog mich dicht an sich. Zärtlich küssten wir uns, unsere Finger verschränkten sich ineinander.

Aus dem Augenwinkel sah ich meine Mutter in Richtung Steg kommen, ihr Trolley rollte mit lautem Rattern heran. Ihr erster, unsicherer Blick ging nicht zu mir. Doch das Lächeln meines Vaters ließ keinen Zweifel daran, dass alles gut werden würde. Er hatte seine innere Balance wiedergefunden, jetzt würde er ihr endlich wieder die Liebe geben, die sie verdiente.

Dicht hinter Mama kamen Julie, Lukas und Balu auf uns zu. Ihren glücklichen Gesichtern nach zu urteilen, waren sie in den letzten Tagen ebenfalls zu einer richtigen Familie zusammengewachsen.

Voller Vorfreude winkte ich ihnen zu und kuschelte mich noch dichter an Michi. Gleich waren die Menschen um mich versammelt, die mir so viel bedeuteten. Einen schöneren Geburtstag hätte ich mir nicht wünschen können.

Zufrieden blickte ich auf den Chiemsee hinaus und bewunderte das glitzernde Muster, das der Sonnenschein aufs Wasser warf. Das Leben schnitzte uns zurecht, jeden Tag neu. Am Ende jedoch belohnte es uns mit dem großen Kunstwerk – mit Liebe.

APFELKÜCHERL IM BIERTEIG:

- 200 g Mehl
- 1 Prise Salz
- 2 Eier
- bis zu 250 ml dunkles Bier
- 6 bis 8 säuerliche Kochäpfel (je nach Größe, am besten Boskoop)
- Butterschmalz zum Ausbacken

Äpfel schälen, mit einem Apfelentkerner vorsichtig entkernen, sodass der Apfel in seiner Form intakt bleibt. Dann in einen Zentimeter breite Ringe schneiden. Apfelringe für später in eine Schüssel geben – wer mag, kann sie zuckern. Eier trennen, Eiweiß steif schlagen und beiseitestellen. Mehl, Salz, Eidotter und ein wenig Dunkelbier vermischen und zu einem glatten Teig rühren. Das restliche Bier nach und nach zugeben. Zuletzt Eiweiß vorsichtig unterheben. Butterschmalz in einer Pfanne erhitzen und die Apfelringe in den Teig tauchen. Alle Äpfel goldgelb ausbacken. Fertige Apfelkücherl werden mit Zucker oder Zimtzucker bestreut und warm serviert.

APFELSTRUDEL MIT KARAMELLNOTE:

- 250 g Mehl
- 4 EL Rapsöl (oder anderes geruchsneutrales Öl)
- Prise Salz
- 125 ml warmes Wasser
- 1/8 bis 1/4 Liter Sahne
- 1 bis 2 kg Äpfel
- Zucker nach Belieben (je nach Säure der Äpfel)
- ein wenig Butter zum Bestreichen

Den Ofen auf 50 Grad vorheizen, Mehl, Rapsöl, Salz und warmes Wasser mit einem Knethaken zehn Minuten lang kneten. Den fertigen Teig in der Rührschüssel oder einem anderen Gefäß zu einer Kugel formen, mit etwas Öl bestreichen, einem Geschirrtuch zudecken und eine halbe Stunde lang im Ofen gehen lassen.
In der Zwischenzeit die Äpfel schälen, entkernen, in dünne Streifen hobeln und eine ofenfeste Form mit Butter einfetten. Falls die Äpfel aus dem eigenen Garten sind, können die Schalen mit heißem Wasser aufgegossen und als Apfeltee getrunken werden.
Nun nach Belieben Zucker in einer Pfanne erhitzen, bis er flüssig wird und karamellisiert. Die Äpfel darin schwenken. Weiterkochen, bis sich der Karamell in der Feuchtigkeit der Äpfel gelöst hat. Den Teig aus dem Ofen nehmen, Ofen auf 170 Grad Umluft vorheizen. Nun den Teig in zwei Hälften teilen und mit jeder wie folgt verfahren: auf den Handrücken

in Form ziehen und auf einem mit Mehl bestäubten Geschirrtuch ablegen; die Sahne auf dem ausgezogenen Strudelteig verteilen, ebenso die karamellisierten Äpfel, dabei einen schmalen Rand frei lassen. Die Seitenränder rechts und links einschlagen, dann von unten her aufrollen, dabei das bemehlte Tuch zu Hilfe nehmen. Den Strudel in die gefettete Form setzen, mit zerlassener Butter bestreichen und bei 170 Grad Umluft 30 bis 45 Minuten golden backen, dabei immer wieder mit zerlassener Butter bestreichen. Nach der Hälfte der Zeit mit einer halben Tasse kochender Milch übergießen und anschließend so lange backen, bis die Milch zu einer festen Creme eingedickt ist. Der Strudel schmeckt am besten warm, mit einer Kugel Vanilleeis oder ein wenig heißer Vanillesoße.

Ich danke ganz herzlich ...

... meiner Lektorin Daniela Peter, die selbst verrückte Ideen mit mir durchdenkt und sich mit ganz viel Liebe ins Lektorat stürzt.

... meinen beiden Agenten Bastian Schlück und Nina Sievers, die mir jederzeit und beeindruckend schnell mit allen Anliegen weiterhelfen.

... meinen Eltern, die immer und zu jeder Zeit hinter mir stehen und mich über alle Maßen unterstützen.

... Toni, der kurz vor der Deadline für mich gekocht, den Hund bespaßt und mit mir über Jürgen, Michi und Anne diskutiert hat.

... meiner Familie und meinen Freunden, die immer für mich da sind.

... meinen Autorenkolleg*innen, die Plot und/oder Textstellen mit mir diskutiert haben. Für die schöne, intensive Zeit mit so vielen wunderbaren Plots. Allen voran ein dickes Dankeschön an Maja und Susann, mit denen ich inzwischen schon seit längerer Zeit täglich in unserem virtuellen Skype-Büro sitze. Danke für eure Motivation, eure immer ehrliche Kritik und euren guten Rat. Ihr seid die Besten!